CLAIRE OBSCURE

TENDRE MAFIEUX

**

DE LA MÊME AUTRICE

CLAIRE OBSCURE
Tome 1 – *Douce rebelle*

JULIE MICHAUD

CLAIRE OBSCURE

TENDRE MAFIEUX

TOME 2

NR NEW RULES

Notre catalogue est consultable à l'adresse suivante :
www.lisez.com

Retrouvez-nous sur les réseaux :
@newruleseditions

Écriture Communication
92, avenue de France
75013 Paris

info@lisez.com

ISBN 978-2-488-10914-7

AVERTISSEMENT

Cet ouvrage est destiné à un public mature et adulte.

Certaines scènes peuvent heurter la sensibilité des lecteurs (violences sexuelles, physiques et psychologiques ; torture ; trafic d'armes ; langage cru et explicite ; scènes à caractère sexuel explicites ; viols ; stress traumatique ; deuil...).

S'aimer, c'est être cette embarcation solide
face aux tempêtes de la vie.
C'est braver les tsunamis,
contempler les paysages sublimes
et savourer chaque coucher de soleil en souriant.
T'aimer, c'est affronter les orages avec la certitude que,
peu importe ce qui se profile, c'est toi qui es à mes côtés,
me tenant la main – et c'est tout ce dont j'ai besoin.

Chapitre 1

Léo

Le froid du sol n'apaise en rien la morsure de mes brûlures. La douleur, continuelle, fait partie de moi. La fièvre a augmenté, je me sens trembler. Avec un peu de chance, elle m'emportera avant qu'il revienne.

J'entends des cris, mais je suis incapable de compter le nombre de voix – ces cris sont-ils même réels ? Puis le bruit de la clé dans la serrure retentit.

Non ! Il est de retour. Déjà !

— *Toc, toc, toc ! Devine qui est là, chérie.*

Son souffle ignoble à mon oreille me fait frissonner de plus belle.

Il appuie sur mon dos, et un gémissement m'échappe.

— *Quel son si doux ! ricane-t-il.*

Il me plaque sur le ventre et m'écarte les fesses, avant de s'enfoncer en moi violemment.

Ses assauts brutaux me déchirent. Mon corps se contracte pour le repousser, ce qui ne fait que le stimuler.

— *Putain, vas-y ! Remue encore !*

Je me réveille en haletant et cherche à tâtons le mur de ma chambre, en vain. En dépit de ma vision floue, je devine que je ne suis pas chez moi.

Non ! Non, c'est impossible ! Je ne peux pas être de retour au manoir. Il n'a pas pu me récupérer !

Frissonnant de fièvre, je finis par me vautrer par terre. Je cligne des paupières pour tenter de voir plus clair, mais le brouillard devant mes yeux persiste. Je me redresse en titubant. La pièce tangue.

Il faut que je m'enfuie avant qu'il revienne et qu'il me torture au point que je ne pourrai plus me lever ni même bouger.

Je me jette sur la porte, qui s'ouvre avec fracas, et je m'effondre de nouveau au sol dans un long couloir. Je reprends mon souffle difficilement, l'élancement dans mon dos étant exacerbé par mes mouvements. J'ai du mal à me rappeler : cette douleur, d'où vient-elle ? M'a-t-il fouettée ? Brûlée ?

— Mademoiselle ?

Sur ma droite, j'aperçois une silhouette massive. Gagnée par la panique, je me mets debout comme je peux, avant de détaler.

— Hé, attendez !

En cinq secondes, l'homme m'a rattrapée et m'agrippe le bras. Je me retourne et lui flanque un coup de genou qui atteint sa cuisse sans grande violence.

Il bat en retraite et lève les mains – en signe d'apaisement ?

— Vous n'avez...

— C'est quoi, ce bordel ? gronde une voix grave dans mon dos.

Je fais volte-face. Une seconde silhouette, plus imposante, monte les marches, à quelques pas de moi.

Je suis foutue.

Je recule, tourne la tête de tous les côtés.

Je ne veux pas revivre ça. Plutôt mourir !

— Léo ! Regarde-moi.

La voix du nouvel arrivant perce le brouillard qui m'enveloppe.

Je ne distingue pas ses traits, mais je sais que ce n'est pas *lui*. Est-ce un de ses sbires ?

Il s'avance doucement vers moi, levant lui aussi les mains.

— Léo ! C'est moi, Sergio. Tu n'as rien à craindre.

Sergio ?

Je plisse les yeux, tandis que la silhouette se rapproche toujours.

Je fais un pas de plus en arrière quand une odeur musquée et boisée me monte aux narines, agréablement familière. Mon cœur fait un bond.

Le visage de l'homme devant moi émerge en partie du brouillard : des yeux noirs pailletés d'or sont rivés sur moi. Le soulagement me submerge.

— Sergio, je glapis dans un sanglot, avant de m'effondrer contre lui.

— Appelle Louis ! ordonne-t-il à une tierce personne en me hissant contre son torse. Dis-lui qu'elle est brûlante de fièvre.

— Tout de suite, patron.

— Tu es en sécurité, *piccola leonessa.* Je suis là.

Entendre ce surnom me procure une douce sensation.

Je sens qu'il me porte pendant quelques instants, avant de se pencher et de me déposer sur le matelas. Délicatement, il ôte un par un mes doigts agrippés à son tee-shirt.

— Tu n'as rien à craindre, répète-t-il.

La fièvre voile toujours ma vue, mais ses yeux percent le brouillard comme des phares dans la nuit.

— Où sommes-nous ? je m'enquiers d'une voix rauque ébranlée par les tremblements qui me parcourent tout entière.

— Dans ma chambre.

— Dans ta chambre ? À la villa ? On est à la villa ? Merci, mon Dieu.

La tension disparaît de mes épaules. Je préfère encore affronter les cauchemars liés à cette demeure que ceux qui mettent en scène mon tortionnaire.

— Où croyais-tu être, ma belle ?

La caresse de sa main dans mes cheveux et le contact de ses doigts serrant les miens créent autour de moi un cocon rassurant.

— Ailleurs !

En le scrutant, je m'aperçois que son visage exprime une vive inquiétude.

Il s'inquiète pour moi ?

— Qu'est-ce qui s'est passé ?

— C'est plutôt à moi de demander ça ! Quand j'ai débarqué chez toi, je t'ai trouvée dans une mare de sang.

Une multitude d'images inondent mon esprit, comme si la porte de ma mémoire venait de s'ouvrir : Sacha, le tunnel, ma chair qui se déchire, Lucas et les ténèbres qui m'enveloppent.

— Elle est consciente ? lance une nouvelle voix masculine derrière Sergio.

Je me raidis. La voix, bien que posée, réveille mon anxiété.

— Léo, c'est Louis ! chuchote Sergio. Tu te souviens de lui ? C'est mon médecin.

Ses paroles parviennent à mon cerveau, mais mon stress et ma méfiance dominent.

Je ne lâche pas des yeux la silhouette qui contourne le lit et vient se placer dans mon dos. Je me contorsionne pour la surveiller, déclenchant la douleur lancinante dans mon épaule. Un gémissement m'échappe.

— Léo ! Ça suffit, regarde-moi ! m'enjoint mon Colombien en me forçant à tourner la tête vers lui. Tu ne risques rien. Je suis là. Louis, pourquoi est-elle brûlante ?

— La plaie est profonde, ton amie a contracté de la fièvre. Je vais lui injecter un antibiotique, mais d'abord je dois vérifier d'où vient tout ce sang.

— *Piccola leonessa*, dis-moi ce qui s'est passé. Qui t'a poignardée ?

— Personne, balbutié-je tandis que je sens les mains plus fraîches du médecin écarter mon tee-shirt pour accéder à mon épaule.

— Ce n'est rien de bien grave, commente-t-il. Des points ont lâché. Je vais réparer ça, mais il va falloir éviter les mouvements brusques, mademoiselle Dupuis.

Je me fige et mon souffle se bloque.

« Mademoiselle Dupuis » ?

Personne ne m'a plus appelée comme ça depuis cinq ans. Je n'utilise plus ce nom !

— Tu... Je vois que tu as fait des recherches, Sergio, bredouillé-je, l'esprit plus alerte.

— Ce n'est pas le sujet, pour l'instant. À en juger par ta blessure, on t'a frappée avec une longue lame.

— J'étais de garde aux parcelles et je me suis égratignée en extirpant un gamin de sous des gravats.

Sergio resserre légèrement ses doigts sur les miens.

— Avec du métal ? demande la voix dans mon dos.

— C'était du verre. Je me suis faufilée sous les décombres d'une chapelle. Il y avait des morceaux de vitraux partout. Lucas a retiré celui qui s'était fiché dans ma peau et m'a soignée, avant de me ramener.

— Et après il t'a abandonnée ? grogne Sergio.

— Il devait raccompagner le gamin et retourner aux parcelles. En plus, j'allais bien.

— Tu n'allais pas bien ! Si je n'étais pas intervenu, tu baignerais encore dans ton sang !

Il se lève et s'éloigne de moi. Une boule d'angoisse se forme dans ma poitrine. Sergio semble être le seul qui puisse m'arrimer à l'instant présent, le seul qui puisse tenir mes cauchemars à distance.

— Ne me laisse pas, s'il te plaît !

Aussitôt, il revient vers moi et reprend une de mes mains dans les siennes.

— Je ne vais nulle part.

— Mademoiselle, je vais vous injecter un antibiotique et un somnifère pour vous aider à dormir.

— Non ! Non ! Pas de somnifère.

— Léo, calme-toi.

— Non, Sergio. Je ne veux pas de somnifère. Il faut que je reste consciente.

— Tu as besoin de dormir.

— S'il te plaît, je ne peux pas prendre ça. Il faut que je garde une porte de sortie sinon je serai enfermée dans mes cauchemars. Je ne veux pas de somnifère !

— OK, OK ! Tu veux bien te rallonger ? On va se contenter de l'antibiotique.

Il lève les yeux vers Louis en une conversation silencieuse et me demande d'un ton prudent :

— Maintenant, dis-moi : d'où proviennent les cicatrices sur ton dos ?

Alors il les a vues...

— Je me suis fait ça lors de la vague, je mens.

Nous nous fixons longuement en un duel de regards, lui ne semblant guère convaincu par ma réponse et moi résolue à me taire, à défaut de savoir comment justifier ces infâmes cicatrices sans dévoiler toute l'histoire. Les minutes s'égrènent, avant que, finalement, il s'approche, son nez frôlant le mien.

— Qu'est-ce qui t'est arrivé, *piccola leonessa* ? insiste-t-il dans un murmure.

Mes yeux s'alourdissent et mon esprit flotte vers d'autres contrées. Je tâche de m'accrocher au visage de Sergio, qui devient flou.

— Le tsunami a tout détruit. C'était l'enfer sur terre... Et en enfer, les monstres se réveillent.

Ma voix s'éteint, et je sombre dans l'inconscience.

Chapitre 2

Sergio

Son visage s'est détendu maintenant qu'elle est profondément endormie.

— Elle va dormir plusieurs heures.

Louis jette les deux seringues qu'il a utilisées dans une boîte dédiée à cet effet. Je lui ai fait signe d'injecter le somnifère à ma petite lionne, malgré les protestations de cette dernière. Elle est épuisée et elle n'arrivera jamais à reprendre des forces si elle ne se repose pas. Et sans narcotique, elle risque de se réveiller de nouveau, en proie à la panique.

Quand je l'ai trouvée en haut de l'escalier, telle une biche effrayée cherchant à échapper à son chasseur, j'ai eu un pincement au cœur. Dire que j'avais déserté son chevet depuis moins d'une heure...

Jonas a été pris au dépourvu, mais la pourchasser comme ça dans le couloir n'était pas très judicieux. Heureusement que j'ai été alerté par le cri de mon homme de main.

— La fièvre devrait baisser dans la journée. Je repasserai ce soir, m'annonce Louis en sortant.

Alors que je hoche la tête, un bourdonnement du côté de la commode attire mon attention. Le portable de Léo.

Lucas a répondu au message que je lui ai envoyé hier soir au nom de ma belle.

00 h 26

Ne t'inquiète pas, tout va bien.

Je suis allée dormir chez Sergio.

8 h 15
Je suis heureux de savoir que tu suis mes conseils.
De mon côté, RAS pour la fin de la nuit. Sacha va bien. Sa mère m'a garanti qu'il ne fichera plus les pieds aux parcelles. Je rentre me coucher.
Je t'aime.

« RAS pour la fin de la nuit. » RAS, tu parles ! Deux semaines que je suis sur l'île et deux fois que Léo manque d'être ensevelie là-dessous. Il faut qu'elle arrête d'aller dans cette zone. C'est bien trop dangereux !

Dans l'immédiat, faisons ce qu'il faut pour garder à distance un peu plus longtemps cet encombrant meilleur ami.

8 h 18
Je passe la journée ici.
Je t'aime aussi.

Court, mais efficace.

Je me penche de nouveau sur ma petite rebelle, dont l'odeur fruitée, cette fois, n'éveille pas mon désir. Ce sont l'inquiétude et la curiosité qui l'emportent. Ma lionne est auréolée de tant de mystère...

Lorsque je l'ai ramenée ici cette nuit et que Louis l'a examinée, les observations qu'il a faites m'ont effrayé.

En plus de sa cicatrice au ventre – une énorme marque rouge et boursouflée en forme de soleil d'un diamètre de près de quinze centimètres, souvenir de la barre en métal lors du tsunami – et de celles à son épaule – deux taches plus discrètes, blanchâtres, cadeaux d'un couguar –, son dos porte les traces d'un passé cauchemardesque : il est strié de longues marques entrelacées blanches ou rosées. Certaines sont creusées, prouvant la force des coups qui ont été assénés autrefois à ma belle. On dirait un jeu de Mikado ou une peinture d'enfant affreusement laide.

D'après mon médecin personnel, elles proviennent de coups de fouet répétitifs. Et expriment nettement l'intention de torturer. Il a ajouté que c'était un supplice que l'on infligeait aux esclaves des centaines d'années plus tôt.

J'en ai ressenti une rage folle à l'égard de celui ou ceux qui ont osé faire ça, ainsi qu'un respect accru pour ma belle.

Mais voilà qu'elle frissonne. Je remonte bien la couverture sur elle et la recouvre.

Puis, sans pouvoir m'en empêcher, je pose mes lèvres sur les siennes.

— Dors, *piccola leonessa.* Ici, aucun démon ne te terrorisera.

Chapitre 3

Léo

Sortant doucement d'un sommeil dénué de cauchemars, je m'étire dans les draps soyeux.

Je suis à la villa, dans le lit de mon Colombien, dont l'odeur imprègne mon oreiller. Cela me rappelle que Sergio a pris soin de moi pendant que je me comportais comme une petite chose fragile. Je l'ai même supplié de me garder contre lui.

Mon Dieu ! Quelle conne je suis !

Je me redresse sur le matelas, piquée par un élancement à l'épaule.

Ma fièvre est tombée, mes frissons ont disparu et ma vue est nette, maintenant.

Le soleil qui se lève m'apprend que le jour point.

J'ai dormi combien de temps ?

La chambre dans laquelle je me trouve est gigantesque et somptueuse. Le lit *king size* prendrait facilement les trois quarts de ma chambre, si tant est que l'on réussisse à le faire entrer dans ma modeste maison. La décoration est sobre et chic : salon avec méridienne en acajou foncé et tapisserie, parquet brut, vaste penderie...

Je m'extirpe des draps prudemment. Mes jambes flageolent et ma tête tourne un peu. Il faut que je mange. Mais d'abord, mon téléphone !

Putain de bordel de merde ! On est vendredi.

Ça veut dire que j'ai passé deux nuits et une journée complète dans les vapes.

Je passe rapidement en vue mes messages, la boule au ventre. J'imagine déjà l'angoisse de mon meilleur ami...

Oh, Sergio l'a prévenu. Sympa de sa part, même si le fait qu'il ait fouillé dans mon téléphone et écrit un message en mon nom me hérisse.

Le tissu qui me chatouille les cuisses me fait prendre conscience de ma tenue : je suis attifée d'un caleçon d'homme et d'un tee-shirt trois fois trop grand pour moi – des effets appartenant à Sergio, sans doute.

Bon sang, je dois avoir l'air d'un pauvre oisillon...

En poussant la porte de la salle de bains, je reste scotchée sur le seuil.

La pièce est d'un luxe sans nom : une douche à l'italienne de la taille de ma chambre jouxte une baignoire ressemblant à une piscine. *On a pied partout, là-dedans ?* Un meuble en marbre soutient trois vasques design en verre. Au plafond et autour du miroir, de majestueux luminaires assortis parachèvent ce côté moderne et élégant. Je n'ai jamais vu un tel étalage de faste – c'en est même ridicule.

Quelques minutes me sont nécessaires pour reprendre mes esprits et penser à verrouiller la porte.

Retirer le tee-shirt est aisé : il est tellement large que je réussis à l'enlever sans trop solliciter mon bras blessé. J'examine les dégâts dans le miroir : le pansement appliqué sur mon omoplate ne laisse pas transparaître de trace de sang.

C'est bon signe, non ?

Il me faut cinq bonnes minutes pour comprendre comment fonctionne cette foutue douche, la faute à la multitude de boutons et de manettes. Après être devenue chèvre à force que les jets massants me giclent en pleine figure, je me détends longuement. En sortant de la cabine, j'ai le bonheur de m'emmitoufler et de m'enturbanner la tête dans des serviettes d'un moelleux incomparable. Puis je regagne la chambre afin d'aller chercher un caleçon et un tee-shirt propres dans la penderie de Sergio – je ne vais pas sortir de la villa vêtue en tout et pour tout de serviettes de toilette.

— Je peux savoir ce que tu fous debout ? Tu es censée te reposer !

Je fais un bond et me retourne, le cœur affolé.

Le maître des lieux est assis sur la méridienne, affichant une certaine contrariété.

— Putain, tu m'as fait peur ! répliqué-je.

Haussant un sourcil, il se lève et marche vers moi, tel un prédateur vers sa proie.

— Je t'ai fait peur ? On en parle, de la frayeur que tu m'as faite à moi ?

Houlà ! Grincheux n'est pas content.

— Excuse-moi, Sergio, soufflé-je.

Ses yeux me balaient de haut en bas.

— De quoi t'excuses-tu, au juste ?

Je ravale ma salive. Mon petit doigt me dit qu'il attend une réponse en particulier.

— De t'avoir fait accourir en pleine nuit parce que j'étais blessée ? D'avoir été détestable parce que tu envahissais mon espace personnel ? De t'avoir balancé des choses que je ne pensais pas ? Bref, de t'avoir fait chier.

Il m'observe avec intensité.

— Ce qui me fait chier, Léo, c'est que tu mettes perpétuellement ta vie en danger. Il faut que tu cesses d'aller patrouiller sur ces parcelles !

Il ne comprend pas : si nous n'avions pas été présents mercredi soir, Sacha serait mort aujourd'hui.

J'imagine que mon expression trahit mes pensées. Il s'avance encore vers moi et brandit une main, menaçant, le regard furieux.

Alors que je recule d'instinct, il laisse retomber sa main, et la colère qui brillait dans ses yeux s'évanouit.

— Qu'est-ce qui te prend ? s'enquiert-il, étonné.

— Tu sembles avoir envie de me secouer comme un prunier.

— Inutile de me fuir, je ne te ferai jamais de mal, grince-t-il. Et tu le sais très bien.

— Je ne te fuis pas. Enfin, pas vraiment. Je suis gênée : tu ne vois pas que je suis à moitié nue ?

Il m'adresse un sourire narquois.

— Dois-je te rappeler dans quelle tenue tu étais quand je t'ai trouvée ? Selon toi, qui t'a enfilé des affaires propres ?

S'il m'a déshabillée, il a vu mes cicatrices – je me souviens vaguement d'ailleurs qu'il m'a posé des questions à ce sujet. Quelles déductions en aura-t-il faites ? La honte me submerge. Je détourne les yeux, resserre la serviette autour de moi.

— Cela te fait rire ? Il y a certaines choses que j'aurais préféré que tu ne voies jamais ! m'exclamé-je.

Il pose les doigts sous mon menton, me forçant à lever les yeux vers lui.

— Tu es une femme sublime. Comment faire autrement que te regarder ?

Je grimace, me sentant humiliée. Lui qui d'ordinaire ne prend pas de pincettes, qui se fout de blesser autrui ou d'être impoli, a pitié de moi au point de minimiser la situation et de me débiter des conneries.

— Arrête, Sergio. Je sais de quoi mon corps a l'air, avec cette hideuse toile de cicatrices. Je suis loin d'être attirante !

— Tout en toi est attirant, Léo : tes yeux, ta bouche, tes seins, tes jambes..., murmure-t-il en me plaquant contre lui. Pourquoi crois-tu que je bande ?

Effectivement, le renflement que je sens contre mon ventre ne peut pas mentir, lui.

Putain de merde ! Comment se fait-il qu'il ait envie de moi ? Je ne comprends pas.

Mal à l'aise, je pose mes mains sur son torse pour l'éloigner de moi, mais il ne me laisse pas faire. Il accentue la pression de ses mains sur mes hanches.

— Ne te rabaisse pas, Léo ! Avoir vu tes cicatrices ne diminue en rien l'attirance que j'éprouve pour toi, au contraire. Elles rappellent que tu es une lionne, une âme courageuse. Ton visage, ton corps, ton dos... sont une œuvre d'art, Léonie.

Je pousse avec plus de vigueur et, cette fois, je le fais reculer.

— Non ! Ne me dis pas ça !

Il fronce les sourcils.

— Pourquoi ?

Ma peau est parcourue de picotements d'angoisse, mon cœur s'accélère. Ma détresse doit se lire sur ma figure, car il m'enjoint :

— Léo, calme-toi !

— Ne dis pas ça ! répété-je. C'est ce qu'il disait toujours !

— Qui ça, « il » ? m'interroge-t-il d'un air intrigué – et soucieux.

Son odeur enveloppante, sa présence solide et rassurante m'encouragent à me lancer.

— Celui qui m'a infligé ça. Il disait toujours qu'il faisait de moi une œuvre d'art…

Chapitre 4

Sergio

Je suis démangé par l'envie de nous installer sur la méridienne et de la hisser sur mes genoux pour la bercer.

Sa peur se lit sur son visage et ses yeux expriment ce même dégoût que j'ai vu l'autre soir chez elle. Cette fois je devine qu'il n'est pas tourné contre moi. Cette femme a subi toutes sortes de tortures et elle n'en est pas sortie indemne. Si je veux qu'elle dépasse la répulsion et la méfiance qu'elle éprouve pour la gent masculine, je dois en retracer l'origine, et donc je dois… la cuisiner. Même si sa fièvre est tombée, les narcotiques la font encore planer et elle me semble plus encline à lâcher des informations.

— Et si tu me racontais ?

Elle détourne le regard, une fois de plus.

— Je ne suis pas sûre de pouvoir, Sergio. Je n'ai jamais parlé de ça à personne.

— Lucas m'a…

— Lucas ne sait pas tout.

— Dans ce cas, raconte-moi juste ce qu'il sait, lui. OK ? proposé-je, conciliant.

Elle porte son attention sur ses mains, reste silencieuse quelques instants, tandis que je retiens mon souffle, suspendu à ses lèvres.

— Après la mort de mon frère, pour éviter que je sombre pour de bon, Lilian et Lucas ont fait en sorte que je sois toujours occupée. Entre la recherche de survivants, la chasse, la pêche, les blessures à soigner, il y avait de quoi faire. Et Nakio m'a prise sous son aile. J'ai joué l'infirmière, la kiné, la médecin, la psy... Mon chagrin était si vif que je me foutais des tâches qu'on me donnait à faire. Je dormais peu, car l'inaction apportait trop de tourments. Les blessés les plus graves ne me dérangeaient pas. Tandis que certains rescapés, tels que Madeline, fuyaient les hurlements, j'étais attirée vers eux. Tu jugeras peut-être que c'est malsain, mais soigner la douleur des autres me permettait d'oublier la mienne.

Effectivement, c'est assez malsain. Cela dit, je comprends que l'esprit cherche une échappatoire à la douleur. À la mort de Mama, j'ai non seulement expérimenté toutes sortes de tortures sur celui qui l'avait tuée, mais j'ai aussi passé mes nerfs sur les concurrents qui osaient se dresser sur ma route.

— Sauf que nous manquions de tout. On avait besoin de bandages, d'antiseptiques, d'alcool, de compresses, de matériel chirurgical... Du coup, au bout de huit jours, Lilian, Lucas et moi avons décidé d'accompagner en ville un groupe de villageois et de blessés graves qu'il fallait évacuer. En outre, on voulait retrouver notre copine Zoé et nos autres amis, qui avaient choisi de partir se réfugier là-bas au moment où Lucas nous avait rejoints à la villa Maria.

— Comment vous êtes-vous rendus en ville ? Les routes étaient praticables ? Vous aviez des véhicules ?

— Nous les avons tractés sur des chariots de bambou. Autant te dire qu'il nous a fallu un certain temps pour accomplir le trajet. Nous n'avions pas le choix. Les véhicules qui n'avaient pas été charriés par la vague étaient endommagés, et les survivants siphonnaient l'essence pour s'en servir de combustible.

D'ordinaire, il faut un peu moins d'une heure en voiture pour accéder à la capitale. À pied, dans l'état calamiteux dans lequel devaient être les routes de l'île à l'époque, ça a dû être une expédition commando.

— Arrivés là-bas, on a découvert des refuges surpeuplés, des associations humanitaires dépassées. L'esprit d'entraide régnait, cependant, et au centre de la Croix-Rouge auquel nous avons confié nos blessés, nous avons même fait la connaissance de Malaga, une femme merveilleuse. Lucas et Lilian m'ont convaincue de lui prêter main-forte pendant qu'ils partaient à la recherche de Zoé. Je m'activais du mieux que je pouvais quand s'est présentée une habitante des vieux quartiers désespérée. Son fils nourrisson dans les bras, elle était venue chercher du secours pour sa fille aînée, dont la jambe avait été broyée lors de l'effondrement d'un pan de mur. J'ai donc pris la décision d'aller chez elle. Hélas, c'était trop tard pour sauver la jambe de Lilou, et... j'ai dû l'amputer en urgence.

Bordel. Elle a coupé la jambe de cette gamine toute seule ?

— Au centre de la Croix-Rouge, ils disposaient de pansements et de médicaments, dont Lilou allait avoir besoin pour ne pas contracter une infection. Louisa devant rester au chevet de sa fille, il m'incombait d'aller chercher ça.

Ses doigts se crispent. Sa voix diminue d'intensité.

— Au centre, j'ai obtenu le matériel pour Lilou et j'ai demandé à Malaga de prévenir Lilian et Lucas, qui n'étaient pas encore revenus, de mes intentions. Je redescendais dans les vieux quartiers quand *il* m'a abordée, croyant que j'étais blessée. Quand il a compris que le sang n'était pas le mien, il a semblé surpris et même intrigué. Je lui ai fait un résumé de l'état de Lilou. Et il a proposé de m'accompagner, arguant qu'il était infirmier bénévole.

Ses yeux se voilent. Sa voix n'est plus qu'un murmure.

— Je n'ai jamais atteint la maison de Louisa. J'ignore si c'était calculé, s'il m'avait repérée, s'il était seul ou avec... d'autres. Sur la route pour retourner chez elle, il m'a soudain attirée dans le renfoncement d'une porte. J'ai senti une vive piqûre dans le cou et j'ai sombré dans l'inconscience.

— Qu'est-ce qui s'est passé ensuite ? osé-je demander alors qu'elle s'est tendue de tout son être.

— Ensuite, je... J'ai été la prisonnière du diable pendant cinq jours interminables.

Ses yeux rouges de larmes qu'elle retient difficilement font chavirer mon cœur. J'effleure sa joue tendrement dans l'espoir de lui insuffler de ma force.

— Cinq jours, c'est le temps qu'il a fallu à Lilian et Lucas pour remonter ma trace. Lilian est venu me chercher. Mais nous nous sommes fait attraper alors qu'on venait tout juste de se retrouver.

Sur sa joue roule une larme que je recueille avec mon pouce.

— Lorsque mon bourreau s'est rendu compte que l'on était venu à mon secours, sa colère s'est déchaînée et il a décidé que, si nous voulions partir, ce serait en mourant tous les deux. Il nous a jetés à la mer. Lucas, qui devait nous récupérer au pied des falaises, nous a repêchés. Pour Lilian, hélas, il n'y avait plus rien à faire.

La détresse dans sa voix m'achève.

Je l'assieds sur mes genoux, comme une enfant demandant des câlins, étant moi-même transi de froid après son récit. Elle a beau avoir passé sous silence ce qui s'est déroulé pendant ces cinq jours d'horreur, ses cicatrices parlent pour elle.

Beaucoup de choses s'expliquent, maintenant. Elle fuit les hommes, car elle est tombée entre les griffes d'un monstre, qui, en plus, a tué celui qu'elle aimait.

— Lucas m'a ramenée au village et m'a fait soigner par Nakio. Trois jours plus tard, l'aide humanitaire nous parvenait au campement et on nous évacuait vers des hôpitaux ou des foyers. Nakio, Éric et mon meilleur ami sont les seuls à savoir que j'ai été séquestrée. On n'a jamais retrouvé Zoé et nos autres amis. Lucas et moi en avons déduit qu'ils sont morts ensevelis dans un glissement de terrain ou lors de l'effondrement d'un bâtiment, à moins qu'ils aient été dévorés par un couguar – les possibilités sont tellement nombreuses ! Quoi qu'il en soit, Lucas est le seul qu'il me reste. Il est tout pour moi ! La vague m'a pris beaucoup, Sergio : j'ai perdu Noa, Zoé a disparu et Lilian est mort par ma faute.

Elle plaque les mains sur son ventre, et je sais que ses douleurs fantômes resurgissent.

— Tu n'as pas à culpabiliser, Léo. Tu ne pouvais rien faire.

J'aimerais pouvoir la délester de sa culpabilité et chasser pour de bon ces douleurs et ces démons qui la hantent. Elle ne bronche pas, mais je commence à la connaître suffisamment pour deviner qu'elle n'est pas d'accord.

— Tu t'es fait passer pour morte à cause de ton bourreau ? tenté-je alors. Pour lui échapper ? Il a été arrêté ?

Elle secoue la tête, le regard toujours lointain. J'ai besoin de réponses, ou du moins, d'entendre que ce connard est sous les barreaux et que je vais pouvoir me charger moi-même de sa sentence.

— Léonie Dupuis est morte lors de la catastrophe, la fille que j'étais a disparu pour de multiples raisons. Seule Léo Bakari a survécu.

— Tu n'as pas de passeport, pas de carte d'identité ?

— Si ! J'ai eu une carte d'identité provisoire avec le nom que j'ai indiqué aux autorités, mais je n'en ai jamais eu besoin. Je suis embauchée par mon ami qui connaît mon histoire et seul mon compte bancaire a été ouvert avec cette identité. Finalement, dans le flou administratif, entre ceux qui n'avaient plus de papiers, les disparus et les morts avérés, je suis passée à la trappe et ça me convient très bien.

— Voilà pourquoi tu ne voulais pas de somnifère, n'est-ce pas ?

— Et vu la vitesse à laquelle je me suis effondrée, il est manifeste que tu ne m'as pas écoutée !

— Jamais je ne te ferai du mal. Tu le sais, non ?

— Je crois que oui.

Je n'aime pas cette réponse, mais je sens que je devrai m'en contenter.

Bon sang. C'est la première fois que je me soucie ainsi de quelqu'un. À part ma famille, je me fous royalement de ce que peuvent ressentir les autres.

Je ne suis pas certain d'apprécier cette nouveauté.

Il y a un sentiment avec lequel je suis plus à l'aise : la rage. Elle attise mon envie d'éviscérer ce connard, de lui arracher la peau, de lui charcuter les couilles. Je vengerai ma belle et le ferai souffrir autant qu'il l'a fait souffrir.

— Dis-moi le nom du type qui t'a fait ça !

— Quelle importance ? Ça changera quoi ? Le passé est derrière moi, et je n'ai aucune envie de faire revivre mes démons.

— Léo, tu dois me laisser...

— Je n'ai pas besoin de ta pitié, Sergio, me coupe-t-elle. Je sais pertinemment ce qu'il a fait de moi. Je suis une fille brisée, abîmée, au corps et à l'âme meurtris.

Je lui relève le menton.

— C'est ce que tu crois ? Je te l'ai dit, Léo. Les cicatrices qui sillonnent ta peau rappellent que tu es une survivante, une battante, *piccola leonessa.*

— Toutes mes cicatrices ne sont pas visibles, Sergio. Et certaines ne guériront jamais.

Me souvenant de nos précédentes conversations, je sais à quoi elle fait allusion : le sexe est un territoire qui lui est désormais étranger.

J'ai une envie soudaine de la protéger, de la réconforter, de lui donner toute ma force.

Je me penche vers elle et effleure ses lèvres avec les miennes.

En dépit de ce qu'elle vient de me révéler, elle ne me repousse pas.

Elle entrouvre les lèvres, entre lesquelles ma langue s'invite pour explorer sa bouche. Mon sexe, au garde-à-vous, tressaute. Sans cesser de titiller sa langue avec la mienne, je soulève ma rebelle, l'allonge sur le matelas et prends appui sur mes coudes pour la surplomber.

La sentir enfin sous moi, comme j'en ai tant rêvé, me procure une telle euphorie que mon sang bout. Ses mains fourragent dans mes cheveux, faisant grimper mon désir.

Je glisse ma main dans la serviette dans laquelle elle est enroulée et je tire dessus.

Aussitôt que sa poitrine se retrouve à découvert, ma belle rouvre les yeux et me repousse.

— Fais-moi confiance, je lui murmure.

— Sergio, non !

— Léo, même si j'ai très envie de te faire l'amour, ça arrivera quand tu te sentiras prête, je te le jure. D'ici là, nous allons y aller étape par étape, et tu as tout le loisir de me réorienter lorsque le chemin que j'emprunte ne te convient pas. Je vais te faire tellement savourer le sexe avec moi que tu finiras par me supplier de te pénétrer. Allez, s'il te plaît, laisse-moi te montrer quelle vision j'ai de toi.

Elle sonde mes yeux comme si elle cherchait à lire en moi et à déterminer si je suis sincère. À la tension qui se dégage d'elle, je devine qu'elle mène une bataille intérieure entre peur et désir.

— Tu veux bien ?

Elle hoche la tête et ferme les paupières. Elle donne l'impression de ne pas vouloir regarder le vide dans lequel elle s'apprête à se jeter.

Cela me fait un pincement au cœur, aussi je veille à lui offrir le plus tendre des baisers, et elle finit par se laisser aller de nouveau. Puis, délicatement, je l'embrasse dans le cou, traçant un sillon jusqu'à sa clavicule. Je remonte lentement les doigts de ses hanches vers sa poitrine à la peau soyeuse et prends possession de son sein droit avec ma paume.

Certes, elle se détend peu à peu sous mes caresses et son souffle se synchronise avec le mien, mais elle garde les mains plaquées le long des flancs, agrippant le drap comme pour s'accrocher à l'instant présent.

Je dirige lentement ma bouche vers son sein gauche et capture puis mordille son mamelon rose foncé, qui pointe magnifiquement. Sous l'action concertée de ma langue, de mes dents et de mes doigts, elle se met à pousser des soupirs rauques. Ses joues prennent une jolie couleur pourpre tandis qu'elle tire sa lèvre inférieure entre ses dents.

— Putain, Léo ! Si tu savais à quel point tu es belle, là, tout de suite !

Cette vue inouïe m'encourage à amorcer ma descente, mes mains restant aimantées à ses deux globes parfaits. Mon sexe devient douloureux quand j'aperçois son mont de vénus, imberbe, et ce bouton de rose qui m'appelle.

Nom de Dieu, je suis foutu.

Poursuivant la danse sensuelle de mes lèvres sur son ventre, je me laisse glisser à genoux sur le tapis, caresse et embrasse doucement la peau de ses cuisses, retrace avec ma langue les pourtours de son tatouage, de l'extérieur vers l'intérieur. Ensuite, je soulève sa jambe droite avec toutes les précautions du monde pour la placer sur mon épaule, avant d'approcher mes lèvres de leur point d'attraction.

Léo se hisse sur ses coudes, posant sur moi des yeux voilés de désir et d'incertitude tout à la fois.

— Sergio, je ne crois pas que...

Alors que je soupire de regret, je chatouille son intimité de mon souffle, et elle laisse échapper un gémissement lascif.

— Bon sang, pourquoi est-ce que j'ai envie de ça ? marmonne-t-elle plus pour elle-même. Ce n'est...

Je ne lui accorde pas le temps de terminer sa phrase. Je fonds sur sa chatte, écrase la bouche sur son petit bourgeon, fais rouler ma langue, sans la quitter des yeux une seule seconde.

Elle halète, plante ses dents dans sa lèvre inférieure, bascule en arrière, sa tête retombant sur le matelas.

— Putain, lâche-t-elle.

Voilà, ma belle. Laisse-toi aller. Laisse-moi te montrer à quel point le plaisir peut être intense quand je suis à la manœuvre.

Je lâche sa cuisse pour déboutonner mon jean et libérer mon sexe, que je caresse au rythme des coups de langue que je donne sur son clitoris.

Même si j'ai une envie folle de la pénétrer avec les doigts, elle n'est pas prête pour ça et je risquerais de tout gâcher. Je continue mes assauts, alternant lèchements, succions et pressions légères. Elle s'agrippe à mes cheveux, soulève le bassin, se cambre.

Putain, qu'elle est sexy ! Elle aura ma peau.

Mon membre, que j'astique toujours, pulse au moment où ses halètements se transforment en gémissements profonds. Sa moiteur qui se répand sur ma langue est divine. Son corps s'arc-boute, ses cuisses se mettent à trembler et elle pousse un cri étranglé.

Moi-même, je suis envahi d'un flash lumineux si intense que ma peau grésille. Un shot pur de plaisir. J'atteins le septième ciel, aspergeant ma main et les pans du drap.

Je n'ai même pas pénétré ma lionne que j'ai expérimenté l'orgasme le plus puissant que j'aie jamais eu avec une femme.

Qu'est-ce que tu me fais, Léonie Dupuis ?

Elle est allongée sur le matelas. Son souffle fait se soulever sa poitrine. Je me penche au-dessus d'elle et j'admire ses pupilles, pourtant dilatées par les endorphines, dévorées par le vert gris intense de ses iris.

— Tu es tellement délicieuse. Si tu savais à quel point j'ai envie de te déguster de nouveau !

Elle me sourit langoureusement, et mon cœur bondit. Je m'approche de ses lèvres quand, soudain, la porte de ma chambre s'ouvre.

— Sergio, il faut qu'on y ail…

D'un geste habile, je rabats la serviette sur elle. Mon frère ne peut rien voir de sa silhouette merveilleuse, à l'abri du paravent que je constitue, mais je suis envahi par un véhément sentiment de possessivité.

— Oh, désolé, j'ignorais que vous étiez occupés.

— Dégage, Marius, je gronde.

— Salut, Léo, ravi de constater que tu vas mieux.

— Salut, lui répond-elle d'une petite voix alors que je grogne de plus belle :

— Fiche le camp, connard, ou je te jure que je te fais ton affaire.

Le regard assassin que je lui lance par-dessus mon épaule est sans équivoque : je vais lui péter les doigts vu qu'il ne sait pas s'en servir pour frapper aux portes.

— Je rappelle juste à sa seigneurie Grincheux que nous sommes attendus, lâche-t-il avant de sortir.

Là, tout de suite, je me fous royalement de Vanoski et du rendez-vous. Tout ce que je souhaite, c'est ronronner auprès de cette femme.

La porte se ferme, et je me retrouve de nouveau en tête à tête avec ma belle Créole, que, surpris, je découvre en proie au fou rire. Moi qui pensais qu'elle aurait été gênée, confuse ou même mal à l'aise… Décidément, elle a le don de me déstabiliser.

— Tu imagines s'il avait débarqué trente secondes plus tôt ? glousse-t-elle.

— Sa seigneurie Grincheux lui aurait éclaté le nez et arraché les yeux, rétorqué-je. Hors de question qu'un autre que moi te voit en train de jouir !

Elle éclate de rire, et je souris à mon tour face à cette magicienne qui éveille en moi des sensations inédites.

Chapitre 5
Léo

Secouée par mon rire, je tente de reprendre mon souffle.

Sergio, perché au-dessus de moi, me donne de nouveau un baiser. La douceur de ses lèvres allume un feu au creux de mes reins. Ce mec embrasse comme un dieu. Mon rire meurt dans ma gorge, tandis que le désir resurgit. Pourtant, mon corps est encore alangui par l'orgasme intense que mon Colombien m'a procuré. Sa langue devrait être classée parmi les merveilles du monde, si vous voulez mon avis ! Je plane sur un nuage de volupté.

Il éloigne la bouche et pose son front contre le mien.

Sans pouvoir m'en empêcher, je lève la main pour lui caresser la joue, ombrée d'une barbe de trois jours. Non seulement il est sublime, mais cette montagne de muscles est capable d'agir tout en douceur, ce dont je viens d'avoir la preuve extraordinaire. Et cette alliance me perturbe.

Un grondement de satisfaction, comme un ronronnement, fait vibrer son torse et sa gorge.

— Il faut que je m'absente, mais à mon retour, je te promets que nous remettons ça, OK ? déclare-t-il.

Surprise, je cligne des yeux, non pas parce que sa proposition me déplaît, mais parce qu'il présume que je vais rester là à l'attendre.

— Je dois rentrer chez moi, Sergio.

— Pourquoi ? Tu dois te reposer après le traumatisme que tu as subi.

— J'ai dormi toute une journée. La fièvre est tombée et la douleur est parfaitement gérable.

— Tu as mal ? Je vais appeler Louis, lâche-t-il en reboutonnant son jean.

Je me rassieds en serrant les pans de la serviette contre ma poitrine.

— Inutile ! Je vais très bien.

Il pianote déjà sur son portable, ne m'écoutant plus, tandis que j'aperçois des traces blanches sur les draps et sur le sol. Voyant la direction de mon regard, il s'empare de la petite serviette autrefois enroulée autour de mes cheveux, qui a glissé lors de nos ébats, et la jette au sol pour essuyer les dégâts.

Apparemment, je ne suis pas la seule à avoir joui.

— Louis va t'apporter des antalgiques et de la morphine pour...

Cette fois, c'en est trop. Je ne suis pas une petite fleur fragile. De plus, la morphine est un produit précieux dont nous avons manqué pendant la vague : en gaspiller me serait intolérable.

— Non. Je te dis que je vais bien.

Je saute sur mes pieds, mais un vertige me saisit et je titube. Les mains puissantes de Sergio me stabilisent.

— Tu ne vas pas bien, de toute évidence.

— Putain ! Ce n'est rien. J'ai juste l'estomac vide.

— Léo, allonge-toi ! On va t'apporter un plateau-repas et je...

Je le repousse, avant de me diriger vers son dressing.

— Où tu vas ?

— Je te pique des vêtements pour rentrer chez moi.

— Léo !

Son irritation fait grimper la mienne. Il est hors de question que je me laisse dicter ma conduite, même s'il a pris soin de moi et m'a fait revivre certaines sensations.

— Négocions ! Si tu restes tranquillement dans cette chambre, je te promets de te faire passer une soirée mémorable.

Je ne peux m'empêcher de ricaner face à sa crânerie. Ses yeux qui me dévorent de haut en bas me disent sans détour comment il compte s'y prendre.

Mon corps vibre sous cette promesse. Mon esprit, lui, a remonté ses barrières.

— Je dois rentrer, Sergio. Lucas va…

— Qu'il aille au diable !

Je fronce les sourcils.

— Il doit s'inquiéter de ma…

— Il t'a laissée en sang sur le sol de ta cuisine ! Là où *je* t'ai retrouvée inconsciente. Je suis le seul à m'être soucié de toi. Tu restes ici, point final.

Mon désir est balayé par une lame de frustration et d'indignation.

— Sergio, je te rappelle que je ne suis pas un membre de ta famille ni un de tes sous-fifres. Je ne t'ai absolument rien demandé et je ne te dois rien.

— Léo, tu as besoin de repos et j'ai besoin de te savoir en sécurité.

— Je serai aussi en sécurité chez moi. Qui plus est, j'ai une vie et des amis.

— Ils attendront !

J'ai l'impression de parler à un sourd. Cet égocentrique a tellement l'habitude d'obtenir tout en un claquement de doigts que le mot « non » lui est étranger.

— Tu as parlé de négociation ? Alors, négocions : je reviendrai ce soir après mon service.

— Tu. Restes. Ici !

Il appuie sur chaque mot, la rage sifflant à chaque syllabe. Je comprends à ce moment précis que ce n'est absolument pas une négociation.

Je ne lui réponds pas, me contentant de pénétrer dans le dressing. Bon sang, il y a là-dedans une ribambelle de chemises et de vestes parfaitement rangées sur des cintres, des tas de jeans, de shorts et de tee-shirts pliés au cordeau et une douzaine de paires de chaussures alignées sur des racks.

Sur une étagère, je repère un sac de sport que je reconnais comme l'un des miens. À l'intérieur, je découvre des tenues de rechange m'appartenant et un nécessaire de toilette.

Sergio ou un de ses sbires a fouillé dans mes affaires. Ou Lucas lui a rassemblé tout ça.

Alors que je galère avec mon soutien-gorge, j'entends toquer à la porte de la chambre, un échange de chuchotements, puis plus rien. Heureuse de pouvoir sortir avec mes propres vêtements sur le dos – et de ne plus rien devoir à Sergio –, je me change de nouveau, me brosse les cheveux et les attache, avant de retourner dans la chambre.

Quand je reviens dans la pièce, le calme règne. Sergio a disparu sans rien dire !

Au moins, il m'a laissé un cadeau d'au revoir : sur la petite table basse est posé un plateau-repas avec café, jus de fruits, omelette et un assortiment de pains et de confitures digne d'un hôtel quatre étoiles.

Comme mon estomac gargouille, je prends le temps de déguster mon café et mon omelette. Sergio et moi ne sommes pas d'accord sur tout, mais j'admets volontiers que j'ai besoin de reprendre des forces.

On frappe à la porte alors que je termine mon verre de jus de fruits, et Louis pénètre dans la pièce en arborant un sourire poli.

Putain, c'est pas vrai ! Il ne va donc jamais m'écouter ?

— Bonjour, mademoiselle Dupuis.

— Léo.

— Léo, répète le médecin en s'approchant de la méridienne où j'ai pris place. M. Fraticelli m'a informé que vous souffriez.

— Non, je vais très bien. M. Fraticelli me casse les noix à me couver comme un nouveau-né.

Il me fait un clin d'œil.

— Sergio a tendance à être surprotecteur avec ses proches. Puisque je suis là, permettez-vous que je jette un œil ?

— C'est gentil, docteur, mais ça va. Merci pour vos soins, d'ailleurs !

— Je vous en prie. Tenez, je vous ai apporté des antalgiques. Au vu de votre mine, j'imagine que la morphine est inutile.

— Effectivement.

Je lui souris, ravie de voir qu'au moins, lui, il m'écoute et qu'il n'obéit pas aveuglément aux ordres de son patron.

— Il faudra que l'on se revoie la semaine prochaine pour que je vous retire les points. À présent, je vous laisse finir votre repas et je vais prévenir M. Fraticelli que tout va bien.

Il s'est écoulé seulement quelques petites secondes depuis le départ du doc quand j'entends un pas lourd dans le couloir suivi d'un cliquetis dans la serrure. Je me précipite vers la porte et j'appuie sur la poignée.

Sauf que j'ai beau m'échiner, la porte ne s'ouvre pas.

Une sueur froide dévale ma colonne vertébrale.

— C'est une blague ?

Je saute sur mon portable et j'appuie sur la touche d'appel pour contacter Sergio. La tonalité ne résonne pas longtemps avant que sa voix rauque résonne.

— Oui ?

À en juger par le grondement que j'entends en fond, il est en voiture.

— Pourquoi suis-je enfermée dans ta putain de chambre ?

— Tu dois te reposer, bébé.

— Ne m'appelle pas comme ça, connard ! Comment oses-tu me faire un coup pareil après ce que je t'ai raconté ? Toi aussi, ça te fait kiffer de me séquestrer ?

— Ça n'a rien à voir, grogne-t-il. C'est pour ton bien que j'ai fait ça.

— Tu sais quoi, Sergio ? Va te faire foutre.

Je raccroche, à bout de nerfs, et j'éteins mon téléphone.

Il veut jouer au con ? Eh ben, on va jouer !

Je sors sur la terrasse. Cette fois, j'ai été emprisonnée non dans une cage, mais dans une chambre située au premier étage, qui surplombe l'une des piscines de la villa Maria.

Coup d'œil dans le parc, aucun garde en vue… Je souris. C'est trop simple.

J'abandonne mon sac, trop encombrant si je veux faire une sortie discrète, et enjambe la rambarde, avant de sauter en avant.

À la réception, je ressens un vif élancement à l'épaule et je bois la tasse, avalant un ignoble cocktail de produits désinfectants. Pas le temps de souffler, je sors de l'eau, contourne la villa et m'engage sur le sentier qui s'enfonce dans les bois. J'aperçois des hommes de Sergio un peu plus loin – dommage pour eux, je me souviens encore assez des lieux pour savoir où me planquer. Je finis par atteindre la grille et la suis jusqu'à ce que je repère le palmier qu'il me faut : assez haut et assez près du mur d'enceinte. Je l'escalade comme Lilian m'a appris à le faire pour attraper les cocos et, une fois à une hauteur suffisante, je me propulse par-dessus. Je me réceptionne comme je peux en roulant en boule, transpercée par des élancements à l'épaule.

Lorsque je réussis à me redresser, une petite caméra placée à cinq mètres de moi attire mon regard, et je ne peux m'empêcher de la fixer et de lever mon majeur vers elle.

Prends ça, connard !

Chapitre 6

Sergio

Heureusement que nos hommes sont montés dans les autres 4 × 4 qui composent notre convoi, sinon mon humiliation aurait été totale. Marius est toujours secoué d'un fou rire alors que nous nous garons près de l'entrepôt nord du chantier naval de l'île.

— J'adore cette femme, elle est parfaite, a-t-il commenté quand Léo m'a raccroché au nez.

— La ferme.

— Je t'avais prévenu, frangin. C'était une mauvaise idée de l'enfermer.

Elle a besoin de se reposer, putain !

Non, soyons honnêtes, ma démarche est égoïste : j'ai envie de la retrouver dès que je rentre. Je veux pouvoir à nouveau plonger ma langue entre ses cuisses et apprivoiser ma petite lionne farouche.

— Tu veux en parler ? ricane mon frère.

— De quoi ?

— De l'effet qu'elle te fait ?

— Non, je veux que tu te concentres sur la mission.

Et c'est valable pour moi.

Mon frère reprend son sérieux.

— Comme tu veux, mais, pour information, je suis capable de t'écouter aussi bien que de te couvrir.

Je grogne.

— En parlant de ça, attention. On doit être prêts à toute éventualité.

— Sergio, ce n'est pas la première fois que nous effectuons une transaction. Chaque fois, tu me ressasses les mêmes consignes.

— On n'est jamais trop prudent. Et je n'aime pas ce type, répliqué-je en sortant de la voiture.

Aujourd'hui, je dévoile ma sélection à Vanoski pour qu'il établisse sa commande. Mais ce rendez-vous est très important également pour faire passer un message à mon nouveau client : je suis un homme puissant, armé et dangereux dont il ne veut surtout pas devenir le concurrent ou l'adversaire.

En cas de fusillade, je place des hommes sur le toit de conteneurs sur tout le pourtour de la zone, en retrait. Marius, lui, organise la disposition : nos armes sont parfaitement rangées dans les coffres de mes six SUV, que nous avons alignés les uns à côté des autres, chaque véhicule étant flanqué de deux gars armés chacun d'un colt de ma fabrication personnelle et mis bien en évidence.

— Trois véhicules en approche, monsieur, m'annonce-t-on quelques minutes plus tard dans mon oreillette.

Mes lunettes de soleil me protégeant des rayons qui cognent sur le bitume, je vérifie une dernière fois que mon Beretta est bien en place dans la ceinture de mon jean, planqué sous ma veste de costard.

Bientôt, trois berlines aux vitres teintées se garent devant nous : en sortent neuf types en tout, munis chacun d'un Eagle de calibre 50 – rien à voir avec les armes que je peux fournir, mais ils peuvent faire de lourds dégâts entre de bonnes mains. Enfin, cérémonieusement, l'un d'eux va ouvrir la portière arrière du véhicule du milieu, et Nikolas Vanoski déplie sa longue silhouette tel un vizir en visite officielle.

— Rien à signaler, patron. Nous n'avons pas trouvé de sniper ni d'équipe de réserve, m'indique-t-on.

Ses yeux bleus dissimulés sous des lunettes Dolce & Gabbana, mon client m'adresse un sourire aussi étincelant que la chaîne argentée à son cou et la montre à son poignet.

Je ressens une sensation désagréable chaque fois que je suis en sa présence.

— *Signor* Fraticelli.

Il s'avance vers moi et me serre la main d'une poigne franche et virile.

— Vanoski.

Il se tourne vers Marius et, à son tour, mon frère le salue.

— Marius Fraticelli.

— Enchanté, *signor*, lance le blond d'une voix calme et posée.

S'il est impressionné par le déploiement de mes troupes, il n'en montre rien.

— Voici nos M16, dis-je en le conduisant vers le premier SUV.

Je saisis un fusil d'assaut et le fais tourner comme un jouet, listant à notre client les atouts de mon arme, notamment sa légèreté et sa visée électronique. Je poursuis par des grenades assourdissantes, pas plus grosses que des billes, que mon labo met au point. Je lui présente également des armes lourdes, lance-grenades, lance-roquettes, ainsi qu'une spécialité de mon usine : des balles soporifiques. Leur système est le même qu'une grenade – on dégoupille, on jette, elles explosent –, si ce n'est qu'elles sont enduites de gaz : elles asphyxient les convives d'une pièce en l'espace de deux minutes et les tuent au bout de quatre. Il y a aussi des munitions électriques très efficaces qui envoient dans le corps de l'adversaire des ondes puissantes, qui paralysent ce dernier. Cette balle est, de plus, très difficile à retirer, car elle se déploie une fois qu'elle a pénétré la chair. Enfin, je lui propose un ensemble de munitions traçables grâce à des puces GPS intégrées.

Vanoski est un acheteur attentif et exigeant. Il examine, soupèse et pose une multitude de questions sur les matériaux utilisés, sur la résistance à l'eau, au sable, etc.

Après trois heures sous un soleil torride, il a tout vu et je fais remballer la marchandise. Pendant ce temps, il dégaine son téléphone et commence à établir une liste longue comme le bras. Je jette un œil à Marius, qui lui aussi fixe notre client, décelant dans son regard une étincelle de surprise et de méfiance.

— Il me faut ça à Mombasa dans les cinq semaines, débrouillez-vous. Un acompte de cinquante pour cent, ça ira ?

— Attendez un instant, Va...

Il claque des doigts en direction de ses hommes, m'interrompant. On dirait un gamin jouant mal le rôle d'un mafieux à la télévision. Deux d'entre eux s'approchent avec chacun deux mallettes en acier trempé, qu'ils disposent sur le coffre d'une berline et ouvrent en dévoilant des liasses de billets verts.

— Voici déjà trois millions de dollars. J'imagine que ce sera suffisant pour le moment. Le reste de l'acompte vous sera viré sur le compte de votre choix, et le solde à livraison.

Marius me jette un coup d'œil en coin. Tout comme moi, il est désagréablement surpris du geste généreux de notre client – que complote ce dernier ?

— Au vu de tout ce que je vous commande, je suis en droit d'avoir accès à quelques exclusivités, n'est-ce pas ? J'aimerais beaucoup visiter vos usines, *signor* Fraticelli.

Tu peux toujours rêver, crétin !

Jamais aucun de mes clients ne mettra les pieds sur mon domaine, question de sécurité. Dans mon milieu, un allié peut facilement devenir un ennemi.

— Nous verrons cela, monsieur Vanoski, dis-je plus sèchement.

— Merci pour cette belle journée fructueuse, messieurs. En attendant que toute la logistique soit réglée, j'aimerais vous commander une cargaison personnelle à livrer ici au plus vite.

Il me transfère une nouvelle liste, dont je prends rapidement connaissance. Il s'agit juste d'une petite centaine d'armes de pointe et de jet, rien d'alarmant, mais sa façon de faire me fait grincer des dents. J'ai conclu des marchés avec des oligarques russes qui n'avaient pas la prétention ni les manières de ce merdeux.

Je lève les yeux vers Marius, qui bouillonne lui aussi intérieurement.

— On va mettre les choses au clair, monsieur Vanoski. Je ne suis pas un de vos larbins qui va accourir quand vous claquez des doigts. Ce marché, ce n'est pas vous qui allez le dicter. Je vous rappelle que vous avez fait appel à moi et non l'inverse. Donc, si vous souhaitez poursuivre cette collaboration, il serait judicieux de revoir la manière dont vous vous adressez à nous. Vous n'aimeriez sans doute pas que je mette fin à notre partenariat sur-le-champ ?

— Loin de moi l'idée de vous manquer de respect. Vous avez juste... suscité un énorme intérêt en me dévoilant vos magnifiques produits, je me suis laissé emporter par mon euphorie. J'imagine que vous pouvez le comprendre ?

Je ne réponds pas, me contentant de le fixer. Même mes interlocuteurs les plus aguerris se tiennent à carreau en ma présence. Lui semble trop serein, trop naturel, trop victorieux, et c'est moi qui suis sur mes gardes.

— Je verrai s'il est possible de répondre favorablement à votre requête.

Il hoche la tête, arborant toujours ce sourire en coin que je déteste. Puis il nous serre la main et remonte en voiture, suivi de ses hommes.

Une fois que l'on m'a confirmé son départ de la zone, Marius soulève les liasses de billets, à la recherche de puces GPS.

— Je comprends ton hostilité, marmonne-t-il. Ce type a l'habitude qu'on lui lèche la queue. Heureusement pour lui que c'est un contrat de plus de vingt-cinq millions !

Marius transfère les billets dans un sac qui nous appartient et balance les mallettes sur le bitume, avant de prendre place au volant.

Je rumine pendant tout le trajet, mais, dès que nous avons franchi les grilles de la villa Maria, ma libido resurgit. Ma petite lionne doit être dans une colère noire, et cela me galvanise : mon cerveau fourmille d'idées lubriques pour la faire redescendre.

Je saute du SUV et grimpe immédiatement à l'étage. Je déverrouille la porte de ma chambre, me préparant à affronter une furie, mais le silence qui m'accueille m'indique très vite que quelque chose cloche.

Je fais le tour de la pièce et de la salle de bains : le lit est dans le même état que ce matin, les serviettes gisent toujours par terre, le plateau-repas est entamé, preuve qu'elle a déjeuné.

— Léo ?

La porte-fenêtre étant ouverte, je jette un coup d'œil à la terrasse, sur laquelle je trouve son sac.

Merde !

Une rage décuplée par la frustration m'envahit. L'insoumise s'est échappée. Je dévale l'escalier et me précipite dans la salle de contrôle. Marius m'espionne du coin de l'œil pendant que je tape comme un fou furieux sur le clavier afin d'accéder au réseau des caméras de sécurité. Je rembobine la bande de celle située au milieu de la façade arrière jusqu'à ce que j'aperçoive la silhouette fine de ma petite rebelle à l'écran.

Mon cœur se noue quand elle enjambe la rambarde et saute. Je serre les poings alors que je la vois disparaître dans la végétation.

Comment a-t-elle réussi à passer à la barbe et au nez de ces crétins de gardes ?

Je la perds de vue et suis obligé de passer en revue toutes les caméras. Enfin, je capte un mouvement sur les images de l'un des appareils du mur d'enceinte : celles d'une masse tombant à l'extérieur.

Je me lève d'un bond de ma chaise. Léo est-elle encore là-bas ? Est-elle blessée ? Cependant, la silhouette se relève et fait rouler sa nuque et ses épaules, avant de se tourner vers l'objectif.

Le doigt brandi, elle m'exprime toute sa rage.

— J'adore cette fille, commente Marius, qui s'est approché.

Je ne réponds pas.

Elle m'a fui.

À peine une minute et demie plus tard, j'enfourche ma Ducati. Je suis bien décidé à retrouver ma rebelle et à lui faire comprendre que l'on ne joue pas avec moi.

Chapitre 7
Léo

J'arrive au bar vers 15 heures. Il m'a fallu presque une heure pour rentrer à pied à la maison et j'en ai profité pour me doucher et me reposer.

J'ai fait un arrêt au bureau de l'hôtel pour saluer Éric, que je ne fais que croiser dernièrement, et après lui avoir promis de trouver un moment pour dîner avec lui, je me précipite au bar.

Lucas m'ouvre les bras, et je me réfugie contre son torse.

— Putain, bébé, je suis tellement heureux de te voir ! Ton épaule, ça va ? Je suis content que le Colombien se soit occupé de toi, mais je commençais à croire qu'il allait te garder toute pour lui.

Je souris jaune. Il n'a pas idée à quel point il s'approche de la réalité.

Ma colère envers Sergio n'est pas redescendue, bien que je sache que, selon lui, il n'a pas agi pour me blesser, mais pour me protéger.

Il peut se la foutre où je pense, sa protection.

Je ne peux pas risquer de m'attacher à lui s'il ne respecte pas ma liberté.

— Oh, un câlin collectif ! roucoule une voix dans mon dos. Je peux me joindre à vous ?

— Salut, Sophie, répliqué-je en riant.

— Toi, ma belle, tu me dois un debrief, déclare ma copine quand nous nous séparons.

— Tu permets ? Moi d'abord ! ronchonne Lucas. So, tiens le bar une petite heure.

Ma collègue grogne, mais les ordres du patron sont les ordres du patron, et elle s'exécute, tandis que mon ami, qui a de toute évidence vu et compris que quelque chose me travaille, m'entraîne vers la plage.

— Raconte-moi !

C'est ce que je fais. Je ne peux rien cacher à Lucas. Ainsi que je l'ai expliqué à Sergio, nous sommes les deux faces d'une même pièce. Alors que nous longeons le rivage, il m'écoute sans m'interrompre. Je relate tout, ou presque : ma chute, ma fièvre, Louis, mes révélations au Colombien, son comportement despotique de ce matin, gardant pour moi l'épisode du cunnilingus magique.

— Je ne sais pas si je dois être reconnaissant à Sergio ou lui péter les dents, commente mon frère de cœur après un temps de réflexion. Je suis désolé, en tout cas. Rien de tout ça ne serait arrivé si j'étais resté l'autre soir ou si je t'avais déposée chez Nakio.

— Tu n'y es pour rien.

— Je n'en reviens pas qu'il t'ait enfermée. Ce mec est décidément capable de tout, du meilleur comme du pire. Cela dit, ça fait de lui un garde du corps hyper-efficace, ajoute-t-il d'un ton crispé.

— Pourquoi j'aurais besoin d'un garde du corps ?

Lucas s'agite légèrement et se passe une main dans les cheveux, de toute évidence perturbé.

— Écoute, je dois te dire quelque chose, mais j'espère que cela ne réduira pas à néant les progrès que tu as faits pour échapper au passé.

— Lucas, grogné-je. Arrête de tourner autour du pot.

Mon ami se masse la nuque, inspire un grand coup et lance :

— C'est peut-être bien que Sergio soit là pour te protéger, car Nikolas Vanoski est sur l'île et il se serait trouvé un nouvel associé.

Un froid terrible m'envahit lorsque j'entends ce nom. Un nom à bannir.

Le nom du diable.

— Il est ici ? Je croyais qu'il était parti vivre en Afrique. Quand est-il revenu ?

Lucas danse d'un pied sur l'autre, mal à l'aise, tandis que, dans mon esprit, mes sentiments tourbillonnent et s'entrechoquent : la haine, la terreur, le dégoût, l'incompréhension, la stupéfaction...

— Je dois t'avouer un truc : après la catastrophe, il est bel et bien parti en Afrique, mais juste pour quelques mois. Et même s'il a développé son trafic là-bas, il a toujours gardé son manoir ici. Il ne reste jamais bien longtemps sur l'île, cela dit. Je... je te l'ai caché parce que j'espérais que ça te permettrait de reprendre le cours de ta vie.

Il se fout de moi ?

Je nous croyais unis, sans aucun secret l'un pour l'autre, et je découvre qu'il me dissimule depuis des années une information énorme qui concerne *ma* vie. Une vague de rage suprême monte en moi.

— Comment sais-tu tout ça sur lui ? demandé-je froidement.

— J'ai toujours gardé un œil sur ce connard. Pour toi, pour te protéger.

Mon visage doit afficher ma stupeur et mon désarroi, car il s'avance vers moi. Je lève une main.

Il sait que je me bats tous les jours contre mon sentiment de culpabilité et, à présent, j'apprends qu'il s'est lui aussi exposé au danger pour *me* protéger ? Lilian est mort pour cette raison, il ne peut pas me faire ça à son tour.

— Je suis désolé de t'avoir menti, Léo, mais j'étais coincé : lorsque j'ai appris que Vanoski était de retour sur l'île, on s'était déjà juré de ne plus évoquer son nom, toi et moi. Et tu tenais tellement à cette promesse !

— Il en allait de ma survie, Lucas.

— Je sais, Léo. Mais ce silence nous a enfermés. J'ai besoin qu'on parle de ce qui s'est passé, j'ai besoin qu'on parle de Lilian. Chaque fois que j'évoque son nom, tu te refermes.

— Parce que je ne veux pas revivre ce qui s'est passé ! m'écrié-je.

— Lilian était aussi mon ami, on ne peut pas faire comme s'il n'avait jamais existé. En plus, même après toutes ces années... je ne veux pas et ne peux pas laisser son meurtre impuni ! Tu ne veux pas le venger ?

Le reproche, d'une violence inouïe, me coupe le souffle et me transperce le cœur.

— Tu veux parler ? Eh bien parlons : est-ce que savoir que Lilian me regardait dans les yeux au moment où on lui a tranché la carotide va te soulager ?

Dans mon esprit s'affiche le visage de Lilian, les yeux emplis d'impuissance et de terreur, un couteau sous la gorge.

Les traits décomposés, Lucas tend une main vers moi.

— Non ! Non ! Fous-moi la paix, craché-je en le repoussant.

Le cœur dans une chape de plomb et les douleurs fantômes plus vives que jamais, je fais volte-face et cavale vers le bar. Je saute derrière le comptoir, m'empare d'une bouteille de rhum, et prends mes jambes à mon cou.

Chapitre 8

Sergio

Elle n'était pas chez elle. Même s'il n'y avait aucun véhicule dans la cour, j'ai fait le tour de la maison à plusieurs reprises pour m'en assurer. Et, quand je débarque au 2L, seuls Lucas et Sophie sont au bar.

Je fais signe à cette dernière, qui me sourit.

— Salut, beau brun. Qu'est-ce qui te ferait plaisir, ce soir ?

— Léo ! j'aboie.

Sophie glousse, avant de froncer les sourcils.

— Tu as l'air en pétard.

Tu n'as pas idée, putain !

— Qu'est-ce que vous avez, tous, aujourd'hui ? Léo s'est tirée, furieuse, il y a plusieurs heures et le chef est d'une humeur massacrante.

Je compose une fois de plus le numéro de Léo. Aucune réponse.

Bordel de merde ! Elle va m'entendre quand je vais lui mettre la main dessus.

Sophie m'a abandonné pour servir des clients. Il y a foule ce soir – normal, on est vendredi. Alors pourquoi ma rebelle a-t-elle déserté son poste ?

— Te fatigue pas, le portable de Léo n'a pas aimé le séjour dans ta piscine. Il est HS !

Je me retourne vers Lucas, qui tend leurs boissons à un groupe à ma droite en me toisant.

— Elle est où ?

— Aucune idée.

— Ça ne t'inquiète pas ?

Avec un haussement d'épaules, il me tourne le dos et répond à un couple.

Sophie a raison. Ce soir, il a de toute évidence un pet de travers.

En désespoir de cause, j'arpente la plage de bout en bout, vais jeter un œil à l'hôtel, où je croise Éric qui me salue poliment, avant d'aller de nouveau vérifier chez elle. Après une demi-heure à frapper à la porte comme un bourrin et à faire le tour de la petite maison en collant le nez contre les vitres, je suis près d'exploser.

Putain, mais tu es où ?

Lorsque mon portable vibre, je décroche en grognant.

— Qu'est-ce que tu veux ?

— Léo est ici, lâche Marius.

— Quoi ? Elle va bien ?

— Physiquement, oui ! Mentalement, c'est moins sûr. Cette fille est une grande malade, je te l'ai déjà dit ? Ramène ton cul, frangin.

Il raccroche, j'enfourche ma Ducati et j'accélère, abasourdi. Après toutes les réticences que Léo a exprimées à l'idée d'approcher la villa et notre désaccord de ce matin, mon QG est le dernier endroit où j'aurais pensé qu'elle viendrait se réfugier.

Cinq minutes plus tard, je gravis les marches du perron de la villa Maria trois par trois. Dans le hall, je suis accueilli par un Marius au regard soucieux. Il me fait un signe de tête en direction du salon.

— Elle a débarqué devant les grilles il y a un quart d'heure. J'ai donné mon accord pour qu'elle pénètre sur le site, vu que c'est elle que tu étais allée chercher, non ? Je l'ai confinée dans le salon pour éviter qu'elle crapahute dans toute la villa et tombe sur ce qu'elle ne devrait pas voir.

— Tu as bien fait. Merci, Marius.

Je pénètre dans le grand salon, dont je referme la double porte derrière moi. Il n'y a pas un chat en vue.

— Léo ?

Une tignasse brune surgit à l'horizontale tel un ressort de derrière un sofa. Qu'est-ce qu'elle traficote ?

— Salut, Grincheux, lâche-t-elle d'une voix guillerette, avant de disparaître de nouveau derrière le canapé.

Toujours en proie à la colère, je serre les poings pour ne pas l'engueuler. Je m'avance dans sa direction et la découvre à quatre pattes, à examiner le sol en marmonnant des paroles inintelligibles. Mes yeux se rivent sur son cul parfait, exposé en une position plus que bandante, et il me faut quelques secondes pour reprendre mes esprits.

— Qu'est-ce que tu fiches ?

— Je cherche !

— Tu cherches quoi ?

— Des preu… preuves, hoquette-t-elle. Tout a beau… beaucoup changé ici.

— Tu as bu ? fais-je, suspicieux.

Elle se rassied et regarde autour d'elle.

— Je suis complètement bourrée. Tu n'aurais pas vu ma bou… bouteille, d'ailleurs ? Je ne sais plus ce que j'en ai foutu.

Putain, elle est déchirée.

Elle marche à quatre pattes vers l'extrémité du canapé et se fige subitement.

— Ha, enfin ! s'écrie-t-elle, avant de me faire signe d'approcher, passant et repassant l'index sur une longue marque fine dans le parquet. Tu vois ça ? C'est moi qui l'ai fait. Du moins, je crois ! Y avait pas tout ce bric-à-brac de luxe ! ajoute-t-elle avec force moulinets du bras pour désigner le mobilier de la pièce. C'est en amputant la jambe d'un homme que j'ai fait cette entaille. Mon coutelas est resté planté dans le bois.

Putain de bordel de merde.

— Tu sais combien de temps il faut pour couper des tendons ? demande-t-elle.

— Non.

Elle relève la tête vers moi. Loin d'y déceler du ressentiment à mon égard, de la souffrance ou de la tristesse à l'évocation de tels souvenirs, j'y vois de la perplexité.

— Moi non plus, en fait ! J'ai pas compté. Mais c'est long, je te le garantis.

Elle se redresse en se tenant à moi et chancelle légèrement. Je constate que ses yeux sont rouges et gonflés.

Qu'est-ce qui t'a mis dans un tel état, ma belle ? Qu'est-ce qui t'a poussée à venir ici ce soir affronter tes fantômes ?

Elle tourne encore sur elle-même et se dirige vers le billard.

— Entre ceux qui avaient été emportés par les flots, percutés par un poteau ou qui s'étaient retrouvés prisonniers sous des décombres, cette pièce était remplie de gens défigurés, le bide à l'air, un membre en bouillie... C'était une boucherie. J'ai même vu plein de fois à quoi ressemblait un intestin.

Mon cœur se soulève, tandis qu'elle débite tout ça d'un ton très neutre. Elle ne semble pas prendre la mesure de l'horreur, ce soir. Elle a l'air d'être insensible à son passé, comme si elle lisait un article de presse.

Elle rive sur moi des yeux brillants.

— Tu sais ce qui m'a le plus surprise quand Marius m'a fait entrer tout à l'heure ?

— Dis-moi, je réponds, dépassé.

— C'est l'odeur. Ça sent trop bon, maintenant. Une odeur de neuf, de frais et de grand luxe. Avant, c'était un mélange de sang, de merde et de vomi... Pas top du tout. Ha ! Te voilà, coquine ! glapit-elle après avoir de nouveau contemplé la pièce.

Je pivote sur moi-même pour découvrir une bouteille de rhum aux trois quarts vide posée sur une console dans un coin. Léo se jette dessus et en siffle de longues gorgées, avant que je la lui retire, la levant en l'air.

— Tu as assez bu.

Elle hausse les épaules.

— Sans doute que oui, mais ce n'est pas ton problème. Pourquoi tu te mêles toujours de ma vie ? Tu vas faire quoi ? Me punir en m'enfermant dans ta chambre encore une fois ?

— Ne me cherche pas, Léo. Je suis toujours en colère contre toi.

— Toi, tu es en colère contre moi ? Pourquoi ? déclare-t-elle, l'air sincèrement étonnée.

— Parce que tu devais te reposer. Tu aurais pu te blesser encore plus grièvement, bordel !

Elle me dévisage, avant d'éclater de rire.

— J'étais au premier étage. C'est rien à côté du saut que j'ai fait au lac ! Et puis sais-tu combien de plaies j'ai eues sur le corps, et bien plus graves que celle-ci ? Sergio, ne sois pas ridicule.

Je suis sur le cul. Elle pissait le sang à force de jouer la casse-cou sur ces maudites parcelles, et *je* suis ridicule ?

Putain, je vois rouge.

— Oh, arrête de me fusiller du regard, rends-moi mon rhum et arrête de vouloir me contrôler, bougonne-t-elle en faisant des bonds pour atteindre la bouteille – dommage pour elle, je fais plus d'un mètre quatre-vingt. Bon sang, j'ai cru que je pourrais dépasser tout ça, or voilà que je suis attirée par la réplique de mes cauchemars.

Je serre les mâchoires.

Elle vient de me comparer à son taré de bourreau ?

— Tu peux redire ça ?

— Bah oui ! Toi aussi, tu veux me séquestrer pour pouvoir me baiser autant que tu le souhaites.

Non, non, non, non !

— Léo, regarde-moi !

Envolée, ma fureur. Alors que ma rebelle relève ses magnétiques iris verts dans ma direction, ce sentiment a cédé la place à l'angoisse : je ne peux pas avoir tout gâché alors que je m'efforçais juste de la protéger !

— Je te le répète encore une fois : jamais je ne te ferai du mal…

— Trop tard ! Y a personne à qui je peux faire confiance. Pas même à l'autre, là ! Je croyais que lui, au moins, il était là pour moi et voilà qu'il m'annonce ce truc énorme.

— Quoi ? De qui tu parles ?

— De Lucas ! Il me reproche même de ne pas avoir envie de venger la mort de Lilian. Comme si je l'avais oublié ! Comme si je me foutais d'avoir perdu mon fiancé !

— Ton fiancé ?

— Ah oui ! Je te l'avais pas dit, ça !

Elle fouille dans son décolleté et tire sur sa chaîne. Un anneau d'argent se balance au bout.

— Il m'avait fait sa demande trois semaines avant cette damnée vague. On avait déposé les bans à la mairie la veille. Tout a été balayé par les flots. Tu te rends compte ? Ça aussi, on me l'a enlevé.

La jalousie me submerge, mêlée à une pointe de compassion. Elle était passionnément amoureuse de ce garçon.

— Et qu'est-ce que Lucas vient faire là-dedans ?

— Lui aussi prétend avoir voulu me protéger. Si c'est ça, pourquoi risquer de réveiller le diable ? En plus, on s'était fait une promesse. Il m'a menti... Quant à toi, tu m'as séquestrée dans ta putain de chambre ce midi ! C'était stupide et flippant.

— Si je te fais tant de mal, pourquoi être venue ici ce soir ?

— Ne t'enjaille pas, je ne suis pas là pour toi, ricane-t-elle. Enfin, pas que... Depuis ma conversation de cet après-midi avec Lucas, je suis de nouveau harcelée par mes démons. Je vois le regard sadique de mon bourreau qui me pénètre encore et encore, et je sens même ses doigts s'enfoncer dans la plaie de mon ventre. Ouais, il adorait faire ça ! M'entendre hurler le faisait bander.

J'aimerais la bâillonner pour ne pas entendre la souffrance charriée par ses mots, qui me brûlent le cœur au tisonnier.

— À défaut de m'attaquer à lui, j'ai décidé de me confronter à mes autres fantômes, poursuit-elle. Mais comme je te l'ai dit, cette maison a été transformée. Il n'y a plus aucune trace de carnage. Basile a fait du bon boulot. Finalement, ce n'est pas aussi anxiogène que je le craignais.

Songeuse, elle fait le tour de la pièce en effleurant du bout des doigts les murs et le mobilier.

— Je suis désolé, Léo.

Elle se retourne vers moi, sans cacher sa stupeur.

Plus que jamais, j'aspire à la serrer contre moi et à chasser toutes les horreurs qu'elle a vécues. J'aimerais qu'elle comprenne qu'elle peut me faire confiance et se reposer sur moi, que plus personne ne la touchera tant que je serai là.

Et quand tu seras parti ? me demande une petite voix dans ma tête.

— Tu as joué au con.

— OK, mais au con sexy, admets-le.

Ma note d'humour lui fait lever les yeux au ciel.

— Oui, hyper-sexy. Et c'est problématique aussi, ça. Raaah ! Ça me prend la tête.

Je m'approche doucement.

— Qu'est-ce qui te prend la tête, *piccola leonessa* ?

— Toi ! Et même ce surnom ! Ça me fait vibrer. Je ne devrais pas désirer un homme. Je ne veux pas désirer un homme. Or, depuis que tu as déboulé dans ma vie, j'ai du mal à contrôler les pulsions sexuelles qui m'envahissent quand je te regarde.

Sentant ma peau s'enflammer et mon corps s'échauffer, je m'avance peu à peu vers elle, qui se retrouve bientôt acculée au billard.

— Si tu savais ce qu'*il* m'a fait, tu comprendrais à quel point je suis brisée. Sans compter qu'il a tué Lilian par ma faute. Je ne peux pas vouloir de sexe après ça... C'est...

— Léo ! Ce n'était pas du sexe avec lui. C'était du viol. Ce que tu éprouves avec moi n'a rien à voir.

Mes lèvres ne sont plus qu'à quelques centimètres des siennes.

— Cette fois, tu éprouves du désir, ma belle. Et ma seule envie, c'est de te faire du bien.

Elle me dévisage comme pour me sonder. Marque un instant de pause. Avant d'écraser sa bouche sur la mienne avec une telle ardeur que nos dents s'entrechoquent. Son baiser est urgent, violent et passionné.

Je la soulève de sorte que son cul sublime se retrouve sur le billard, tandis qu'elle enroule ses jambes autour de mes hanches. Je bande à mort. Savoir qu'elle désire ça autant que ça l'effraie m'excite. Je peux la convoiter et espérer la goûter à nouveau. Je veux qu'elle frémisse de plaisir dans mes bras. Je veux qu'elle jouisse à en perdre tout sens des réalités. Je veux la faire haleter. Je veux tout ça et bien plus.

Nos langues se battent en duel tandis qu'elle glisse ses mains sous ma chemise, provoquant de délicieux frissons dans tout mon corps.

Je m'écarte difficilement d'elle et j'attrape ses poignets pour lui faire cesser ses assauts.

— Il vaut mieux qu'on s'arrête là pour ce soir, Léo.

— Non, s'il te plaît !

— Depuis quand n'as-tu pas mangé ?

Tout échevelée, elle fronce les sourcils en réfléchissant pendant quelques instants.

— Le déjeuner dans ta chambre.

Je grogne.

Elle n'est pas dans son état normal. Et bien que la chaleur de ses cuisses enroulées autour de moi et sa poitrine contre mon torse font plus que me troubler, je ne suis pas homme à abuser de la situation. Pas avec elle.

Je la remets par terre et lui saisis la main en l'entraînant vers le couloir. Elle me suit sans broncher. Dans la cuisine, Marius est en train de manger en lisant des documents éparpillés devant lui. Il lève le nez de son verre de vin rouge en me voyant pénétrer dans la pièce en compagnie de ma petite lionne.

Je tire l'un des tabourets à droite de mon frère, avant de hisser Léo dessus comme une enfant sur sa chaise haute. Puis je prends une assiette, que je garnis généreusement afin qu'elle se remplisse l'estomac.

— Je peux te piquer une gorgée ? demande-t-elle à Marius.

— Si tu veux.

— Non, dis-je d'un ton ferme. Tiens, voilà de l'eau.

— Putain, tu es chiant.

— Tu as assez bu pour ce soir, je déclare en retournant à mes occupations.

— On négocie ? propose Léo. Tu sais, comme pour les massages ou ce matin – du moins, avant que tu te casses.

— Léo, j'éviterais de le lancer là-dedans, à ta place. Mon frère est très doué pour obtenir ce qu'il veut, commente Marius, moqueur.

— Moi aussi, minaude-t-elle.

Je dépose son assiette devant son nez, avant de prendre place à sa gauche.

— Mange ! j'aboie.

Elle relève ses yeux fatigués et brillants vers moi.

— Si je te suce, tu me rends mon rhum ?

Marius éclate de rire en crachant son vin.

Léo ne me lâche pas des yeux. Mon entrejambe commence à se sentir à l'étroit, testant la résistance des boutons-pressions de mon jean.

— Frangin, elle aussi est très douée pour négocier.

— Ta gueule, Marius. Et toi, mange !

Elle pioche un morceau de viande avec sa fourchette en grimaçant.

— Je ne comprends pas. D'après Sophie, une bonne pipe, et un homme te bouffe dans la main.

— Je confirme ! ricane Marius.

— Peut-être que je ne suis pas assez attirante pour Sergio.

Je lui lance un regard éloquent.

— Si tu n'étais pas soûle, ce n'est pas le poulet que tu aurais dans la bouche en ce moment.

Elle avale difficilement sa bouchée, et ses joues se colorent d'une teinte écarlate.

Marius, qui rigole toujours, met de côté ses documents – trop confidentiels sûrement pour être exposés aux yeux de ma petite lionne – et partage son repas avec nous. La conversation dérive rapidement, une fois de plus, sur le rhum. Nous retrouver ainsi tous les trois à discuter joyeusement dans la cuisine me procure une drôle de sensation, comme si cette situation était… tout ce qu'il y a de plus naturelle.

Chapitre 9
Léo

Je suis tirée de mon sommeil par une violente migraine et j'ouvre les yeux en serrant les dents, la bouche pâteuse.

Putain, il y a quelqu'un contre moi ! Où est-ce que je suis ?

Je lève doucement la tête et reconnais Sergio, profondément endormi sur le dos. Son beau visage est paisible et détendu. Ses cheveux soyeux sont déployés sur l'oreiller. Sa mâchoire carrée est recouverte d'une barbe de trois jours dans laquelle viennent s'accrocher les rayons du soleil filtrant à travers les rideaux. La salamandre sur son torse semble m'adresser un clin d'œil de connivence lorsque je m'attarde à contempler ses muscles dessinés à la serpe.

Des bribes de souvenirs me reviennent, à commencer par la quantité astronomique d'alcool que j'ai ingurgitée hier soir. Après m'être enfuie du 2L, je suis allée chez Nakio et, mon ami étant absent, j'ai bu seule, avachie par terre contre la porte de sa maison. Ensuite, j'ai atterri je ne sais comment à la villa Maria.

Or l'intérieur ne m'évoquait rien. Comme si ma mémoire m'avait joué des tours. L'odeur était différente, les murs et le sol étaient immaculés, le mobilier intact et élégant, le calme régnait.

Je suis tombée des nues et il m'a paru primordial de trouver des traces physiques prouvant que tout ne venait pas que de mon imagination tordue. J'ai vu et vécu des choses ici : il devait en rester des vestiges. L'horreur ne peut pas être effacée par un coup de peinture.

Quand j'ai retrouvé l'entaille, j'ai ressenti un profond soulagement. La villa aussi avait des cicatrices. On ne dépasse pas le passé, on ne l'efface pas. On apprend à vivre avec.

Je me revois faire part de mes réflexions à Sergio, mais c'était sans doute plus clair dans ma tête que ça l'a été en réalité.

C'est curieux : l'indignation que j'ai éprouvée pour lui après son comportement inacceptable d'hier matin est passée au second plan après l'émotion de mes « retrouvailles » avec la villa. Et puis, je dois reconnaître que, toute la soirée, il s'est appliqué à veiller sur moi, gentiment, et s'est tenu à carreau. Pourtant, le contact de sa peau m'a rappelé notre étreinte de la matinée et s'il m'avait sauté dessus, je crois que je me serais laissé faire.

Au souvenir des assauts dévastateurs de sa langue magique, mes mamelons durcissent et une sensation de moiteur naît entre mes jambes.

Je me glisse hors du lit en prenant soin de ne pas réveiller le colosse à côté de moi et me coule à pas de souris dans la salle de bains. Je fouille rapidement la pharmacie pour y dénicher une aspirine, avant d'attraper une brosse à dents. Une fois que ma bouche a retrouvé un semblant de fraîcheur, je file sous la douche, qui est toujours aussi indomptable. L'eau chaude dégringole agréablement sur mon crâne et mes épaules, apaisant ma migraine.

Bien que j'aie des trous noirs – par exemple, je ne sais plus comment je suis arrivée à la villa –, je me souviens nettement que le reste de la soirée a été plutôt sympa. Au fur et à mesure que j'échangeais joyeusement avec les deux frères (j'ai d'ailleurs remarqué que Sophie était un sujet fétiche du cadet des Fraticelli...), mon cœur s'est allégé. Il faut dire que, l'ivresse aidant, j'étais assez réceptive à l'humour graveleux de Marius, qui m'a fait d'autant plus marrer que cela faisait grogner Sergio.

Je ne sais plus non plus comment j'ai atterri dans le lit de mon Colombien. J'imagine que je me suis assoupie sur l'un des canapés du salon, où nous avions migré après avoir fini de dîner, et qu'il m'a portée jusqu'à sa chambre.

Incommodée par un élancement à l'épaule, j'appuie les paumes contre la paroi, je roule mes muscles et j'étire ma nuque de droite à gauche. Soudain, des mains viriles se posent sur mon cou.

Je sursaute, n'ayant pas entendu Sergio arriver, encore une fois. Je suis davantage gênée qu'il voie mes cicatrices que d'être nue devant lui. Il exerce une douce pression sur mes muscles, et, malgré mon désarroi, je me détends peu à peu sous ses caresses.

— Bonjour, *piccola leonessa*, chuchote-t-il à mon oreille, en profitant pour me lécher le lobe.

Ses mains quittent mes épaules et descendent sur ma poitrine, flattent mes seins avec délicatesse. Mais lorsqu'il plaque son torse et son bassin, nus, contre mon dos, la barre rigide qui pousse contre le bas de mes reins ne laisse aucun doute quant à son excitation, et mon corps s'embrase. Je bascule la tête en arrière et me coule contre lui.

Je ne réfléchis plus. La seule chose que je sais, c'est que je suis bien dans les bras de mon Colombien. Je me sens désirable, malgré mes cicatrices, et désirée, malgré ce qu'il sait de mon passé.

Ses mains descendent encore, cette fois sur mon ventre, puis plus au Sud.

— Tu m'as fait une proposition très indécente, hier soir… J'en ai rêvé toute la nuit, susurre-t-il.

Ses doigts se fraient un passage entre mes cuisses et caressent mon clitoris dans des mouvements circulaires qui me font trembler.

Un gémissement sort de mes lèvres sans que je puisse le retenir.

Cependant, je me redresse, avant de pivoter vers lui, me retrouvant contre ses pectoraux d'une fermeté inouïe, accrochée à ses bras. Ses iris, qui ont été à demi dévorés par ses pupilles, expriment un désir sauvage pour moi, ce qui me chavire le cœur. Je me hisse sur la pointe des pieds, et nous échangeons un baiser extrêmement sensuel, mes doigts dans ses cheveux, ses paumes sur mes fesses.

Comme sa remarque ne m'a pas échappé, je m'écarte de lui pour l'embrasser sur le torse et enrouler la main autour de sa verge, longue et épaisse. Je le caresse lentement de haut en bas, passe le pouce sur son gland, le faisant grogner de plaisir.

Je me laisse tomber à genoux sur le carrelage et il se fige, surpris. De toute évidence, il était loin d'imaginer que j'aurais l'assurance nécessaire pour exaucer son fantasme. Comment lui dire que je me surprends moi-même ?

— Léo ?

Mi-intimidée, mi-excitée, je m'accorde quelques secondes pour admirer le membre, les cuisses musclées, le corps solide de l'homme devant moi, fantasme à l'état pur. Puis, avant de trop réfléchir, je pose mes lèvres sur la peau veinée de son sexe. Je sors la langue et remonte sur toute sa longueur, les yeux levés vers Sergio. J'enroule ma langue autour de son gland et l'attire dans ma bouche.

— Putain...

D'une main, il prend appui sur la paroi, glissant l'autre dans mes cheveux pour accompagner mes va-et-vient. J'aplatis la langue, écarte les mâchoires, je rentre les dents et serre les lèvres.

— Nom de Dieu, Léo ! Si tu savais comme tu es belle, là, maintenant !

Ses yeux se plissent et son souffle se hache.

Ça fait bien longtemps que je n'ai pas fait de fellation et je pensais ne plus jamais en être capable. Or voir un colosse tel que lui être enfiévré, déstabilisé par mes caresses me procure un sentiment de puissance exaltant. C'est moi qui exerce cet effet sur lui. Je contrôle et domine la situation.

Tandis que j'accélère le mouvement, il ferme les yeux, submergé de plaisir.

— Bordel...

J'ai beau avoir des crampes à la mâchoire, j'adore le regarder perdre pied. Et la sensation de moiteur entre mes jambes s'intensifie lorsqu'il me lance, éperdu :

— Bébé, si tu ne veux pas que je te crache dans la bouche, tu dois t'arrêter sur-le-champ.

Je ne me stoppe pas, galvanisée par le plaisir que je lui donne.
— Putain, tes yeux, ta bouche, tes lèvres… Léo, c'est trop…
Il penche la tête en arrière, resserre le poing dans mes cheveux et plonge au fond de ma gorge. Je sens le tressautement de sa verge, puis une salve chaude est déchargée dans ma bouche.
Sous son regard ébahi, ma confiance explose et j'ose aller plus loin : j'avale l'intégralité de sa semence et je me lèche les lèvres, fière de moi, avant d'attraper le flacon de shampoing et de me masser le cuir chevelu comme si de rien était. Son sexe, à moitié tendu, a l'air aussi sidéré que lui, hésitant entre abandonner la partie ou se gorger de nouveau pour vérifier si je suis capable de redoubler l'exploit.
— Même si tu suces comme une déesse, compte pas sur moi pour te rendre ta bouteille, me taquine mon Colombien.
Le fou rire qui me saisit après ce moment intime est aussi kiffant qu'inattendu.
Sergio se joint à moi et s'avance pour me savonner. Si ce n'est que, très vite, ses mains retournent titiller mon clitoris. Mon rire s'éteint, bientôt remplacé par des gémissements incontrôlables.
— Si tu savais à quel point j'ai envie de te prendre, déclare-t-il sans cesser son enivrante torture.
Surprise, je penche la tête et constate que son membre est de nouveau au garde-à-vous.
Déjà ? Mais il mange quoi, cet homme ?
Malgré moi, je me crispe. Je ne suis pas prête !
Sergio me relève le menton.
— Je sais, bébé !
Il a compris ma réserve, et ce simple fait renforce mon sentiment de sécurité.
— On va essayer autre chose.
Avant que je puisse demander ce qu'il entend par là, il m'agrippe les hanches, me hisse contre lui et cale son membre juste à l'entrée de ma chatte. Encore quelques centimètres et il me pénétrera.

— Sergio, non. Je…

— Fais-moi confiance !

Il commence à bouger doucement les hanches, frottant son sexe contre mes petites lèvres et sur mon clitoris.

Une sensation de chaleur, irrésistible, monte dans mon bas-ventre et mon excitation se répand sur sa verge, comme si mon corps était prêt à l'accueillir. Alors qu'il me maintient contre lui en continuant le mouvement de balancier, mes gémissements s'accentuent. Je ferme les yeux.

— Je veux te voir jouir, Léo…, murmure-t-il d'une voix rauque, son front appuyé contre le mien.

Ses paroles déclenchent en moi une déflagration. Mes jambes tremblent et je resserre ma prise sur ses hanches. Je jouis puissamment, ne pouvant retenir le cri bestial qui sort de ma gorge. Je sens Sergio me rejoindre aussitôt, et son sperme jaillir sur ma vulve.

— Putain, Léo… Qu'est-ce que tu me fais ? marmonne-t-il au bout de quelques minutes.

Je pourrais lui retourner la question, mais je suis encore complètement groggy.

— Il va falloir que je te trouve un autre surnom, pensé-je à haute voix en voyant le sourire pantois qu'il affiche.

— Ah oui ? Grincheux ne te semble plus approprié ?

— Disons que tu te bonifies.

Après m'être lavée – pour de bon, cette fois-ci –, je l'abandonne dans la douche.

— Tu as toujours mon sac, j'imagine ?

— Il est dans mon dressing.

Captant le regard brûlant qu'il pose sur moi, je me rends compte que mon dos raviné est exposé à sa vue. Gênée, je m'enveloppe illico dans une serviette.

Ses sourcils froncés me font comprendre qu'il a compris mon manège.

— Tu ne devrais pas avoir honte de ton corps, je te l'ai déjà expliqué.

— La honte est trop ancrée en moi, Sergio. Je n'aime pas montrer mes cicatrices, celles-ci en particulier.

À mon grand soulagement, il change de sujet :

— Qu'as-tu de prévu, aujourd'hui ?

Je reste songeuse quelques instants.

— Il faut que je discute avec Lucas.

Il sort de la douche et attrape une serviette.

— Votre dispute concernait Lilian, c'est ça ? s'enquiert-il.

— Je n'ai pas envie d'en parler.

— Ça pourrait te faire du bien. Cette dispute t'a perturbée au point que tu t'es sacrément biturée.

Touché. S'il ne m'avait pas arraché la bouteille, j'aurais même pu aller jusqu'au coma éthylique.

— Il me reproche toujours de me mettre en danger, or…

— Là-dessus, je suis d'accord avec lui.

— Si ce n'est que lui s'est approché du territoire d'un monstre en espérant ne pas attirer son attention.

Sentant mon anxiété se réveiller, je vais me réfugier dans le dressing et ferme les yeux pour effectuer un bref exercice respiratoire. Je repère mon sac dans un coin et farfouille à l'intérieur pour trouver une culotte et un soutien-gorge propres.

— Dois-je comprendre que Lucas connaît l'identité de celui qui t'a fait ça et qu'il veut te venger ? insiste Sergio, campé sur le seuil.

— Ne te mêle pas de cette histoire.

J'enfile mon short et mon débardeur sans me retourner.

D'une main, il me fait pivoter vers lui et glisse ses doigts dans mes cheveux, me forçant à le regarder droit dans les yeux.

— Dis-moi qui c'est, Léo.

Le froid m'envahit, et une terreur brute se répand dans mes veines.

Je ne veux pas penser à lui. Je ne veux pas que mes cauchemars reviennent me hanter alors que je me suis tant battue pour refaire surface.

— Léo, murmure Sergio, je m'occuperai de son cas. Je dispose de beaucoup de moyens.

Je sais qu'il est armé et, de toute évidence, il est plus que capable de se défendre. Je me rappelle la détermination et le sang-froid qu'il a manifestés face à Roland. Je sais qu'il peut être dangereux.

Mais mon tortionnaire est plus dangereux encore. Personne ne peut rien contre lui. J'ai retenu la leçon et plus jamais je ne mettrai en péril la vie de personnes à qui je tiens.

Je secoue la tête et me dégage, avant de retourner dans la chambre.

— Je finirai par savoir ! Lucas et Lilian avaient réussi à remonter la piste jusqu'à l'endroit où tu étais gardée prisonnière.

Je soupire, excédée.

— S'il te plaît, laisse tomber. Crois-moi, mon passé doit rester là où il est.

Il continue de me dévisager avec intensité.

— Viens, allons manger, lâche-t-il enfin.

Une vague de soulagement me traverse. Je lui adresse un sourire crispé en le suivant vers la porte. Je n'ai pas vraiment d'appétit, mais, après tout l'alcool ingurgité hier soir, il serait sage de me remplir l'estomac.

Chapitre 10

Sergio

En quelques jours à peine, ma rebelle s'est immiscée sous ma peau et a mis mon monde sens dessus dessous. Elle ne s'en rend pas compte, mais elle me déconcentre et m'obnubile.

Assise sur un tabouret de la cuisine, plongée dans ses pensées, elle contemple le fond de sa tasse. Son café glisse dans sa gorge.

Cette même gorge qui, tout à l'heure, m'a procuré un orgasme exceptionnel.

Quand je repense à ses lèvres étirées autour de mon membre, à sa langue douce qui me titillait, à l'éclat ardent de ses yeux gris-vert, mon désir s'embrase de nouveau.

Et en même temps, je devine à sa mine tourmentée que, même en cet instant, elle est hantée par son tortionnaire. Ça me fout en rogne qu'il la terrorise encore.

Ce salaud va crever.

Je n'ai jamais autant souhaité torturer un homme. Plus depuis la mort de Mama.

— Salut, la compagnie.

Marius entre dans la cuisine vêtu en tout et pour tout d'un short de sport et de baskets. À en juger par sa peau couverte de sueur et ses tempes humides, mon frère est allé courir.

Léo se fige en voyant son torse nu – et sculptural, certes –, et je sens une pulsion de possessivité s'emparer de moi. Je pose une main sur la cuisse de ma belle, qui me prête de nouveau attention. Perplexe, elle hausse les sourcils face à mon regard furieux.

— Bien dormi, Léo ? s'enquiert Marius en m'adressant en douce un clin d'œil moqueur.

— Euh... Oui, marmonne-t-elle, gênée.

— Au fait, Sophie m'a appelé cette nuit à la fin de son service pour savoir si tu étais ici parce qu'elle ne parvenait pas à te joindre. Je me suis permis de la rassurer en lui disant que tu dormais en bonne compagnie.

— Nom d'un chien ! Je suis foutue ! Elle va me harceler pour avoir des détails, maintenant. Espérons que je puisse l'éviter pendant un ou deux jours...

— Eh non, elle m'a chargé de te rappeler que vous avez rendez-vous au parking du 2L cet aprèm pour aller faire une plongée.

— Putain ! J'avais zappé que c'était aujourd'hui.

— Je lui dis que c'est bon pour toi ?

— Euh... Oui ! Enfin, je la retrouverai au port, il faut que je m'achète un portable et j'ai quelques personnes à voir.

— OK ! Et tu m'y retrouveras aussi : Sophie m'a proposé de me joindre à vous, déclare Marius en me narguant d'un grand sourire.

Léo hausse un sourcil.

— Ça a l'air sérieux, elle et toi.

— On s'amuse bien au pieu, mais ça s'arrête là, s'esclaffe mon frère.

— Vraiment ? Pourtant, tu nous accompagnes pour une sortie en mer. Mieux vaut que je te prévienne : le bateau ne se prête guère aux parties de jambes en l'air.

— C'est pas grave. Je ne vais pas me priver du spectacle de deux jolies filles se trémoussant en bikini.

— Marius, grogné-je.

Il éclate de rire, et je m'apprête à répliquer à mon frère que mes poings s'écrasant sur son visage vont rapidement le rendre aveugle, quand mon téléphone se met à vibrer dans ma poche. Lorsque je lis le nom de mon interlocuteur – ou plutôt de mon interlocutrice –, je dépose sur la tempe de ma belle un petit baiser et vais m'isoler dans le salon.

— Bonjour, Rosa.

— Tu me dois des explications, frangin.

— Sur quoi ? Tu as reçu ma sélection, non ?

— Ah, ça, oui ! Ces rhums étaient succulents. C'est ta barmaid qui te les a conseillés ? Celle-là même avec qui tu es occupé ?

— Euh, je...

— Non, ne nie pas ! Marius m'a tout raconté. Pourquoi est-ce que c'est lui qui m'a parlé d'elle ?

— Je ne te parle jamais des filles avec qui je baise.

— Exact et heureusement, je n'aime pas imaginer les détails. Beurk. Cela dit, si j'ai bien suivi, elle, tu ne la baises pas ! Tu me caftes que Marius court après une nana, or j'apprends que c'est également ton cas !

Je m'effondre dans l'un des sofas, regrettant que la ténacité soit une qualité de toute la fratrie Fraticelli.

— Je... Je suis un peu déboussolé, à vrai dire.

Ma sœur, à l'autre bout de la ligne, se radoucit.

— Eh bien, elle doit être unique pour te mettre dans un tel état.

— Elle l'est, oui. C'est une guerrière, une splendide guerrière qui a été malmenée par la vie, et elle éveille en moi un profond sentiment protecteur. Je... Je...

— Oh, Sergio ! Tu es amoureux, frangin !

— Quoi ? m'époumoné-je, aussi surpris qu'agacé par cette théorie idiote.

— Il y a des trémolos dans ta voix quand tu parles d'elle.

— Ne dis pas de la merde.

— Je ne dis pas de la merde et tu le sais. Tu ne veux juste pas l'admettre. Donc où en es-tu avec elle ? Elle n'a pas d'ex ou de mec dans les pattes, au moins ?

— Ça suffit ! répliqué-je. Léo est à moi et j'ai aucune envie de la partager pour l'instant.

Waouh ! Je sors ça d'où ?

Rosa éclate de rire.

— Tu peux lui transmettre un message de ma part ?

— Non. Quel message, d'abord ?

— Je voudrais la remercier et la féliciter de prendre le risque de s'approcher de ton cœur.

— Ça n'a rien de drôle, Rosa. Je n'ai pas besoin de ça !

— Arrête ton cinéma, Sergio. Ce n'est pas dramatique. Une femme ne peut te faire que du bien. Laisse faire les choses. Apprends à la connaître. C'est fou que mes deux gaillards de frères soient ainsi effrayés par l'amour.

— Sergio, dit une voix dans le hall.

Je me redresse sur le sofa pour signaler à Léo où je suis.

— Rosa, je dois raccrocher. Je te rappelle fissa, promis.

— C'est elle ? Tu me la passes ? me taquine ma sœur.

— Rosaaa...

— Je t'aime.

— Moi aussi, petite sœur. À bientôt.

Je mets fin à l'appel sous les yeux attendris de Léo, qui a manifestement entendu mon au revoir sirupeux.

— Navrée d'interrompre ta conversation, mais il faut que je rentre.

— Je te dépose, *piccola leonessa* ?

— Inutile. Marius a retrouvé ma voiture ce matin à quelques mètres de la villa.

Putain, elle a conduit dans l'état dans lequel elle était hier soir ?

— Oui, moi aussi, je me giflerais, alors inutile de me faire une crise, ajoute-t-elle. Tu me regardes comme si tu allais me punir sur-le-champ.

Je hausse un sourcil, amusé.

— Pas bête, ça. Je pourrais te fesser... Qu'en penses-tu ?

Ses joues se colorent de rose et elle lève les yeux au ciel.

— Je file. À plus tard.

Je la rattrape, la fais pivoter contre moi et plaque mes lèvres sur les siennes, me foutant royalement que mes hommes puissent nous voir.

— Maintenant, tu peux t'en aller, je lui murmure ensuite à l'oreille. À plus tard. N'oublie pas, j'ai toujours besoin d'un massage.

Ses beaux iris vert cendré me dévorent avec envie et je sens mon sexe se tendre de nouveau. Elle me tourne le dos, tortillant son cul sublime, avant de disparaître.

Deux minutes plus tard, sa bouse roulante émet un genre de *teuf-teuf* et sort de la propriété.

Un toussotement attire mon attention. Marius, appuyé au chambranle de la porte, m'observe avec un sourire en coin.

— Rosa t'a fait passer sur le gril ?

Je le fusille des yeux.

— Pourquoi tu lui as parlé de Léo ?

— Pourquoi tu lui as parlé de Sophie ?

Je le contourne en grognant et retourne à mon petit-déjeuner, moins appétissant maintenant que ma lionne a quitté la table.

— Alors, qu'en pense Rosa ?

— Que je suis amoureux, ricané-je.

Marius me fixe longuement par-dessus sa tasse.

— Et tu l'es ?

— Bien sûr que non ! Je ne suis pas le genre de pigeon à me laisser attraper à ce jeu-là.

Marius finit par hausser les épaules.

— Moi, ce que j'en dis, c'est que ça ne me dérangera pas de voir un peu plus cette nana pendant notre séjour.

— Hein ?

— Bah oui ! Je l'aime bien.

— Tu es en train de me suggérer de me caser ?

— Pourquoi pas ?

— Ça ne va pas, ma parole ? Une fois que je l'aurai baisée, mon obsession diminuera.

— Ben moi, si un jour je trouve une femme digne de me convenir, je ne serai pas contre me poser.

— Tu baises toutes les nanas qui écartent les cuisses devant toi et tu vas me faire croire que tu serais prêt à te contenter d'une seule femme ?

— Oui. Si je trouve la bonne.

— Dépendant d'une femme, tu serais plus faible.

— Une femme forte comme Léo ne rend pas faible, c'est un pilier et un atout.

J'ai du mal à imaginer mon frère vouloir d'une seule et unique femme dans son pieu, mais j'ai l'impression qu'il essaie de me faire passer un message.

— Tu en sais plus sur son passé ?

Je hoche la tête en serrant les poings. Plus j'avance dans le récit de la vie mouvementée de ma belle Créole, plus son humeur s'assombrit.

— Elle n'a pas dit qui était ce connard ? me demande-t-il lorsque j'ai fini.

Je secoue la tête.

— Elle refuse obstinément, mais je compte cuisiner Lucas.

— Je vais effectuer quelques recherches de mon côté. Crois-tu que c'était véritablement un médecin ou un infirmier ?

— Ça vaut le coup de vérifier, je réponds sans trop de conviction. Bon ! On en est où du côté de notre deal ? Vanoski nous a communiqué les points de livraison ?

— Oui ! Et il a viré l'acompte. J'ai mis de côté les armes qu'il voulait parmi la sélection que nous avons fait venir la semaine dernière. Je pense qu'on devrait pouvoir les lui livrer ce week-end à son domaine.

— OK, allons voir ça.

Ma petite lionne ne doit pas me faire oublier que Vanoski mijote je ne sais quoi. Profitons de l'absence de ma rebelle pour me concentrer sur ce qui est censé être ma priorité : mon business.

Chapitre 11

Léo

Je suis garée devant la maison, mais je n'ose pas descendre de voiture.

Pour une fois, je n'ai pas hâte de le retrouver.

Pour une fois, il n'est pas celui avec qui il m'est facile de parler.

Je frappe le volant en gémissant.

Lucas, pourquoi a-t-il fallu que tu me trahisses ? Pourquoi risquer ta vie et risquer de réveiller les démons que tu me demandes, depuis des années, de laisser derrière moi ?

Des coups légers contre la vitre me font relever la tête. Mon frère de cœur me contemple, les yeux cernés et empreints d'une profonde tristesse.

J'ouvre la portière et je me jette dans ses bras, qu'il s'empresse de refermer sur moi, avant de m'embrasser sur le front tendrement. Dans ce refuge, des larmes libératrices coulent sur mes joues.

— Je suis désolé, bébé.

— Je t'aime.

Nous restons blottis l'un contre l'autre pendant de longues minutes.

— Tu m'accompagnes en ville ? me propose-t-il doucement. On en profitera pour parler.

Le petit bateau est bondé à cette heure de la matinée. Beaucoup de touristes vont au marché central. Je m'installe à la proue avec Lucas, et c'est lui qui se lance le premier.

— Je voulais juste te protéger, Léo. Et même si j'ai surveillé Vanoski, j'ai été très vigilant et gardé mes distances. La plupart du temps, il est à l'étranger.

— Lucas, j'aurais préféré que tu t'abstiennes. Après tout, l'île fait des centaines de kilomètres carrés !

— Ça reste une île.

— Il me croit morte ! En plus, je doute qu'il connaisse mon identité. Je n'étais qu'une marchandise, je n'avais aucune importance. Il ne se souvient peut-être même pas de moi… Quant au fait de se venger…

Mon ami serre les poings en gardant le regard posé sur le rivage qui s'éloigne.

— Je te rappelle que l'idée de le faire arrêter est morte dans l'œuf il y a cinq ans quand on a constaté que les flics fermaient les yeux sur ses actes. Tu as vu le chef de la brigade serrer lui-même la main de ce connard. On avait fait un pacte, Lucas : oublier, avancer et vivre en mémoire de ceux qui n'en ont plus la possibilité. Vivre pour nous. Vivre pour se soutenir mutuellement et ne jamais s'abandonner l'un l'autre. Il est intouchable, je souffle du bout des lèvres.

— Je pourrais… le tuer. Pendant toutes ces années, je l'ai plus d'une fois envisagé.

Je ne peux pas lui en vouloir. Moi aussi, j'ai pensé à égorger mon bourreau, mais le risque est bien trop élevé, pour moi et pour les gens que j'aime.

— Lucas ! On parle de meurtre de sang-froid. La colère, la rage et le dégoût, je le comprends et l'entends, mais ce n'est pas toi. Tu vaux mieux que ça. Tu te ferais attraper et il te torturerait. On a déjà trop souffert pour le laisser détruire encore plus nos vies. Je t'en prie, laisse Vanoski là où il est.

Il me regarde longuement, mi-déterminé, mi-contrit.

— Je ne tenterai rien, je te le promets, mais je garderai un œil sur lui tant qu'il sera dans les parages. Pour ta sécurité. Surtout s'il a un associé. Avec un peu de chance, il repartira dès qu'il aura conclu son deal.

— Tu sais qui c'est ? demandé-je, m'accrochant à cette promesse et à cet espoir.

— Son associé ? Non, je ne l'ai pas vu. Leurs rencontres se font en catimini.

Si seulement Vanoski et cet homme pouvaient s'entretuer, ça règlerait tout...

— S'il te plaît, je ne veux pas qu'on s'engueule à nouveau, déclare Lucas d'un ton implorant en me prenant par les épaules.

— Plus jamais d'engueulade, plus jamais de secret et plus jamais de cachotteries, juré ?

— Juré. En parlant de cachotteries, puis-je savoir où tu t'es réfugiée la nuit dernière ? J'étais inquiet, d'autant plus que je ne pouvais même pas te joindre.

— Je suis navrée, je vais m'acheter un téléphone dès qu'on débarque du bateau.

Je lui déballe tout ce qui s'est passé hier, relatant ma beuverie en solo, mon arrivée fracassante à la villa Maria et surtout ce que j'ai ressenti – ou plutôt ce que je n'ai pas ressenti – en y déambulant.

Il ouvre des yeux ronds grands comme des soucoupes, stupéfié par mes frasques autant que par la virginité retrouvée de la villa.

— Je t'assure, les fantômes ont déserté les lieux.

— Et Sergio s'est montré patient ? s'enquiert-il comme s'il avait du mal à le croire.

— Oui. Il n'a même pas profité de la situation alors que j'ai un peu joué les Sophie...

Lucas éclate de rire, de plus en plus éberlué.

— Sans blague ? Tous les deux, vous avez...

— On n'a pas couché ensemble. Mais on a fait quelques trucs...

— « Quelques trucs » ? Mon Dieu ! Qui êtes-vous, espèce de dépravée ?

— J'ai décidé de voir où ça me mènera.

— Et je ne peux qu'approuver.

Il me prend dans ses bras, me confirmant ainsi que ses encouragements n'étaient pas que du vent : même si Lilian était son meilleur ami, son frère, il serait heureux que je refasse ma vie. Et je suis soulagée de retrouver notre complicité. La querelle d'hier est oubliée.

Lorsque nous arrivons en ville, nous nous organisons rapidement et nous nous donnons rendez-vous au port, avant de nous séparer. Lucas file au marché, pendant que je vais dans une petite boutique de vêtements pour enfants d'où je repars les bras chargés de sacs. Ensuite, après avoir fait la queue pendant une éternité, je réussis à avoir un téléphone et prends la direction des vieux quartiers pour déposer mes trouvailles chez Louisa.

En chemin, je configure mon nouveau joujou et récupère mes données. Merde ! J'ai plus d'une vingtaine d'appels manqués de Sophie, de Lucas, d'Éric, de Nakio et de Sergio.

Manifestement, j'ai fait flipper tout le monde, hier.

J'envoie un texto rapide à Sergio.

> 12 h 36
> J'ai de nouveau un portable en état de marche.
> Si tu veux venir en mer cet après-midi, tu es le bienvenu.

Je viens tout juste de ranger mon téléphone dans ma poche qu'il vibre.

Je décroche sans pouvoir retenir mon sourire.

— Je te manque déjà ?

— C'est toi qui viens de m'inviter, *piccola leonessa*. Qui manque à qui ?

Touché...

— On était justement en chemin, Léo. On sera sur place dans dix minutes ! lâche une Sophie hystérique en fond. Et tu me dois un debrief !

— Ah oui, Sophie est déçue de ne pas avoir eu de tes nouvelles en premier.

— Ça promet, cette excursion..., je soupire.

— Au vu de ton message, j'ai été bien inspiré d'accompagner mon frère et ta pote, non ?

— Tout à fait. Tu es plein de surprises, Sergio.

— Oh, tu n'as pas idée, Léo.

Une nuée de papillons s'envole dans mon ventre.

Soudain, je suis alertée par un bruit de pas dans mon dos et je jette un coup d'œil. Deux types à la carrure solide me suivent. Je les connais, ils font partie des proches de Roland. Ce sont des grands gaillards, ceux-là, pas des gosses.

— Léo ? m'appelle Sergio. Tu es toujours là ?

— Oui, je suis juste...

Trois autres types surgissent devant moi, me barrant la route. Parmi eux, Roland. Je suis donc isolée dans une ruelle en très mauvaise compagnie.

— Merde.

— Léo ? Qu'est-ce qui se passe ? s'inquiète Sergio.

— Je te l'avais dit, Léo : tu vas regretter de m'avoir fait chier, déclare Roland en créole.

Ça se présente mal pour moi. Pourtant, tout ce que je ressens, c'est l'adrénaline qui aiguillonne mon système nerveux.

— Dégage, Roland.

— Léo, grogne Sergio au téléphone. Tu es où ?

— Je suis désolée, Sergio. Je vais avoir un peu de retard.

Roland lève la main, et les cinq guignols s'approchent encore.

Chapitre 12

Sergio

Sophie ne cache pas sa surprise quand elle me voit sur le siège passager à côté de Marius.

— Salut, lui lancé-je alors qu'elle grimpe à l'arrière de notre berline.

— Salut, beau brun. Je ne savais pas que tu étais de la partie.

— J'ai décidé de profiter moi aussi d'une journée de détente en bonne compagnie.

J'espère que Léo sera heureuse de mon initiative. Cela dit, même si j'avais voulu lui demander son avis, elle est en vadrouille et n'a plus de téléphone…

Maintenant que j'y pense, j'aurais pu lui en prêter un. D'une certaine manière, c'est ma faute si le sien a rendu l'âme.

— Vous savez plonger ? demande sa collègue.

— Oui, beauté. On a notre diplôme tous les deux, répond mon frère.

Il y a quelques années, nous avons dû nous introduire en douce sur un cargo qui se trouvait en pleine mer. Les trafiquants à bord nous devaient de l'argent. Inutile de dire que ça s'est mal terminé pour eux.

— Pour information, le matériel est sans doute plus rudimentaire que celui que vous devez avoir l'habitude d'utiliser.

— Il est aux normes, au moins ? j'interviens, inquiet à l'idée que Léo puisse encore une fois se mettre – nous mettre – en danger.

Sophie éclate de rire et hausse les épaules.

— Qui sait ?

Marius et moi échangeons un regard circonspect.

— Et l'équipage est formé ?

À nouveau, le rire de la copine de Léo résonne dans l'habitacle.

— OK, les mecs, je vous briefe : le bateau et le matériel ne sont pas de première jeunesse, mais ils fonctionnent très bien. Quant à l'équipage, il est restreint : nous serons entre nous.

— À qui appartient le bateau ? s'enquiert Marius.

— Il est à un ami de Lucas et Léo, un sorcier. Il le prête à mes potes pour qu'ils puissent lui récupérer les al…

— Nakio ? la coupé-je en me rappelant les propos de Léo.

— Tu le connais ?

— Léo m'a parlé de lui.

— Un sorcier, donc ? raille Marius en me jetant un coup d'œil.

— Bref, tous les trois mois à peu près, Nakio a besoin d'algues pour ses potions ou chais pas quoi, et on en profite pour se faire une virée en mer.

— Qui va piloter le bateau ? Nakio ?

— Oh, non, lâche Sophie. Si c'était le cas, je ne serais pas venue. Ce type me fait flipper.

— Alors qui ? grogné-je.

— Lucas.

Décidément, ce type a plusieurs cordes à son arc, lui aussi.

— J'espère juste que Léo et lui se seront réconciliés. Lucas a été super hargneux avec les clients et Léo était au trente-sixième dessous lorsqu'elle est partie.

Marius ricane.

— Je te l'ai dit au téléphone : avec tout l'alcool qu'elle avait dans le sang, elle était d'humeur joyeuse hier soir.

— C'est pas le genre à se soûler, ma pote. Leur dispute doit être grave pour qu'elle se soit mise dans un tel état.

— T'inquiète, beauté. Grâce au dévouement de mon frère, Léo avait plutôt l'air sereine ce matin. Et lui aussi, d'ailleurs.

Je fusille mon cadet des yeux, et il éclate de rire.

Cependant, je ne peux retenir de sourire en coin en me tournant de nouveau vers la route. C'est vrai que ce matin a été agréable, surtout l'intermède sous la douche.

— C'est quoi, ce sourire cochon ? me grille Sophie.

Marius s'esclaffe encore plus.

Je lorgne froidement la jeune femme. Elle soutient mon regard, pas du tout impressionnée.

— Quoi ? Tu t'es vu ? On dirait un puceau qui réalise tout juste qu'il a fourré son bâtonnet dans un carré de Kiri.

Putain, cette nana n'a aucun filtre et zéro respect.

Sauvé par le gong : mon portable vibre. C'est un message de Léo.

— Non, sérieux ? ronchonne Sophie, dont les yeux sont braqués sur mon téléphone. Elle t'écrit alors que moi j'ai que dalle ?

Elle se renfrogne tandis que je déverrouille mon portable et lis le texto.

12 h 36

J'ai de nouveau un portable en état de marche.

Si tu veux venir en mer cet après-midi, tu es le bienvenu.

Retenant difficilement mon sourire, je lâche :

— Fais pas la gueule, Sophie. Tu ne fais pas le poids. J'ai des arguments de taille auxquels même ta tête de mule de copine n'a pas pu résister.

Dans le rétroviseur, je remarque, satisfait, que je l'ai mouchée. Elle en reste bouche bée.

La voix douce et enjouée de ma barmaid résonne à mon oreille :

— Je te manque déjà ?

Elle a vu juste, mais je ne lui ferai pas le plaisir de le lui dire. Ce constat est assez perturbant en soi. En revanche, je suis rassuré : je ne relève plus trace de la tristesse et de la rancœur qui assombrissaient son humeur ce matin. J'imagine qu'elle s'est expliquée avec Lucas. Sophie va être ravie.

— C'est toi qui viens de m'inviter, *piccola leonessa*. Qui manque à qui ?

J'entends à sa respiration qu'elle marche d'un bon pas.

— On est justement en chemin, Léo. On sera sur place dans dix minutes ! Et tu me dois un debrief ! s'écrie Sophie.

— Ah oui, Sophie est déçue de ne pas avoir eu de tes nouvelles en premier.

Cette dernière me tire la langue dans le rétroviseur.

— Putain, ça promet, cette excursion..., commente Léo.

— Au vu de ton message, j'ai été bien inspiré d'accompagner mon frère et ta pote, non ?

— Tout à fait. Tu es plein de surprises, Sergio.

L'entendre m'appeler par mon nom me procure un sentiment de puissance qui me galvanise.

— Oh, tu n'as pas idée, Léo.

Le silence au bout de la ligne s'étire – au point que ça en devient louche. Je jette un œil à mon téléphone pour vérifier qu'elle n'a pas raccroché.

— Léo ? Tu es toujours là ?

— Oui, je suis juste...

Elle se tait à nouveau et je me redresse sur mon siège. Quelque chose cloche.

— Merde, marmonne-t-elle.

— Léo ? Qu'est-ce qu'il se passe ?

Une vague d'appréhension me traverse. Je tends l'oreille. En fond, un homme s'exprime en créole. Léo réplique d'une voix sèche. Cette fois, je n'ai pas besoin de parler la langue pour reconnaître l'un des mots prononcés : Roland.

— Léo ! Tu es où ?

Une soif de vengeance s'empare de moi, accompagnée d'une autre émotion : la peur. Comment se fait-il que ma lionne soit encore dans une situation périlleuse ?

— Je suis désolée, Sergio. Je vais avoir un peu de retard.

J'entends un brouhaha en fond, puis un bruit sourd.

— Léo ?

Ça ne sert à rien, la communication est coupée.

— Putain, grogné-je.

Je la rappelle, mais ça sonne dans le vide.

— Elle a des ennuis ? demande Marius.

— Oui, avec ce connard de Roland.

Je n'ai pas besoin d'en dire plus à mon frère : il appuie sur l'accélérateur. Lui aussi était énervé par la façon dont s'est finie notre rencontre avec Dugland. Si Léo ne s'était pas interposée, il serait mort à l'heure qu'il est. Il est temps de rectifier ça.

J'appelle Jonas, qui répond aussitôt :

— Patron ?

— Géolocalise-moi le portable de Léo, s'il te plaît. Je te transfère le numéro. C'est urgent.

— Bien, patron.

Je raccroche et termine de lui donner les informations par texto pour ne pas affoler la biche sur le siège arrière.

12 h 44
Envoie Calden et Jason dans les vieux quartiers de la ville.
La cible est ce camé de Roland.

Je les ai à peine envoyées que j'entends Sophie à l'arrière.

— Lucas, c'est moi, dit-elle au téléphone. Non, pas encore ! Léo est dans la mouise.

J'attrape le téléphone, sous le regard incendiaire de la demoiselle.

— Lucas, ici Sergio. Léo vient de m'appeler des vieux quartiers, Roland était en train de lui tomber dessus. Je n'ai pas tout compris, mais...

— Fait chier ! Je m'en occupe. On se retrouve au bateau.

Personne ne me raccroche au nez, putain !

Je rends son portable à Sophie en le lui balançant dessus brutalement. Cette fois-ci, elle ne pipe pas un mot, sans doute intimidée.

Je me concentre sur mon propre téléphone pour cliquer sur le lien que Jonas m'a adressé à l'instant. À l'écran apparaissent un plan de la ville et un point rouge clignotant dans une allée des vieux quartiers.

Mon sang ne fait qu'un tour. La rage qui gronde en moi ne demande qu'une chose : s'exprimer.

Si ce connard la touche, je vais en faire de la chair à saucisse !

— Accélère, ordonné-je à mon frère.

Chapitre 13

Léo

Roland a les yeux injectés de sang et les mains qui tremblent. Je suis prête à parier qu'il est en manque.

Je pose mon portable et mes sacs à mes pieds, avant de sortir mon coutelas. Je décortique tout mon environnement, comme me l'a appris Nakio. Mon ouïe aiguisée capte les moindres bruits extérieurs : le vent qui s'engouffre dans les allées en sifflant, le linge étendu qui s'agite, les cris lointains des enfants qui jouent... Mes yeux, eux, observent tous les détails et objets présents dans la ruelle, des portes à la peinture écaillée aux ordures entassées dans un renfoncement et aux bougainvillées en manque de soleil, en passant, bien sûr, par mes cinq adversaires.

Ces derniers me scrutent avec curiosité, même si la vue de mon arme semble avoir légèrement refroidi leur élan.

— Tu m'emmerdes, Roland, m'écrié-je.

— Il ne fallait pas foutre ton nez dans mes histoires, Léo.

— Je t'ai sauvé la vie, crétin. Sans moi, tu aurais eu la peau trouée. Ton ego a juste du mal à l'accepter.

— Ferme-la. Tu es trop prétentieuse et ça fait longtemps que j'ai envie de t'apprendre qui est le patron.

— Le patron ?

Je pouffe, ce qui a pour effet de l'énerver. Mon manège est fait précisément pour le titiller. Selon Nakio, un ennemi fébrile est un ennemi qui commet des erreurs. Ne jamais se laisser submerger par ses émotions, quelles qu'elles soient. Quand tu te contrôles, tu contrôles le combat.

— Un patron est respecté, Roland. Il est celui qui montre l'exemple et n'a pas peur de se mouiller. Toi, tu te caches derrière des gosses qui prennent tous les risques pour te ramener ta merde.

— Tu vas moins jacasser dans quelques heures. Je pourrais trouver des gars prêts à payer très cher pour un joli p'tit cul comme le tien.

Un nom me vient à l'esprit, me faisant frissonner.

Vanoski.

J'ai voulu l'énerver et j'ai été prise à mon propre jeu.

Concentre-toi, Léo.

Sur un signe de Roland, les hommes qui l'encadrent et les deux dans mon dos avancent vers moi.

C'est parti. Je fais tourner ma lame entre mes doigts et me retourne vivement vers le premier type à deux mètres de moi, extrémité du manche en avant. Le bois rencontre sa mâchoire avec un craquement, qui me confirme que son nez n'a pas résisté. J'en profite pour accueillir son collègue, qui me saute dessus, avec un coup de pied dans les bijoux de famille. Sous la douleur, il se penche en avant, et je l'assomme en le frappant à la nuque, toujours avec le côté manche de mon arme.

Et un de moins !

Je pivote vers son pote, dont le nez pisse le sang. Je lui porte un uppercut dans les côtes, le faisant tomber par terre, cependant que deux mains robustes me saisissent par la taille. Alors que mes pieds quittent le sol, je projette ma tête en arrière. Le choc est violent pour mon assaillant comme pour moi. Un bruit sourd résonne dans mon crâne tandis que l'écho de son grognement retentit dans la ruelle. Aussitôt, toutefois, il resserre sa prise et un troisième guignol tente d'agripper mes jambes pour m'empêcher de me débattre.

Grosse erreur. Je ceinture mes genoux autour de son cou dans une parade que Nakio m'a apprise et je serre de toutes mes forces. Il me martèle les cuisses avec les poings, mais je ne lâche rien, anesthésiée par l'adrénaline. Plus il résiste et plus vite il perdra connaissance.

En moins d'une minute, il est près de défaillir. Le titan dans mon dos me tire en arrière, je défais ma prise et flanque mon genou dans la mâchoire de celui qui était prisonnier de mes jambes. Il s'effondre à son tour.

Et de deux !

Entretemps, celui à qui j'ai pété le nez s'est relevé : il se rue sur moi et m'assène son poing dans les côtes, me coupant le souffle.

— Putain, grogné-je entre mes dents.

La rage du type face à moi est clairement visible. Son nez ensanglanté forme un angle insolite et il darde sur moi des yeux incendiaires.

— Espèce de salope !

Toujours entravée par Hulk, je vois le poing de Nez Cassé se diriger droit sur mon visage. À la dernière seconde, j'incline la tête sur le côté, et l'impact s'écrase sur le menton de son pote, qui, sonné, me libère. Je me jette sur mon assaillant. Nous tombons tous les deux à la renverse en roulant au sol. Il m'agrippe la gorge, j'enfonce mon genou dans ses côtes. Il me frappe violemment à la bouche. Je vois trente-six chandelles, et des taches sombres se dessinent devant mes yeux.

C'est à ce moment précis que j'entends du tumulte sur ma droite. Ma vue floue me permet juste de distinguer une masse qui se rue dans notre direction en hurlant tel un enragé. Mon assaillant se redresse, mais il est percuté par le bœuf qui le charge.

— Ne la touche pas, connard !

Je ressens un vif soulagement quand je reconnais la voix de Lucas. Il fait pleuvoir les coups de poing sur l'homme au sol. De mon côté, je cligne des paupières et secoue la tête pour tenter de chasser les taches sur mes yeux et le sifflement strident dans mes oreilles.

Puis j'entends un fracas de verre cassé immédiatement suivi d'un cri de mon ami. Je me mets debout tant bien que mal.

Nez Cassé gît sur le bitume, inconscient. Cependant, Lucas est en fâcheuse posture : il a affaire à Hulk et à Roland, qui s'est enfin décidé à entrer dans la bataille. En lâche qu'est ce dernier, il s'est armé d'une bouteille, dont il ne reste plus que le goulot. Du sang en coule. Celui de mon frère.

Furieuse, je récupère mon coutelas au sol et marche sur Roland. Lorsqu'il braque les yeux sur moi, son visage se fige en un masque de panique. Il ne fait pas le poids et il n'a plus ses hommes pour se défendre. J'avance, au moment où j'entends un bruit sourd sur ma gauche. Lucas a achevé son adversaire, qui s'écroule par terre.

Alors que je continue d'avancer vers lui, Roland recule d'un pas, lâche son arme improvisée et détale en courant.

— Hors de question que tu t'en tires, crache Lucas.

Avant qu'il se précipite à la suite de ce crétin, je me place devant lui et j'applique une main sur son torse.

— Tu es blessé ?

Lucas pose enfin sur moi ses yeux, fous de colère. Instantanément, la tension disparaît de son visage et je retrouve le regard affectueux de mon frère de cœur. Il relève mon menton et observe ma lèvre fendue.

— Et toi, tu vas bien ?

Je hoche la tête en tentant de le rassurer d'un sourire.

— Je vais lui fracasser la gueule, à ce merdeux ! fulmine-t-il.

— D'abord, on va aller soigner ça !

Lorsque Roland a cogné la bouteille sur l'épaule droite de Lucas, le verre a explosé et déchiré le pectoral de mon ami. De longues traînées de sang traversent son tee-shirt et de petits morceaux de verre sont encore plantés dans sa chair.

Je range mon arme dans mon dos et récupère mes sacs en jetant un coup d'œil las aux corps inertes dans la ruelle. Je sais qu'ils sont tous en vie, mais je n'aime pas ce genre de spectacle. Cela me donne l'impression de retourner des années en arrière.

— Je passerai voir Louisa plus tard. Inutile qu'elle nous voie dans cet état. Allons au bateau, il y a ce qu'il faut à bord.

On progresse en silence pendant plusieurs minutes. Heureusement pour moi, nous ne sommes pas très loin du petit port artisanal où est amarré le bateau de Nakio.

— Tu es sûre que ça va ? me demande mon meilleur ami.

J'opine de nouveau.

— Comment as-tu su où j'étais ? je m'enquiers.

— Sophie m'a appelé en disant que tu avais des emmerdes et Sergio a complété en évoquant Roland.

J'attrape mon portable.

J'ai plusieurs appels manqués de mon Colombien.

Putain de merde ! Il va encore m'engueuler.

12 h 58
Je vais bien.
Lucas est avec moi,
on se retrouve au bateau.

Heureusement, notre ponton est à l'extrémité du port, dans une zone à l'opposé de celle des yachts et des navettes de tourisme. Il n'y a donc pas beaucoup de monde alentour. Néanmoins, nous nous précipitons à bord du petit bateau de pêche avant d'attirer l'attention sur nos têtes et nos vêtements ensanglantés.

— Assieds-toi ! Je vais chercher ce qu'il faut.

— C'est pas grand-chose, grogne-t-il lorsque je reviens avec la trousse à pharmacie et une bouteille de rhum.

Sans lui demander son avis, je prends place sur ses genoux, m'empare de la pince à épiler et commence mon auscultation. Il a eu de la chance : les plaies ne sont pas très profondes. Si la bouteille s'était fracassée sur son cou, le verre aurait pu entailler sa carotide.

Lucas boit une bonne gorgée de rhum, avant de me tendre la bouteille. La brûlure que ça provoque sur ma lèvre est désagréable, celle dans ma gorge est savoureuse.

— Pourquoi Roland s'en est-il pris à toi ? m'interroge mon ami alors que je retire un éclat.

Fait chier !

On s'est promis il y a quelques heures de ne plus se faire de cachotteries, or je lui ai tu ma dernière confrontation en ville avec Roland.

— Putain, Léo ! Qu'est-ce que tu as encore fait ? lâche-t-il, blasé, en me voyant hésiter.

— Je l'ai empêché de détrousser Sergio et Marius il y a quinze jours.

Il fronce les sourcils.

— Tu m'as dit que tu avais raccompagné les deux frères *avant* qu'ils aient des ennuis, pas qu'ils avaient eu affaire à Roland ni que tu t'en étais mêlée !

— Ne commence pas ! On s'est promis qu'on ne s'engueulerait plus. Si je t'ai menti, c'est que je savais que tu paniquerais pour rien.

— On est loin du « pour rien », bordel ! Tout à l'heure, ils ont failli te... te...

— J'en ai eu deux avant que tu arrives.

— Je doute que tu en aurais eu un de plus. Que crois-tu qu'il se serait passé ?

Bonne question. Roland m'aurait-il tabassée à mort pour me punir ? M'aurait-il « vendue », ainsi qu'il l'a évoqué ? Il est tellement crétin que j'ai du mal à le prendre au sérieux, mais un camé peut être dangereusement imprévisible. Étant en manque, il n'aurait sans doute pas craché sur une opportunité de faire d'une pierre deux coups : gagner du fric et se débarrasser de moi.

Lucas siffle une nouvelle gorgée de rhum, avant de me demander :

— Tu veux bien me raconter cette histoire de détroussage, alors ?

Je soupire longuement. Il grince des dents et me fusille du regard, tandis que je lui relate la situation en ville face aux quatre hommes armés.

— Avant de me hurler dessus, n'oublie pas que je suis en train de retirer du verre de ton pec. Surtout, ne t'agite pas et ne me fais pas faire un faux mouvement, je lui enjoins alors que je termine mon récit.

Étrangement, mon ami réagit d'une tout autre manière.

— Putain, il va me tuer, déclare-t-il d'une voix blanche en regardant par-dessus mon épaule.

— Quoi ? dis-je en relevant la tête. Qui ça ?

— Lui !

Je me retourne et découvre un homme imposant qui nous scrute depuis le ponton. Sa posture est tendue à l'extrême, ses poings sont serrés le long de ses flancs. Il a la mâchoire crispée et ses yeux sombres, braqués sur Lucas, sont terrifiants.

Oh, la vache ! Grincheux vient nous flinguer.

À sa droite, Marius nous scrute, lui aussi.

— Bah, putain, vous avez foutu quoi ? Vous allez bien ? nous lance Sophie, qui passe devant les deux mastodontes sans s'émouvoir de la tension qu'ils dégagent.

Elle saute à bord, et, en raison du tangage, je glisse des genoux de Lucas : celui-ci plaque ses mains sur mes cuisses pour me stabiliser.

Les yeux de Sergio se plissent un peu plus.

— Oh, merde, chuchote Lucas.

Sophie jette un coup d'œil aux frangins et balance son sac à côté des miens.

— Ouais, ils sont flippants depuis que tu as raccroché au nez de Sergio. Faut dire que tu nous as fait un coup bizarre, Léo ! M'enfin manifestement, ça va mieux ! On n'interrompt rien de tendancieux entre bons amis, au moins ?

— Non, absolument pas ! lâche Lucas d'une voix sifflante.

Chapitre 14
Sergio

Je vais faire un massacre.

L'idée que ce camé puisse toucher ma petite rebelle m'a rendu fou. Ces dix dernières minutes ont été les plus longues de toute ma putain de vie et son texto ne m'a pas vraiment rassuré. Alors, quand je l'ai découverte en train de chevaucher Lucas, celui-ci à moitié à poil, j'ai vu rouge.

Le pire, c'est qu'elle ne descend pas des genoux de ce connard. Qui a les mains posées sur ses cuisses. Des cuisses qui m'appartiennent, bordel !

C'est soi-disant son meilleur pote. C'est ça qu'ils appellent une étreinte amicale ?

Au vu de sa réaction, l'Antillais a très bien compris mon état d'esprit.

Tu vas morfler, mon gars.

— Bien sûr que non, lance Léo d'une voix douce en réponse à sa copine. Lucas est blessé, je me charge de le soigner.

Elle se décale légèrement et soulève la compresse qu'elle appliquait sur le torse de son ami. Son épaule ainsi que son pectoral sont salement touchés par de longues coupures sanglantes.

— Merde, lâche Sophie, reprenant son sérieux. Et toi, ça va ? T'as quoi à la lèvre ?

Ma rage retombe subitement lorsque je comprends mon erreur de jugement. Mon attention se concentre sur ma rebelle. Du sang perle sur sa lèvre enflée.

Je saute à bord, faisant tanguer le bateau.

— Ce rafiot va chavirer si je monte, râle Marius.

— Dis pas de conneries, réplique Sophie, *Nounou* est insubmersible.

— « Nounou » ?

— Oui, *Nounou*. C'est le nom de cette beauté.

Je me précipite vers Léo, qui se tend en me voyant approcher.

Pourtant, elle devrait savoir que je ne lui ferais pas de mal. À ceux qui ont osé poser les pattes sur elle, cependant...

Personne. Ne. Touche. À. Ma. Famille.

Elle n'est pas de ta famille, abruti !

Ce constat me frappe et je me fige devant ma belle Créole.

Il semble que mon côté surprotecteur se soit étendu à cette femme.

Merde.

Ses yeux, plongés dans les miens, expriment de la perplexité. Voyant que je reste planté comme un con à quelques pas d'elle, elle se retourne vers Lucas et continue, avec une pince à épiler, à retirer les débris de verre fichés dans sa peau.

Celui-ci me scrute toujours. La stupeur qui s'est affichée sur ses traits quand il m'a aperçu sur le ponton s'est vite transformée en panique. Là, il m'observe, méfiant.

— Mettez-vous à l'aise, lance Léo. Je n'en ai pas pour longtemps.

Je ne bouge pas, incapable de faire un geste. Et de remettre de l'ordre dans mes pensées.

Lorsque Marius finit par grimper à son tour à bord, Lucas resserre un peu sa prise autour des cuisses de Léo. Cela déclenche en moi une nouvelle vague de jalousie. Je ne crains plus qu'il se glisse dans le lit de ma belle, mais leur complicité me gêne.

— Qu'est-ce qu'il s'est passé ? leur demande Marius en posant une main sur mon épaule, redoutant manifestement que je pète les plombs.

— Roland m'a tendu une embuscade, explique ma petite lionne sans interrompre les soins qu'elle prodigue à son ami. Lui et quatre de ses potes me sont tombés dessus dans les vieux quartiers.

Cinq contre un ? Et en plus, ce sont des lâches.

— Tu vas bien ? redemande Marius.

Ma rebelle s'empare de la bouteille de rhum et imbibe une compresse.

— Ça va piquer, annonce-t-elle à Lucas.

Alors qu'elle tamponne les plaies pour les désinfecter, son pote ferme les yeux et serre les dents, pour mon plus grand plaisir.

— Oui, répond-elle. Je m'en sortais plutôt pas mal, mais j'ai été contente que Lucas arrive.

— Et c'est qui qu'a pensé à prévenir Lulu ? lâche Sophie à ma droite. C'était même plus rapide que de géolocaliser son téléphone. Et, de toute évidence, beaucoup plus efficace.

— Géolocaliser ? De quoi tu parles ? réplique Léo.

— Ton mec était fou d'inquiétude. Il a voulu te pister pour te retrouver. Moi, je t'ai envoyé notre guerrier et patron préféré.

Son « mec » ? C'est à moi qu'elle fait référence ? Je ne suis le mec de personne.

Léo se tourne vers moi, surprise.

Elle attrape un pot et en extrait une pâte blanchâtre. Elle malaxe la mixture dans ses paumes, avant de délicatement l'étaler sur les plaies de Lucas.

— Où est ce connard de Roland ? demande Marius.

— On a assommé ses quatre potes, mais ce lâche s'est enfui, intervient Lucas. Après m'avoir dégommé avec une bouteille.

Estimant en avoir assez entendu, je descends sur le ponton, sors mon portable et m'éloigne pour avoir un peu d'intimité.

— Oui, monsieur ? me répond Jonas.

— Vous êtes en route ?

— Oui, Calden et cinq autres gars m'accompagnent, patron. Nous serons sur place dans moins de vingt minutes.

— Sur le site des coordonnées GPS de Léo datant d'il y a trente minutes à peu près, vous trouverez normalement quatre individus inconscients. Vous me les ramenez à la villa et vous les mettez à l'isolement. Roland, lui, s'est échappé. Trouvez-le-moi ! Je le veux en bon état. J'en fais mon affaire.

— Bien, monsieur.

— Envoie-moi un message quand tout est réglé. Je pars en mer, je ne serai pas joignable. Est-ce que c'est clair ?

— Oui, monsieur.

Je raccroche et retourne d'un pas vif vers le bateau.

Ma petite Créole a quitté les genoux de son pote et elle est en train de passer un bandage sous son bras, recouvrant son épaule. Marius, Léo et lui rigolent en écoutant Sophie, qui, semble-t-il, a encore débité une belle connerie.

Je remonte à bord, et Léo s'approche doucement de moi.

— J'ai cru que tu abandonnais le navire, me taquine-t-elle.

Je la détaille rapidement. Quelques éraflures sur les bras et son débardeur est déchiré. Sa lèvre est la seule blessure visible.

Elle m'adresse un sourire.

— Arrête de faire cette tête, tu veux ? J'aimerais éviter que mes amis sautent à l'eau parce qu'ils ont peur de toi. Je vais très bien. J'ai fait plus de dégâts sur les gars dans la ruelle qu'ils en ont fait sur moi.

Je saisis son menton et j'examine sa lèvre. Elle est enflée et fendue, mais ce n'est pas grand-chose.

— Comment c'est arrivé, ça ?

— Un des malabars l'a mise au sol et lui a foutu son poing dans la figure, marmonne Lucas.

— Il n'a pas aimé que je lui pète le nez, rétorque Léo.

— Étant donné le nombre de coups que je lui ai allongés dans la gueule, il n'y a pas que le nez qu'il aura de pété, ce naze, continue Lucas.

Il s'approche et fait pivoter ma belle vers lui.

— Bien, à ton tour maintenant. Montre-moi ta lèvre, lui ordonne-t-il, avant d'étaler une légère dose de pâte sur sa bouche. D'autres plaies ? demande-t-il lorsqu'il a fini.

— Non, aucune, et pas de côtes cassées. J'aurai juste quelques hématomes.

— Tu as été frappée au thorax ? grogné-je.

— Oui.

— Fais voir, lance Lucas.

Elle se raidit. Puis jette un coup d'œil furtif en direction de Sophie et Marius.

— Je sais, murmure Lucas en passant ses mains sous le débardeur de Léo.

Il me faut quelques secondes pour comprendre que cette dernière ne souhaite pas exposer ses cicatrices aux yeux de mon frère et de sa copine.

— Bon, effectivement, pas de côtes cassées, conclut son meilleur ami. On peut lever l'ancre !

Il saute sur le ponton et défait les nœuds du cordage qui amarre le navire.

J'attrape le coude de ma belle Créole et je l'attire à moi.

— C'est bon, Sergio. Je vais très bien, OK ?

Je la plaque un peu plus contre moi et pose mon menton sur ses cheveux, humant son odeur d'hibiscus. La chaleur de son corps dissipe les traces glaciales de l'angoisse qui m'étreignait.

Lucas entre dans la cabine et met le contact. *Nounou* produit un grondement abominable et tremble sous les assauts du moteur.

C'est là que je m'aperçois que le bateau sur lequel nous sommes montés est rudimentaire. Sa peinture blanc et bleu s'écaille. Ses sièges de bois ne sont plus de première jeunesse, idem pour la cabine centrale, dont les vitres sont quasi opaques, et le bois est rongé par l'eau de mer. La banquette sur laquelle les deux amis étaient assis plus tôt est défoncée et la rouille qui attaque les éléments électroniques du tableau de bord n'offre pas un spectacle des plus rassurant.

Bordel, ce rafiot va couler dès qu'on sera au milieu de la baie !

Chapitre 15

Léo

Je sens les yeux de Sergio sur moi où que j'aille sur le bateau.

Marius et lui sont allés se poster aux côtés de Lucas, près de la cabine, et ils sont en grande conversation. Le bruit du moteur est tel que je n'entends pas un mot de l'échange entre les trois hommes. Je parierais que j'en suis le principal sujet, cependant.

Une fois que j'ai rangé tous les cordages et fait un tour, je finis par m'asseoir avec mon amie sur la banquette à la poupe du navire, en lui tendant un verre de rhum en guise d'offrande. Ma copine me remercie d'un sourire rayonnant. Elle ronge son frein depuis que nous avons embarqué et va essayer de me tirer les vers du nez, c'est sûr et certain.

Ça ne loupe pas. Elle retire ses lunettes de soleil, qu'elle pose sur ses cheveux. Ses yeux bleus se braquent sur moi avec une lueur malicieuse.

Je ne peux m'empêcher de sourire.

— Allez, vas-y, Sophie !

Je plonge mes lèvres dans mon verre, savourant ce moment de calme après la matinée animée que je viens de passer. L'adrénaline est retombée et j'ai les membres alourdis. Le vent marin me caresse gentiment la peau.

— Vas-y, toi, mademoiselle « j'ai oublié ma copine depuis que je me suis tapé un dieu colombien ». Ça fait tout juste huit jours que je ne t'ai pas vue. Du moins, on s'est croisées sans même papoter, or j'ai l'impression que c'est la révolution dans ta vie. Cette fois, c'est toi qui fais le debrief, ma belle, et je veux *tous* les détails.

— OK. Il se pourrait bien que Sergio et moi nous soyons rapprochés. Mais rien de sérieux...

— J'ai failli me faire pipi dessus quand il s'est rendu compte que tu étais en danger. Il était flippant ! On ne réagit pas de façon aussi explosive quand c'est pas sérieux, crois-moi.

— Sergio est quelqu'un d'explosif, Sophie. Comme son frère, non ?

Elle reste silencieuse quelques instants en réfléchissant à mes paroles. Je sais que Marius et elle se sont vus de nombreuses fois cette semaine.

— Bon, tu n'as pas tort. Marius est clairement habitué à diriger et à ce que tout soit fait à sa façon.

— Sergio a tendance à oublier que je suis une âme libre et capable de prendre mes propres décisions.

— Laissons ça de côté, j'y songerai plus tard. Alors dis-moi : il t'a fait goûter à ses caresses pimentées ? Il a fourré son piment dans ta crêpe ?

Elle hausse les sourcils de manière suggestive.

— Tu es insortable, gloussé-je.

— Quoi ? Je t'ai jamais vue avec un mec. Je me suis longtemps demandé si tu étais vierge ! Forcément, je salive en imaginant que le *guerrillero* a planté sa lance en toi.

— Je vais tout de suite lever le doute sur deux points primordiaux : non, je ne suis pas vierge, et non, je n'ai pas couché avec lui.

— Il s'est quand même passé des trucs, non ? Il a insinué que tu avais été convaincue par ses « arguments de taille », quand même !

Je recrache une partie du rhum que j'avais dans la bouche.

— Ah, ha ! lâche Sophie en voyant ma réaction. Allez, raconte !

— Euh, je...

Ce n'est pas mon truc de parler de moi et encore moins de mes histoires intimes.

— Rhô, allez, Léo. Ça a commencé le soir du bal sur la plage, non ?

— Oui. J'avais un peu bu et, pour échapper aux avances de Basile, j'ai demandé à Sergio de prétendre qu'il était mon mec.

Elle s'esclaffe.

— Et il en a profité ?

— Oui, nous nous sommes embrassés. Ensuite, je me suis blessée aux parcelles, et c'est lui qui m'a trouvée. De fil en aiguille... il a joué au docteur avec sa langue.

— Nom de Dieu ! T'as eu le droit au cuni colombien comme antalgique et à l'orgasme comme anesthésiant ? Et alors, est-ce que tu as vu des p'tits nuages et des anges nus s'amuser avec leur trompette ? Attention, je parle de l'instrument de musique, là !

J'éclate de rire. Cette fille est magique.

— Oui, le traitement a été efficace...

— Très efficace, à en juger par tes yeux brillants et la couleur de tes joues ! Donc vous avez décidé de remettre ça ce matin ?

Ma mâchoire en tombe.

Qu'est-ce que Sergio lui a dit ?

Sophie ricane.

— Vu l'attitude de ton Colombien dans la voiture et les allusions de Marius, j'ai pas besoin d'un dessin pour comprendre que les cochonneries se sont prolongées.

Je jette un œil à Sergio, qui semble pris dans une conversation animée avec Lucas. Ses traits sont tendus et ses poings serrés.

De quoi ils parlent ?

— Allô, la Terre ? Tu me racontes ?

Je me retourne à nouveau vers ma copine.

— J'ai abusé de l'alcool hier soir et je suis allée à la villa. J'étais tellement bourrée que j'ai fait n'importe quoi.

— Comme quoi ?

— J'ai négocié avec lui pour qu'il me rende ma bouteille mais ma proposition, bien que très cochonne, n'a pas abouti, dis-je d'un ton très détaché pour dissimuler ma honte.

Sophie se penche sur ses coudes et me susurre :

— Cochonne comment ?

— Je lui ai proposé de le sucer s'il me rendait mon rhum...

Sophie en demeure bouche bée, avant d'éclater de rire, pliée en deux. Les larmes lui montent aux yeux. Nos trois compagnons nous observent, Lucas le sourire aux lèvres de nous voir rire de si bon cœur, Sergio et Marius sans laisser paraître aucune émotion.

— Nom de Dieu. J'aurais aimé être là ! Et pourquoi ça n'a pas abouti ? hoquette-t-elle en essuyant ses larmes.

— Je te l'ai dit, j'étais complètement bourrée et Sergio est resté très gentleman, pour le coup.

— Tu lui as proposé de lui lécher les glaçons et il a décliné ?

Je hoche la tête puis murmure :

— Enfin, hier soir en tout cas.

Je lui adresse un sourire coquin en plongeant mes lèvres dans mon verre.

Ma copine agite le doigt vers moi d'un air faussement indigné.

— Tss, tss, tss ! Combien de fois ai-je répété qu'il ne faut pas jouer avec la bouteille de lait au petit-déjeuner ?

— Aucune idée, mais j'ai pris une bonne dose de calcium pour vitaminer ma journée.

Nous éclatons de rire à nouveau, hystériques.

Bordel, que ça fait du bien !

Ça fait des semaines que je n'ai pas eu un tel fou rire !

— Léo ! m'appelle Lucas. Arrivée sur zone dans deux minutes. Tu peux sortir le matériel ?

Il me tend le trousseau de clés, et, enhardie par le récit de mes exploits, je contourne Sergio en le frôlant pour me diriger vers le bastingage à la proue, d'où je rapporte des harnais, des bouteilles d'oxygène, des palmes et des masques de plongée.

Pendant que j'aide Sophie à enfiler un harnais et à s'équiper d'une bouteille d'oxygène, Marius s'approche.

— Vous êtes sûres que ça fonctionne, ces trucs ? demande-t-il d'un ton sceptique.

Mon amie tente de le rassurer quant au fait que le matériel a été testé à maintes reprises et que, de toute façon, nous ne plongeons pas profond. Lorsqu'elle est fin prête, je me tourne vers lui.

— Tu veux un coup de main pour enfiler ton harnais, Marius ?

Un souffle chaud fait voler mes mèches sur ma nuque.

— Occupe-toi plutôt de moi, *piccola leonessa.*

Sophie croise mon regard et, de nouveau, elle pouffe.

Lorsque je me tourne vers Sergio, il retire son tee-shirt d'un mouvement ample et je me retrouve devant son torse si sublimement dessiné. Sa peau dorée, son tatouage et son odeur m'attirent comme des sucreries. Je ravale ma salive en relevant le regard vers son visage.

Ma réaction ne lui a pas échappé : en témoignent son sourire en coin et ses yeux dilatés qui me dévorent littéralement.

Bon ! Au moins, il s'est déridé.

Tout le temps que prend le harnachement, aucun de nous deux ne parle – nous n'en avons pas besoin. Sentir sa peau chaude sous mes doigts est agréable et je suis tentée depromener mes mains sur son torse. Son haleine parfumée me donne la chair de poule. Son odeur musquée réchauffe et intensifie la chaleur que je sens monter dans le creux de mes reins. J'ai l'impression que le monde a suspendu sa course pour me laisser prendre pleinement conscience de notre proximité.

Lucas coupe le moteur et va à la proue mettre à l'eau les bouées pour stabiliser le bateau. Le calme se fait, mettant fin à notre intermède.

— Tu peux aller choisir masque et palmes, déclaré-je à Sergio.

Je l'abandonne pour rejoindre Lucas, retire mon short et mon débardeur, faisant bien attention à être placée dos à la mer, et j'enfile le harnais. Mon meilleur ami s'active à son tour pour m'équiper. Je jette un coup d'œil vers l'autre côté du bateau : tout va bien, Marius et Sophie sont captivés l'un par l'autre : il la tient par les hanches fermement, elle lui caresse le torse. Ma copine a les yeux brillants, signe qu'il la trouble plus qu'elle veut le laisser croire.

Amusée de constater que le charme des Fraticelli agit également sur elle, je me tourne vers Sergio et j'en perds mon sourire. Il contemple mon corps avec une telle intensité que j'ai l'impression de sentir sa caresse brûlante sur chaque centimètre carré de ma peau.

Enfin, nos regards se croisent, et je suis parcourue tout entière par une nouvelle vague de chaleur.

Lucas, qui tâche de bien placer la bouteille d'oxygène dans mon dos et qui a dû repérer notre petit manège, murmure :

— Il est attaché à toi.

Je détourne les yeux de Sergio pour poser un masque sur mon front et fixer une lanière à ma cuisse droite, afin d'y glisser un couteau.

— Pourquoi me dis-tu ça ? Et en créole en plus ?

— Parce que je n'ai pas envie que ton mec comprenne que je parle de lui et ce que je vais te dire maintenant.

Il m'aide à me hisser sur le rebord, avant de se mettre entre mes cuisses, et ajuste les sangles de mes épaules. Son visage fermé et ses sourcils froncés m'indiquent que la conversation va être sérieuse.

— Je t'écoute, je murmure à mon tour dans la même langue.

— Sergio et Marius me cuisinent pour connaître le nom de ton agresseur d'il y a cinq ans.

Sous le choc, je vacille, et Lucas doit m'agripper les bras pour éviter que je tombe à la mer.

— Je ne leur ai rien lâché, mais ils sont entêtés. Ton homme sait que tu ne lui diras rien, alors il se rabat sur moi.

Une goutte de sueur froide descend le long de ma colonne vertébrale.

— Qu'a-t-il dit exactement ?

— Que Marius et lui ont les moyens de te venger.

— Non, je souffle. Ils ignorent à qui ils ont affaire. Je… On ne peut pas…

Lucas attrape mon visage et place ses mains chaudes sur mes joues, me forçant à le regarder.

— Hé, bébé ! Je ne trahirai pas ton secret auprès de qui que soit. Jamais ! Tu me crois, hein ?

La loyauté et la détermination que je lis dans les yeux de mon ami me rassurent.

— Oui, soufflé-je.

— Cependant, je sais que je t'ai encouragée à t'ouvrir à Sergio – et je pense toujours que c'est bon pour toi –, mais fais attention à ce que tu lui dis, ajoute-t-il.

La boule dans mon ventre grossit considérablement.

Car, comme Lucas, j'ai compris que le danger de me rouvrir à un homme, ce n'est pas seulement d'avoir le cœur brisé : c'est aussi que l'homme en question mette sa vie en péril à cause de mon passé.

— Tout va bien ?

Lucas et moi nous retournons vers l'imposant félin qui s'est approché de nous en silence et qui nous observe, intrigué.

— Oui. On faisait le point sur la liste de courses de Nak, déclare mon meilleur ami, qui a repris contenance plus vite que moi. Compte tenu de mes blessures, je vais rester à bord et garder *Nounou*. Si vous êtes prêts, mettez-vous en place !

Les yeux de Sergio sont toujours rivés sur les miens, mais je ne ressens plus aucune once d'excitation. Non, je suis envahie d'une terreur glaciale et d'une appréhension face à ce qui pourrait lui arriver s'il continue à poser des questions.

D'un geste, je descends mon masque sur mon nez et me laisse tomber en arrière.

L'eau m'engloutit et le poids de mon équipement m'emporte vers le fond.

Chapitre 16
Sergio

Le grondement de ce rafiot me fait penser à celui des tronçonneuses lorsque l'on découpe les troncs des arbres sur mon domaine en Colombie. De plus, le moteur secoue le bateau plus que le font les vagues.

J'ai largement les moyens de me payer une excursion digne de ce nom or je me trouve sur une bouse flottante avec trois amateurs que je connais à peine.

Enfin, deux amateurs que je connais à peine. Il y en a une que je connais un peu plus intimement…

Je ne parviens pas à quitter ma belle rebelle des yeux. Elle a l'air d'être remise de ses mésaventures et est à son aise sur le pont, elle : elle s'affaire, vérifiant les cordages, les vivres et je ne sais trop quoi.

Mon cœur s'est légèrement calmé en la voyant ainsi.

— Comment ce truc a-t-il pu résister au tsunami ? demande mon frère à l'attention de Lucas, qui est à la barre.

Ce dernier éclate de rire.

— C'est dans les vieux pots qu'on fait les meilleures confitures. Une journée en mer avec *Nounou* et tu seras conquis, comme nous tous. Pour répondre à ta question, le propriétaire pêchait au large, lors de la vague. Il n'a donc pas été touché. Nakio l'a racheté il y a trois ans.

— Pourquoi avoir acheté cette épave ?

— On n'a pas tous les moyens de se payer des vacances dans un palace, les gars. D'autant que les habitants de cette île ont tout perdu il y a cinq ans. Quand on a affronté des épreuves comme ça, on sait apprécier les petits plaisirs.

Marius échange un coup d'œil entendu avec moi.

— En parlant de personnes qui ont affronté des épreuves… j'aimerais que tu me racontes ce qui s'est passé ce jour-là. Lorsque Léo a été enlevée.

Lucas se cramponne à la barre au point d'en avoir les phalanges qui blanchissent.

— Pour quoi faire ? Léo m'a dit qu'elle t'avait expliqué ce qui s'était passé. Tu connais déjà cette histoire. Pourquoi venir me poser des questions là-dessus ?

— On aimerait connaître ton point de vue, argue Marius.

— J'aimerais comprendre comment ça a pu se produire, j'interviens. Comment se fait-il qu'elle était seule ? Comment et quand vous êtes-vous rendu compte de sa disparition ?

J'ai su rien qu'au tressautement de sa mâchoire que le reproche sous-jacent a fait mouche chez Lucas. Il ne résistera pas à l'idée de se justifier.

— Nous avions mis plus de quarante-huit heures à faire le trajet jusqu'en ville. C'était le petit matin, Léo était épuisée, sa plaie au ventre la faisait souffrir, mais elle refusait de se reposer. Lilian et moi, on a réussi à la convaincre de rester au centre où nous avions confié nos blessés afin de filer un coup de main plutôt que de venir avec nous sillonner la ville à la recherche de Zoé. On a demandé à une femme du centre, Malaga, de garder un œil sur elle. Elle n'était pas censée partir en vadrouille toute seule ! À la fin de la journée, quand on est rentrés au centre, bredouilles, Léo était introuvable.

Il marque une pause, et je sens mes nerfs grimper en même temps que la rage et la frustration semblent l'envahir à nouveau.

— Malaga nous a appris que Léo était partie aider une enfant dans les bas-fonds il y avait de ça plusieurs heures.

J'ai beau me répéter que les événements qu'il me relate appartiennent au passé, je suis démangé par l'envie de le secouer pour lui faire comprendre combien ils ont été malavisés de laisser une telle beauté, affaiblie de surcroît, en ville, seule. Le temps qu'ils pigent ça, Léo était livrée en pâture à son violeur.

— Après avoir arpenté les bas-fonds, nous avons retrouvé la trace de la maman de la petite blessée. Notre amie avait amputé la gamine, mais n'était jamais revenue pour terminer les soins.

— Qu'avez-vous fait alors ? demandé-je.

— Léo n'aurait jamais laissé tomber une enfant. On a interrogé tous les habitants du quartier qu'on croisait pour leur demander s'ils l'avaient vue. Au bout de quatre jours, alors qu'on parlait avec l'un d'eux, on a aperçu un groupe d'individus louches, manifestement camés, qui emmerdaient une nana. Comme on n'avait aucune piste, Lilian et moi on les a espionnés et, coup de bol, on les a entendus dire le prénom de Léo, donc on les a suivis.

« Coup de bol », hein ? Son histoire est tirée par les cheveux et il évite soigneusement de nous donner des détails. Le regard sceptique de Marius à ma droite m'indique qu'il pense la même chose.

— Où sont-ils allés ?

— Dans une maison au nord de l'île, en amont des falaises, je serais incapable de la resituer. Ça avait l'air d'un vrai repère de camés, mais Lilian n'a pas voulu attendre davantage. Il m'a demandé de contourner la demeure par la mer et de les attendre là-bas. C'était, d'après lui, la seule façon de sortir en passant inaperçus. Les falaises étaient assez hautes et on savait qu'il y avait peu de risques que les gardes se concentrent sur cette partie de la propriété.

Absorbé par ses souvenirs, il marque une pause. Et prend une grande inspiration.

— Je me suis précipité vers l'accès à la mer le plus proche et j'ai réussi à emprunter une embarcation, avant de me diriger vers notre lieu de rendez-vous. J'ai attendu au moins une heure. L'heure la plus longue de toute ma vie. J'ai fini par voir deux silhouettes chuter et percuter les flots, mais aucune n'est reparue à la surface. J'ai plongé et j'ai remonté Léo, puis je me suis occupé de Lilian. Quand je l'ai hissé hors de l'eau, hélas, il était mort.

Un éclat de rire retentit par-dessus le bruit du moteur et, d'un même mouvement, nous nous retournons vers nos compagnes de bord. Sophie est prise d'un fou rire, alors que Léo se tourne vers moi. Mon cœur est si serré que je ne parviens pas à lui rendre son sourire.

Je te vengerai, ma belle. Je te promets que je ferai regretter à ce connard de t'avoir brisée.

Mes yeux se fixent alors sur sa lèvre fendue. J'espère que mes hommes auront mis la main sur les pisseux qui l'ont agressée aujourd'hui afin que je me défoule sur eux en attendant de pouvoir respecter la promesse que je viens de lui faire intérieurement.

— Tu n'as pas pu ranimer ton pote ? Qu'est-ce qui s'est passé ensuite ? Qu'as-tu fait ? j'interroge Lucas.

— Je ne pouvais plus rien faire pour Lilian. Il avait été égorgé, déclare-t-il froidement. Léo, elle, était couverte d'ecchymoses et de plaies. Elle perdait du sang en quantités exponentielles. En ramant d'une main, j'ai fait compression sur les plaies comme je le pouvais et appliqué des garrots. Je n'ai jamais autant prié que lors du retour en bateau jusqu'au village. Sans Nakio, elle serait morte.

» Elle n'a jamais voulu parler de ce qui lui était arrivé. J'ignore tout du moment où elle a perdu connaissance en ville à cause de ce mons... de ces camés, jusqu'au moment où je les ai vus chuter, Lilian et elle, des falaises. Elle n'a plus jamais laissé un homme l'approcher.

— Tu dois me dire qui lui a fait ça, je gronde, hors de moi.

— Je te l'ai dit : je l'ignore, Sergio. Et puis ces toxicos sont sans doute tous morts, depuis.

— Dans ce cas, pourquoi s'est-elle mise dans un tel état, hier ? Elle m'a dit que tu lui reprochais de ne pas vouloir venger son fiancé.

— Je ne lui reproche rien du tout ! proteste-t-il. Elle a cru ça ?

Il jette un œil par-dessus son épaule vers Sophie et Léo, absorbées par leur conversation.

— Putain ! Elle n'est pas responsable. On ignorait quels tarés défoncés on avait en face.

— Elle m'a dit que tu t'approchais trop près du territoire d'*un* monstre et que tu le lui avais dissimulé. Donc je suis persuadé que tu connais son identité.

Lucas encaisse le coup et marmonne :

— Le monstre dont elle parle, ce sont les souvenirs et les cauchemars. J'étais contrarié qu'elle se réveille en panique et j'ai voulu l'aider en la poussant à en parler. Résultat : je l'ai encore plus perturbée. Ne fais pas la même erreur que moi, Sergio. Il faut lui ficher la paix sur le passé, souffle-t-il.

— J'ai les moyens de venger ton ami et Léo.

Ses phalanges se crispent autour de la barre et il grogne :

— Lilian aussi pensait pouvoir affronter cette... ces ordures.

— Lilian était un gamin, réplique Marius.

Un nouvel éclat de rire nous fait tourner la tête vers la banquette. Ma petite Créole et son amie ont les larmes aux yeux à force de rigoler.

— Léo, arrivée sur zone dans deux minutes, déclare Lucas. Tu peux sortir le matériel ?

Léo se lève sans broncher, posant sur moi ses yeux doux et rieurs le temps d'un instant, avant d'attraper le trousseau de clés que lui tend Lucas. Elle me frôle au passage, déclenchant en moi une onde chaude et puissante. Mon corps est tout à fait conscient de sa proximité et réagit au quart de tour.

Après avoir fouillé dans le bastingage à l'avant, elle fait plusieurs allers-retours pour rapporter du matériel qui semble dater des années 1930.

C'est une blague. On ne va pas plonger avec du matériel du siècle dernier, tout de même ?

— Laisse les monstres là où ils sont, Sergio, murmure Lucas. Le passé ne peut pas être changé...

— Je peux faire en sorte qu'il soit définitivement enterré, j'assène.

Mon regard déterminé ne le convainc pas.

— Je t'ai dit tout ce que je savais.

Marius me jette un œil et je sais qu'il est du même avis que moi : Lucas ne dira rien, même s'il en sait bien plus, de toute évidence. Il est trop fidèle à Léo.

Il va falloir que je trouve une autre idée pour parvenir à mes fins.

J'abandonne Lucas à ses vieilles cartes maritimes et je vais rejoindre mon frère, qui est allé retrouver les deux demoiselles.

Marius est en plein débat sur la qualité du matériel et, silencieusement, je me pose dans le dos de Léo, qui n'a pas encore remarqué ma présence.

— Tu veux un coup de main pour enfiler ton harnais, Marius ? demande-t-elle.

— Occupe-toi plutôt de moi, *piccola leonessa.*

Tandis que mon souffle fait voler les mèches de sa nuque, Léo se fige, puis se touche le cou délicatement. Manifestement, je ne suis pas le seul à réagir à la présence de l'autre.

Elle me fait signe de lever les bras, puis passe un harnais décati autour de mon torse. Ses mains graciles qui m'effleurent la peau me filent de délicieux frissons, et j'ai une envie brutale de l'attirer contre moi pour l'embrasser. Je la surprends à ravaler sa salive lorsque ses yeux glissent sur mon tatouage.

Oh oui, bébé, je sais à quoi tu penses.

Ses iris verts sont presque avalés par leur couleur cendrée quand elle croise mon regard, et je ne peux m'empêcher de lui adresser un sourire carnassier.

Au moment où elle finit de sangler la bouteille et qu'elle me donne le détendeur par-dessus l'épaule, le bruit du moteur se coupe subitement et le rafiot cesse de trembler.

— Tu peux aller choisir masque et palmes.

Avant même que j'aie eu le temps de la retenir pour lui voler un baiser, elle m'a échappé pour aller retrouver Lucas à la proue.

— J'espère que cette merde fonctionne, ronchonne Marius derrière moi.

— Si tu as les pétoches, tu peux rester à bord, rétorque Sophie, exaspérée.

— Ça n'a rien à voir, je parle de la vétusté de ce matériel !

— Il fonctionne très bien, je t'assure. Mais tu continues de flipper et de geindre comme un gamin de dix ans.

C'est une facette de ta personnalité que je ne suis pas sûre d'apprécier.

— Tu veux que je te prouve que je n'ai rien d'un gamin ?

— Oh... Oui, prouve-le-moi ! glousse-t-elle.

Alors que mon frère la plaque contre lui, je lève les yeux au ciel.

Lorsque je reporte mon attention vers ma belle et que je l'aperçois dans son bikini, je sens mon sang migrer un peu plus vers le Sud. Les triangles vert et blanc sont tendus sur la peau dorée de sa poitrine galbée, et le harnais que Lucas serre solidement autour de son corps musclé et appétissant provoque dans mon esprit de folles idées lubriques.

Elle est allée se changer à la proue pour éviter les regards inquisiteurs sur ses cicatrices, j'en suis persuadé. Pourtant, ce n'est pas la boursouflure rosée sur sa côte qui attire le plus mon regard, mais le tatouage sur ses cuisses que je rêve d'embrasser en remontant lentement, très lentement, vers son entrejambe.

Lorsque nos yeux se croisent, je lis un désir indéniable dans les siens. Trop vite, elle détourne le regard.

Même si le clapot contre la coque est le seul bruit audible alentour, je ne parviens pas à capter le sens de sa conversation avec Lucas.

Je ressens de nouveau la désagréable piqûre de la jalousie quand il l'assied sur le rebord du bateau et se glisse entre ses cuisses pour sangler son harnais. Seuls de micro-bouts de tissu les séparent, cela me donne des envies de meurtre, quand bien même je sais qu'ils sont de simples amis.

La jalousie cède brièvement la place à l'inquiétude quand je la vois vaciller au point que Lucas doit la stabiliser.

Qu'est-ce qui se passe ? A-t-elle été blessée plus qu'elle l'a laissé entendre lors de la bagarre de tout à l'heure ?

Je fais un pas de plus vers eux et les entends plus distinctement. Ils échangent en créole.

Merde !

Léo a perdu son sourire, et le fait qu'il l'embrasse sur le front en un geste fait pour rassurer me confirme que quelque chose ne va pas.

— Tout va bien ?

D'un même mouvement, ils se retournent vers moi. Léo me fixe droit dans les yeux, sans parvenir à dissimuler sa peur.

Qu'est-ce que… ?

Concentré sur elle, je ne prête aucunement attention à la réponse de Lucas.

Prestement, elle abaisse son masque en même temps qu'elle se balance en arrière.

Putain !

Je me précipite et j'agrippe la rambarde, à temps pour voir sa silhouette s'enfoncer dans les profondeurs.

— Bon, à ton tour ?

Lucas ne semble pas alarmé ni même surpris par ce que vient de faire son amie.

— Elle n'a pas activé son oxygène, je signale.

— Elle va se débrouiller, ne t'inquiète pas pour elle.

— Et elle n'a pas de palmes ?

— Elle n'en prend jamais. Elle n'aime pas ça. Moi non plus, d'ailleurs.

— Tu te fous de moi ?

Lucas lève les yeux au ciel.

— Léo n'est pas en sucre et elle a survécu sans toi pendant des années. Laisse-la mener sa vie comme elle l'entend.

— Elle a survécu, c'est le terme adéquat.

Il me dévisage durement, mais je m'en contrefous.

— Elle a l'air perturbée. Qu'est-ce qui s'est passé ?

Lucas continue de me toiser.

— Tu comptes aller à l'eau, oui ou non ?

— Tu ne veux pas me répondre ?

— Tu as tout compris !

Je vais le défoncer.

Chapitre 17

Léo

Mon corps se détend peu à peu, comme si, à chaque palier de la descente, il se délestait d'un poids d'émotions. J'ai l'impression d'être libre et en parfaite sécurité. Ici, rien ne peut m'atteindre.

Je sens le sable froid m'accueillir et je reste assise à écouter les courants marins, les effleurements produits par les poissons, qui viennent picorer ma peau ou admirer l'intruse que je suis pour eux. Malgré la profondeur d'une vingtaine de mètres, la clarté est magnifique.

Le sable doux sous mes fesses qui glisse sous mes doigts ainsi que les algues qui me chatouillent les cuisses en dansant au gré des courants me donnent le sentiment que je voyage dans un univers parallèle.

Je demeure ainsi sans bouger pendant une éternité. Le fait de vivre sur une île fait que je pratique très souvent la nage ou la plongée, et que je suis donc bonne en apnée. Cela m'a été utile pour survivre à ce putain de tsunami.

Un mouvement sur ma gauche me fait tourner la tête, et une masse se jette sur moi : Sergio. Il agrippe ma bouteille et active l'oxygène en me plaquant le détendeur sur la bouche.

Même si son expression est insaisissable sous son masque, son inquiétude est flagrante.

Je pose une main sur son torse et lève en l'air le pouce de l'autre main pour lui signifier que je vais bien.

Il me détaille pendant de longues secondes, à genoux devant moi.

Dans ce milieu paisible, me retrouver face à lui ne ravive pas l'angoisse fulgurante que ses questions ont provoquée. Au contraire, sa proximité m'apaise, et d'autant plus quand il recouvre ma main sous la sienne.

Peu après, Marius descend vers nous, suivi de Sophie, et me fait tout un tas de gestes incompréhensibles.

OK, mon gars, on a compris que tu maîtrisais les signes de plongée, mais ralentis un peu...

Je me tourne vers cette dernière, qui le dévisage, de toute évidence aussi dépassée que moi. Puis elle agite ses bras comme les ailes d'un poulet avant de placer ses doigts de chaque côté de sa tête, dans une imitation d'oreilles de lapin et, enfin, de lever ses mains devant elle en direction de Marius.

Je ne peux retenir un ricanement, qui laisse échapper des bulles d'air de mon détendeur.

Je pointe le doigt vers les deux hommes et désigne à Sophie un site près des roches que nous avons plus d'une fois visité ensemble. Avec un peu de chance, ils y apercevront des tortues ou, au minimum, les poissons de couleurs multiples qui aiment se faufiler dans les crevasses. Mon amie hoche le menton et se détourne en leur faisant signe de la suivre. Marius s'exécute : Sergio, lui, reste à côté de moi.

Je lui fais de nouveau signe, mais il secoue la tête en me désignant du doigt.

Tant pis pour lui, cette plongée sera sans doute beaucoup moins plaisante pour lui.

Je hausse les épaules, avant de me diriger dans la direction opposée.

Nous nageons l'un derrière l'autre pendant quelques minutes jusqu'à ce que je tombe sur l'anfractuosité familière. J'ai dû plonger ici plus d'une cinquantaine de fois et, chaque fois, je trouve mon bonheur. Je place ma main dans les algues brunes de quinze centimètres de diamètre et dégaine mon couteau.

Sergio me contourne et se place face à moi tandis que je coupe plusieurs longues feuilles marines et que je les glisse sous l'une des sangles de mon harnais sur mon flanc gauche. Il me faut quinze minutes environ pour cueillir ce dont j'ai besoin, sous le regard attentif de mon Colombien.

Il émane toujours de lui une certaine tension, comme s'il s'était lesté de toutes mes émotions négatives. J'aimerais vraiment qu'il retrouve l'insouciance de ce matin. Cet aspect de sa personnalité me plaisait beaucoup plus.

D'humeur facétieuse, je retire mon détendeur, le temps de lui adresser un sourire pour lui montrer l'exemple. Il fronce les sourcils et pointe du doigt mon détendeur, je secoue la tête, avant de lui sourire de nouveau.

Sans crier gare, il me plaque contre son torse, avant d'ôter son propre détendeur et d'écraser sa bouche sur la mienne.

La stupéfaction cède rapidement la place au plaisir. Malgré le goût iodé qui atteint ma gorge, la chaleur de ses lèvres se propage aux miennes. Son baiser est brutal et, quand il s'écarte, je suis pantelante.

Même complètement immergée, j'ai l'impression que ma culotte est détrempée !

D'autorité, il me remet le détendeur, et ses lèvres s'étirent d'un sourire fiérot.

Je tape du pied sur les rochers pour prendre appui et me propulse en direction du ciel.

Quand je crève la surface, j'ai retrouvé pleinement ma sérénité.

Chapitre 18

Sergio

Quand le bateau touche le quai, je dois dire que je suis presque déçu.

Les conversations sur le trajet du retour ont été enjouées. On a chacun partagé nos meilleurs souvenirs de plongée – les épaves au large de l'île de San Andres figurent de toute évidence en tête de liste pour Marius et moi –, avant d'enchaîner sur nos préférences en matière de rhum et les techniques des différentes distilleries.

Cette excursion avait mal débuté, mais mon tête-à-tête avec ma belle dans les profondeurs m'a beaucoup plu, et la voir jouer de sa lame comme s'il s'agissait d'un couteau à beurre m'a carrément émoustillé. J'avais une envie monumentale de glisser ma main dans sa culotte. Elle a renfilé son short et son tee-shirt déchiré, et relevé ses cheveux sur sa tête. Sa tignasse lui confère un côté sauvageonne qui est foutrement bandant.

Elle saute à quai la première et amarre le rafiot à l'aide d'une grosse corde, avant d'aider Sophie à rejoindre la terre ferme.

Lucas tend les sacs qui se trouvaient sur le bateau à ma petite rebelle, qui les met à son bras.

— Je vais t'accompagner, lance-t-il en sautant à son tour sur le ponton.

— C'est inutile. Et crétin, puisque tu dois rentrer pour préparer le bar.

— Hors de question que je te laisse y aller seule alors que Roland t'est tombé dessus il y a moins de quatre heures.

Léo se renfrogne, pince les lèvres.

— De quoi parlez-vous ?

— Je dois aller voir Louisa et ses enfants.

Putain de merde ! Elle s'est fait attaquer dans les vieux quartiers et elle est prête à aller au-devant du danger ? Cette fille est inconsciente.

— Je viens avec toi. Ce n'est pas négociable. Marius pourra conduire Lucas et Sophie au 2L, vu que vous êtes venus en navette, non ?

Elle me détaille pendant plusieurs secondes, avant de hocher la tête.

Sophie attrape le bras de son amie et l'entraîne vers les ruelles, Lucas sur leurs talons. Je les laisse prendre une dizaine de mètres d'avance et sors mon portable pour consulter mes messages.

J'en ai un de Calden.

13 h 28
Tous les colis ont été
récupérés, R. compris.

— Bonne nouvelle ? demande Marius en voyant mon expression.

— Oui, Dugland et ses amis sont bien installés à la villa.

— J'ai hâte de les accueillir comme il se doit.

— Oh, moi aussi ! Cette journée va se terminer en apothéose. Une fois que tu seras rentré, vérifie que nos invités sont à l'aise. Attends-moi pour lancer l'apéritif, s'il te plaît.

— Et que comptes-tu faire au sujet de l'histoire de Léo ? Lucas ne lâchera rien de plus.

— Aujourd'hui, non, mais il finira par craquer. Je dois juste leur prouver à tous les deux que je suis de taille à affronter leur « monstre ».

— Ça va être compliqué, à moins de lui dire la vérité sur nous, réplique Marius. Or si tu fais ça, c'est toi qu'elle prendra pour un monstre. Sans compter que lui confier qui on est risquerait de nous mettre – et de la mettre, elle – en danger.

Il a raison. Toutefois, je n'ai pas vraiment envie de réfléchir à cela pour l'instant.

— Je trouverai ce connard.

— Je l'espère pour elle, mon frère, parce que j'aime bien cette fille. Cependant, je te rappelle que nous sommes sur cette île pour une autre raison.

— Et moi, je te rappelle que je suis le patron, Marius.

— J'en suis tout à fait conscient. Je sais aussi que tu perds tout sang-froid quand Léo fait partie de l'équation, ajoute-t-il en posant une main sur mon épaule pour me retenir. Je ne t'ai jamais vu être obnubilé par une femme et je ne veux pas que…

— Ça suffit. Laisse-moi mener ma vie sexuelle comme je l'entends. Elle n'interférera pas avec le business.

— OK.

Je croise les yeux gris-vert de ma belle. Elle fronce les sourcils d'un air interrogateur devant mon humeur orageuse.

À qui vais-je réussir à faire croire que tu n'as pas retourné mon monde, piccola leonessa *?*

— Bien, on se retrouve à 19 heures au 2L ? lance Sophie à Léo alors qu'elle s'apprête à se diriger avec Lucas et Marius vers le parking où nous avons laissé notre berline.

Ma belle hoche la tête et demande à son ami :

— Au fait, j'ai oublié de te poser la question : es-tu passé voir Malaga ?

Je tends l'oreille et Marius tourne vivement la tête dans leur direction.

— Elle était absente.

— Tant pis, Andy devra se contenter des vêtements.

— Je fais l'état des stocks ce soir et on organise un réassort rapidement. Le petit diable ne devrait pas patienter plus de deux ou trois jours.

— Je lui transmettrai le message, réplique Léo, tout sourire.

— Soyez prudents, nous recommande Lucas. Ne sous-estimez pas Roland.

Ce couillon ne va plus pouvoir tenter grand-chose désormais.

Galvanisé par cette pensée, je marche d'un pas presque joyeux au côté de ma belle tandis que nous nous dirigeons vers la maison de ses amis, appréciant encore plus ce moment à deux. Ce qui me donne une idée…

— Tu dînes avec moi ce soir ?

Je lis la réponse dans ses yeux contrits avant qu'elle l'articule.

— Je ne peux pas, je suis de service.

— Vers quelle heure tu termines ?

— Vers 3 heures du matin au plus tôt. Tout dépend de l'affluence. Pourquoi cette question ?

— Pour savoir à quelle heure je passe te chercher.

— Hein ? Attends... Quoi ?

— À défaut de dîner ensemble, on peut dormir ensemble, non ?

— Euh... je... Je pensais dormir dans mon lit, balbutie-t-elle.

— Si tu préfères, même si ton matelas me détruit le dos.

— Seule, je voulais dire.

— Oh, non, lâché-je. Je viens tout juste de commencer à te déguster, ma belle. Je compte bien te faire ronronner encore cette nuit.

— Ronronner ?

Je m'approche d'elle, tel un félin, me penche et souffle à son oreille :

— Ou crier mon nom ?

Elle ronchonne en me repoussant doucement.

— Putain, t'es pas croyable ! Je ne suis pas sûre que ce soit une bonne idée, ajoute-t-elle.

— De quoi ? De crier mon nom ?

En guise de réponse, elle me flanque une légère tape sur l'épaule, et je ris de nouveau. Je lâche l'affaire pour l'instant, cependant, car je vois bien que cette conversation la gêne, mais ma décision est prise.

— On verra ce soir, ma belle. En attendant, tu m'expliques ce qu'on va faire auprès de tes amis ?

— J'ai acheté des vêtements pour les enfants, je souhaiterais les leur déposer. Je n'en ai pas pour longtemps.

— Ça ne me gêne pas. On va où tu veux. Je suis là pour faire en sorte que l'épisode de ce matin ne se reproduise pas. Tu peux prendre ton temps.

Le fait de me balader avec elle, même dans ce quartier miteux, me réjouit plus que de lire un fichu rapport face à ma piscine.

— Vraiment ?

— Oui, vraiment.

— Sans vouloir te vexer, tu ne sembles pas le genre de type qui aime venir en aide aux personnes défavorisées.

— Tu as raison, je n'aime pas ça. Comme je te l'ai dit, pour moi il y a des cas désespérés.

Même si elle se raidit face à la dure réalité de mes propos, je ne vais pas lui mentir pour lui faire plaisir. Je ne suis pas un gentil philanthrope. Non. Moi, je suis le connard qui sait que les cas désespérés sont à laisser dans le caniveau.

— Mais j'apprécie ta compagnie, même quand tu gaspilles ton temps et ton énergie pour des gens qui sont au fond du trou.

— J'imagine que je gaspille aussi ma salive si je te dis qu'il faut du courage pour survivre ici et que chacun a le droit à sa chance ?

— Tout à fait, ma belle.

Aucun d'eux ne sortira de ces quartiers calamiteux sans une aide plus conséquente que celle que Léo a les moyens de fournir. Elle tente de colmater les fuites d'un cargo avec un seau en plastique. La plupart des habitants vont vivoter toute leur existence, vivre de petits trafics ou, s'ils ont de la chance, justement, et sont malins, être recrutés par des types comme moi, assez forts, riches et puissants pour leur assurer un avenir plus confortable – en échange de leur absence totale d'états d'âme. Aucun gamin issu de ces ruelles ne deviendra droit, intègre ni même honnête. Pas dans un tel endroit.

— Puis-je te poser une question ?

— Tout ce que tu veux.

— Tu portes ton arme, là, maintenant ?

Je hoche la tête.

— Tout comme toi. Je t'ai vue sangler ton coutelas dans ton dos. D'ailleurs, c'est hyper-sexy.

Elle secoue la tête, amusée.

— Tu es plus doué pour la dissimuler que moi.

Mon Beretta ne me quitte jamais et j'ai aussi un couteau dans ma poche, mais je ne vais pas le lui dire. Un homme prudent, c'est celui dont on ignore tout.

— À mon tour de te poser une question, dis-je alors que nous nous engageons dans une ruelle que je reconnais. Tout à l'heure avec Lucas, tu as mentionné Malaga, c'est la femme que tu as rencontrée au centre, il y a cinq ans ?

— Pourquoi tu me demandes ça ? Tu veux la soumettre à un interrogatoire, elle aussi ? rétorque-t-elle, les traits durcis.

Merde.

Je comprends subitement son changement d'humeur sur le bateau.

— C'est pour ça que tu étais perturbée avant de plonger : Lucas t'a rapporté notre conversation.

— Oui, et fiche-lui la paix, d'ailleurs. Je te l'ai dit, ça ne te concerne pas et il ignore tout de ce qu'il s'est passé.

— Ne me prends pas pour un idiot, Léo. Ton « il s'approche du territoire d'un monstre » me semble très explicite.

— Sergio, si tu t'acharnes à vouloir redonner vie à mes démons, je ne suis pas sûre que te côtoyer soit judicieux pour moi, assène-t-elle alors que la porte de la maison de Louisa s'ouvre sur un Zébulon haut comme trois pommes, suivi de sa mère.

Hein ? Elle m'annonce qu'elle ne veut plus me voir ?

Andy lui saute dessus, et elle éclate de rire.

— Tu te rappelles mon ami ? lui demande-t-elle en me regardant.

« Ami » ? Pourquoi est-ce que ce terme ne me plaît qu'à moitié ? Je ne suis l'ami de personne. Je n'ai pas besoin d'amis.

Le gamin me fait un grand sourire et dit un truc en créole.

— Le Man in Black s'appelle Sergio, rigole-t-elle. Salut, Louisa, j'ai apporté quelques bricoles !

À nouveau, Andy lui dit quelque chose.

— Tu les as déjà toutes mangées ? s'exclame Léo.

Le garçon baisse la tête, penaud.

— Pas cette fois-ci, Andy, mais je reviendrai dans la semaine et on ira voir Malaga ensemble. Ça te va ?

Tandis que la gamine émerge à son tour en claudiquant, Louisa jette un œil au contenu du sac. Son visage s'illumine.

— Mon Dieu, ma belle, tu es une bénédiction.

— Ce n'est rien, murmure Léo.

— C'est tout, au contraire.

Louisa s'essuie les yeux alors qu'Andy, curieux, farfouille dans le sac. De toute évidence, les vêtements, ce n'est pas son truc, car, presque aussitôt, il grimace, se tourne vers moi et me parle sans que je comprenne un mot.

Sa sœur éclate de rire et Louisa me regarde, gênée. Léo, elle, se retient de rire.

— Non, Andy. Il n'a rien sur lui et puis on ne demande pas aux gens ce genre de choses.

Nouvelles paroles du gosse en créole.

— Parce que ça ne se fait pas, réplique sa mère. Et puis tu sais parler anglais, ajoute-t-elle. La politesse veut que tu t'adresses à lui dans une langue qu'il comprend.

Léo s'approche de moi et me chuchote discrètement :

— Il veut savoir si tu as un autre Neurolaser, car celui que tu lui as donné ne marche pas. Il a tenté de l'utiliser sur le petit frère de Roland et ce dernier lui a juste volé le stylo.

Je m'agenouille pour être à la hauteur du gamin, qui me dévisage, fébrile.

— Désolé, Andy, j'aurais dû t'informer que le Neurolaser ne marche pas sur les idiots.

Tu peux me faire confiance, cela dit : la bande de ce camé ne t'enquiquinera plus.

Cinq minutes plus tard, nous sommes déjà repartis. Le silence s'étire entre nous tandis que nous remontons vers la place.

— Jason te retrouve où ?

— Où je lui dirai de nous récupérer.

— Tu me ramènes ?

— Oui, pourquoi ? Tu avais l'intention de me fausser compagnie ?

— Non, mais je pensais prendre la navette. J'ai rendez-vous avec Nakio avant mon service.

Je grogne.

D'un côté, je vais avoir besoin de quelques heures pour me défouler et m'occuper de Roland et de sa bande, de l'autre, j'ai souvent l'impression qu'elle cherche à m'échapper et je n'aime pas ça.

— Acceptes-tu au moins qu'on aille boire un verre en attendant Jason ?

Elle hoche la tête et m'entraîne vers une ruelle adjacente à la place du marché. Quelques minutes plus tard, nous nous installons à la terrasse d'un établissement modeste et sans attrait particulier, au bord d'une rue piétonne. Après que nous avons passé commande, je transmets à Jason les coordonnées du bar.

Ma belle a fermé les yeux et tendu son visage au soleil. Sentant sans doute mon regard sur elle, elle se tourne vers moi.

— Il faut que tu arrêtes de faire ça, lâche-t-elle.

— Que j'arrête de faire quoi ? De te regarder ? Si c'est ça, je ne peux rien faire pour toi, ta beauté est trop irrésistible.

— Il faut que tu arrêtes de poser des questions sur ma vie.

— Pourquoi ?

— L'argument « ça ne te concerne pas » devrait suffire, rétorque-t-elle. Mais ce n'est pas le seul : c'est dangereux.

— Le danger fait partie de mon quotidien. Le business est une jungle, tu ne le savais pas ?

Elle ravale sa salive et se passe une main dans les cheveux.

— Sergio, je...

Le regard dans le vide, elle cherche ses mots, puis soupire.

— J'ai envie d'apprendre à te connaître, et je t'apprécie de plus en plus alors, s'il te plaît, ne gâche pas tout.

Ses yeux expriment un vœu final que je ne peux pas ignorer. J'ai trop bataillé et je bataille encore pour l'apprivoiser. Si je veux trouver son bourreau, je dois enquêter plus discrètement, sinon elle va m'échapper pour de bon.

Chapitre 19
Léo

Je resserre ma prise sur mon sac et continue de grimper sur le sentier en pente raide, mon attention entièrement portée sur mon environnement. Je perçois une présence quelque part dans les parages.

Soudain, mon assaillant saute vers moi par l'arrière, aussi discrètement qu'un chat, et je sens comme un courant d'air, que j'esquive en bondissant en avant d'une pirouette.

Mon épaule me tue, mais je souris de lire la satisfaction dans les yeux de Nakio. Il plante sa lance à sa droite, tel un bâton de berger.

— Je constate que ça va mieux, déclare-t-il.

En silence, nous remontons vers sa maison. Je dépose mon sac sur la table extérieure et j'en sors les algues.

— Merci, Léo, je vais pouvoir me mettre à mes préparations dès ce soir. Tu prends un verre avec moi ?

Je jette un œil à ma montre : il me reste deux heures avant le début de mon service.

— Je veux bien, oui.

Nakio me sert un rhum pur et s'installe à ma droite en dégustant son verre, avant de me demander :

— Tu vas me dire pourquoi tu as la lèvre fendue ?

Je me lance dans le récit de la journée sans me faire prier.

— Tu t'es laissé surprendre, commente-t-il lorsque j'ai fini.

— Ils étaient cinq, rétorqué-je, assez fière de ma performance – après tout, j'en ai quand même mis deux au tapis avant que Lucas débarque.

— Oui, mais ton attention sur le combat n'était pas totale. C'est ce Sergio ?

— Non, pas cette fois. Étais-tu au courant que Lucas gardait un œil sur Vanoski ? dis-je en baissant la voix.

Nakio ne m'a jamais menti ni rien caché. Parfois, il a même été très dur avec moi. Paradoxalement, c'est ce qui m'a aidée à me sortir de mon état de détresse après la mort de Noa, puis mon kidnapping et l'assassinat de Lilian. Il était le seul à ne pas me couver. Il ne m'a jamais autorisée non plus à laisser la douleur prendre le dessus, sans pour autant minimiser ma souffrance.

— Il ne m'en a pas parlé ouvertement. Je m'en doutais, cependant.

— Il joue à un jeu dangereux, grondé-je.

— Il fait ses choix, comme toi.

— Il a découvert que Vanoski est sur l'île et s'est trouvé un associé.

Nakio me dévisage quelques instants tandis que mes paroles, lourdes de sens, envahissent et polluent l'air autour de nous.

— Tu as peur ?

Je rive les yeux sur mon verre.

— Je me sens surtout impuissante à empêcher que d'autres femmes tombent dans ses filets.

— Tu ne peux pas sauver tout le monde, Léo.

— Je sais... Mais lui, il... il continuera de...

Vanoski est un monstre, l'un des prédateurs les plus haut placés dans la chaîne alimentaire. Qu'est-ce que des insectes comme nous peuvent faire face à lui ? Nous allons finir écrasés ou bouffés si on s'en approche de trop près.

Je vide mon verre d'une traite.

— Sais-tu qui est son associé ?

— Non. Sans doute un autre taré. Ça n'augure rien de bon.

Il termine son verre à son tour, avant de me lancer :

— Sois extrêmement prudente, Léo. Tant que Vanoski est dans les parages. Et tant que tu ignores qui est le deuxième loup, tiens-toi sur tes gardes.

Chapitre 20

Sergio

Je pousse la porte de la dépendance en étant accueilli par l'odeur exquise du sang. L'excitation bouillonne dans mes veines.

Les néons suspendus au plafond diffusent une lumière crue sur les murs sans fenêtre et le sol en béton. Nous avons reconverti en salle d'interrogatoire cette petite dépendance qui servait à entreposer les produits d'entretien des extérieurs de la villa. Sur la longue table en bois sont disposés une multitude de couteaux, de pinces, de crochets… ainsi que des chiffons ensanglantés.

Cinq types sont assis, nus et ligotés, sur les chaises au milieu de la pièce. La panique extrême que je lis dans leurs yeux me galvanise. Quatre d'entre eux sont déjà salement amochés, le visage boursouflé. Jonas, Jason et Calden ont fait du bon boulot. J'imagine que Marius a participé ou alors profité du spectacle en m'attendant.

Je fixe longuement le guignol au centre. Même si mes hommes ont respecté mes consignes et n'ont pas touché à un cheveu de sa tête, Roland a perdu de sa superbe. Je crois même qu'il s'est pissé dessus.

Oh, oui, Dugland, on va jouer.

Je saisis une chaise et la fais glisser en face d'eux, avant d'y prendre place. Je pose ma cheville droite sur mon genou, un bras sur le dossier, tandis que je tapote ma jambe de l'autre. L'adrénaline et la rage se mêlent en moi, formant un cocktail détonant qui va exploser avant la fin de la nuit, car ma soif de vengeance le réclame.

Ce petit jeu, cette terreur brutale que j'inspire à mes ennemis, est meilleur qu'un rail de coke. Je suis le roi et on ne touche ni à mon royaume ni à mes sujets.

Dans mon dos, Marius attend patiemment lui aussi, laissant notre puissante aura se répandre dans la pièce, dont la température dégringole dans la minute.

— Mec, lance Roland d'une voix éraillée, n'en pouvant plus de cette tension, je suis désolé pour l'agression de l'autre jour, OK... Je ne pensais pas que...

— Tu ne pensais pas quoi, Ducon ? Que je te retrouverais ?

— Je vais te rendre ton billet. Avec des intérêts !

Marius ricane.

— Je me fous de ce billet, Roland. Je croule sous le fric, je pourrais m'en servir pour me moucher. Ce que je ne supporte pas, c'est qu'un crétin comme toi s'en prenne à moi.

— Je suis désolé... Je... Qu'est-ce que tu veux ? Tout ce que tu veux, je peux te le fournir, je connais du monde... Et puis...

— Je n'ai pas fini, ferme-la.

Je n'ai pas à élever la voix pour que mon ordre soit respecté.

Je laisse passer un ange, tandis que je sens la peur de ce guignol s'intensifier. Ses quatre potes restent silencieux, mais leur panique est manifeste également. Ils ont dû comprendre que, si leur chef est dans la merde, ils sont eux-mêmes condamnés.

— Tu es même tellement con qu'aujourd'hui tu t'en es pris à celle qui t'avait permis de t'échapper.

Roland écarquille les yeux, stupéfait.

— Léo ?

L'entendre dire son prénom me retourne l'estomac.

— Oui, Léo. Qu'as-tu à me dire à son sujet ? Pourquoi tu l'as attaquée ?

Ce crétin est tellement englué dans sa frayeur qu'il déballe tout sans se faire prier.

— Je voulais juste me venger. Léo se mêle sans arrêt de mes affaires. Comme avec vous, la dernière fois : ça m'a mis les boules. Et devant tous mes gars. Cette salope n'a pas à saper mon autorité.

Il m'explique ensuite comment il a repéré Léo grâce à un gamin de sa bande qui l'avait croisée quelques minutes plus tôt alors qu'elle descendait de la navette, allant même jusqu'à me raconter comment ses hommes et lui l'ont encerclée, qui l'a frappée et où, puis l'intervention de Lucas.

— Et que comptais-tu faire ensuite ? Tu l'aurais laissée dans la rue ? Le but était juste de la tabasser pour lui faire peur ? Ou tu avais d'autres plans en tête ?

Ma voix posée ne reflète en aucune façon mon état d'esprit. Cependant, même si j'enrage d'imaginer ma rebelle entre les pattes immondes de ce connard, je dois le dissimuler, sinon il risque d'utiliser ça contre moi ou de me dire seulement ce qu'il croit que je souhaite entendre.

— Je... Je ne sais pas.

— Allons, Roland. Elle est sacrément jolie, la petite peste...

Le crétin se tortille du cul.

— Je comptais m'amuser un peu avec elle, admet-il.

— Et après ? intervient Marius, qui a dû capter que cette réponse m'a mis sur les nerfs.

Je ne peux pas coller une balle entre les deux yeux de ce camé, ce serait trop facile.

— Je m'en serais débarrassé. Je... J'avais besoin de fric, du coup je voulais l'envoyer chez une connaissance dont on dit qu'il vend les salopes dans son genre.

Devant moi se profile le scénario de toutes les tortures que ce connard va subir.

— C'est qui, cette connaissance ? grogné-je.

— Je connais pas son nom. C'est un contact de contact. Il fournit une drogue de qualité et j'espérais obtenir quelques doses en lui refourguant Léo.

Je me lève et lui tourne le dos afin de saisir mon arme sur la table.

— Donc toi, si j'ai bien compris, dis-je en revenant vers le guignol à droite de Roland, tu n'as pas touché la fille ? Elle t'a assommé avant ?

— Oui, monsieur, lâche le mec dans un murmure pétrifié en fixant mon arme.

— En signe de gratitude…

Il relève les yeux vers moi et je laisse planer un silence.

— … tu vas écoper d'une mort rapide et indolore.

Le coup de feu part et sa cervelle explose, éclaboussant mon tee-shirt et Roland, qui chiale comme une merde. Je m'approche alors de celui que Léo a étouffé avec ses jambes et lui inflige le même traitement. Je me tourne vers le plus grand, celui qui a immobilisé ma belle Créole. À lui, je tire une balle dans les genoux en me délectant de ses hurlements. Mon corps réclame du sang, de la violence.

Enfin, je retourne m'asseoir sur la chaise et replonge dans les yeux de Roland qui tremble, le nez plein de morve.

— Je… Tu vas me buter ?

— Pas tout de suite. Je ne peux pas laisser passer le fait que tu s'en sois pris à Léo, tu comprends ?

— Pitié, je… je ne savais pas que c'était ta meuf…

— Elle n'est pas ma meuf ! Marius, dis-je en jetant un œil à mon frère.

— Oui ?

— Pourrais-tu expliquer à celui qui a frappé Léo qu'on ne s'en prend pas à une femme ?

Une lueur sadique illumine le regard de mon frère.

— Avec plaisir, frangin.

Il disparaît dans mon dos, avant de revenir en faisant tourner une paire de cisailles en acier trempé entre ses doigts et de contourner le couillon au nez cassé. Terrifié, ce dernier écarquille les yeux tandis que Marius s'amuse à faire traîner son jouet du haut de son crâne jusque sur sa clavicule, en descendant calmement vers ses bras et ses mains, qui sont attachées derrière le dossier de la chaise. Mon frère se penche au-dessus de son épaule et lui souffle à l'oreille :

— Léo est sous la protection des frères Fraticelli. La toucher, c'est nous toucher et quand on nous donne un coup, on le rend au centuple. Dis au revoir à tes mains, mon pote.

Un long hurlement sort de la bouche de ce merdeux, allégeant mon humeur. Ce crétin perd connaissance avant que son deuxième doigt touche le sol.

Roland, lui, est sur le point de faire une crise cardiaque. Il est de plus en plus livide. Il tourne vers moi ses yeux injectés de sang et bouffis par les larmes.

— Je vous en prie, monsieur Fraticelli, je peux être utile, je connais beaucoup de monde et je...

— Est-ce que je renvoie l'image d'un homme qui a besoin d'une petite merde comme toi pour étoffer son carnet d'adresses ?

— Non, bien sûr que non, monsieur, mais... mais nous sommes sur une île, j'ai des réseaux partout...

Son compagnon à sa gauche reste muet, seul son souffle haché manifeste sa douleur. Malgré ses deux genoux explosés, il ne cherche aucunement à m'implorer et je trouve ça plus respectable. Magnanime, je lève mon arme et lui tire une balle dans la tête.

— Comment as-tu rencontré Léo ? reprend Marius.

Je lui jette un œil, surpris qu'il pose cette question. Qu'est-ce que ça peut faire ?

— Quelques semaines après la grande vague. Elle venait dans les vieux quartiers pour aider... Au début, elle m'a fourni des doses de morphine, sauf que, quand elle a compris quel usage j'en faisais, elle m'a envoyé chier. À l'époque, pourtant, on aurait dit un robot ou une zombie – y en a qui la connaissaient d'avant. Apparemment il lui est arrivé des bricoles pendant la catastrophe... Bref, à force de traîner partout, elle s'est pris des coups... Pas par moi, hein, mais d'autres l'ont fait morfler plus d'une fois... Depuis, Lucas et elle ont appris à se battre. C'est pour ça que j'ai demandé de l'aide pour l'attraper. Elle n'a jamais eu peur de moi. P't-être à cause de son caractère ou qu'elle kiffe le danger... Il fallait qu'elle comprenne qu'il y a plus fort qu'elle sur cette foutue terre.

Si tu savais comme elle le sait déjà, crétin !

— Ah, et vous connaissez les rumeurs ? Léo baiserait avec Lucas et un vieux sorcier. Certains pensent que ce dernier l'a envoûtée pour qu'elle écarte les cuisses devant lui.

Ça ne me surprend pas que l'on colporte des histoires sur Léo. Après tout, une belle femme qui ne côtoie aucun homme sauf un vieux marginal, ça détonne. Je ne doute pas que Léo soit au courant des bruits qui courent à son sujet. Si ça se trouve, ils l'arrangent et tiennent les importuns à l'écart lorsqu'elle va dans les vieux quartiers.

Roland a bien vu qu'il avait éveillé mon intérêt et il jacasse dans l'espoir que ça va lui sauver la vie.

— Ce vieux sorcier a dû profiter de la vague pour se soulager la queue avec une beauté plus jeune que lui. À l'époque, il la suivait très souvent comme un maître tenant en laisse sa chienne. Léo rappliquait dès qu'il sifflait et, apparemment, à ce qui se dit, c'est toujours le cas. Je... Je sais où est sa baraque... Personne n'ose s'en approcher... Ce mec nous fait tous flipper...

— Connais-tu une certaine Malaga ? l'interrompt mon frère, qui s'avère beaucoup plus efficace que je le suis.

— Ma... Malaga ? Oui, elle possède des terres dans le nord de la ville. Elle est horticultrice. Elle vend sa marchandise sur le marché central. Si... Si vous voulez, je vous emmène à elle..., enchaîne-t-il.

Pas la peine de creuser davantage : il n'est même pas au courant que Léo a été kidnappée. La seule piste est cette femme, Malaga : elle a côtoyé Lucas et Lilian au moment où ils cherchaient Léo, donc elle pourra peut-être combler les trous abyssaux dans l'histoire que Lucas a mythonnée. Je n'ai plus rien à attendre de Roland. Je peux pleinement profiter de ma vengeance.

Je me lève, attrape un couteau sur la table et vérifie son tranchant, avant de me retourner vers mon hôte.

— Inutile, Roland. Je la trouverai seul. Par contre, l'idée des fruits m'a donné une idée... juteuse.

Il fixe mon poignard pendant que je m'approche lentement de lui. Je m'agenouille devant lui en faisant glisser ma lame le long de son oreille, de sa joue, de son cou, en passant sur sa jugulaire, puis je la darde sur son torse.

— Est-ce que tu seras aussi causant une fois que je t'aurai pelé comme une orange mûre ?

Chapitre 21

Léo

Grisée par la musique qui pulse dans les enceintes, je bouge les hanches en rythme, alors que mes mains jonglent de bouteille en bouteille pour élaborer les différents cocktails qui me sont commandés.

Ce soir, je gère seule avec Sophie, finalement. Comme on a un extra en renfort, Lucas a filé dès que je suis arrivée au 2L. Je le soupçonne d'être parti retrouver un de ses plans cul. Il m'a précisé qu'il ne rentrerait pas dormir à la maison.

Donc, si Sergio se pointe, on pourra bénéficier d'intimité.

D'intimité pour quoi ? Pour explorer mon nouveau hobby ? Et merde !

Je secoue la tête et tente de chasser mes idées pour le moins lascives, ainsi que les ribambelles de questions qui s'agglutinent à l'orée de mon esprit.

— Hé, beauté, me hèle un touriste trentenaire alors que j'encaisse un couple devant moi.

Même si ça me gonfle, je me tourne vers lui, un sourire poli aux lèvres. Ce genre d'attitude est monnaie courante : beaucoup d'hommes se croient tout permis sous prétexte que c'est leur seul moment de détente de l'année.

Cependant, Lucas n'étant pas au bar, je n'ai pas de joker pour me tirer des pattes d'un lourdingue.

— Bonsoir. Qu'est-ce que je vous sers ?

— Un punch et ton numéro, bébé !

Je me retourne vers l'îlot central et lui prépare rapidement sa commande, avant de lui tendre son verre.

— Ça fera cinq euros, s'il vous plaît.

Charmeur me fixe avec insistance.

— Et ton numéro ?

— Il n'est pas à la carte.

— Dommage. Tu es sûre de ne pas vouloir prendre un shot de plaisir en bonne compagnie à la fin de ton service ?

Je m'apprête à répliquer quand une voix rauque tout droit sortie du passé résonne sur ma droite :

— Elle a déjà de la compagnie. Allez dégage, couille molle.

Aussi ébahie que mon client, je me tourne vers le nouveau venu. Comme autrefois, je suis d'abord frappée par l'éclat intense de ses beaux iris turquoise, que j'ai connus animés d'une chaleur et d'une joie de vivre discrètes. Avec les années, il a pris de la carrure, mais il a toujours sa tignasse brune en bataille. Sa peau claire est rougie par le soleil, signe qu'il n'est pas sur l'île depuis plus de quelques jours – lorsqu'on était adolescents, il était aussi métissé que moi.

Charmeur finit par attraper son verre, avant de descendre de son tabouret en balbutiant :

— Désolé, mec, je savais pas qu'elle était maquée.

Les yeux bleus d'Ezyo Carlotta sont rivés sur les miens, emplis de douleur et de regrets.

Le monde autour de moi s'évanouit. Le bruissement des clients s'efface pour laisser place au battement de mon cœur qui résonne contre mes tempes. Les souvenirs m'assaillent, et il me faut quelques instants pour forcer mes poumons à recevoir de l'oxygène à nouveau.

— Salut, Léonie.

Il a vieilli, comme nous tous. Cinq ans de plus, cinq ans de douleur, cinq ans où il lui a manqué une partie de son âme.

— Ez..., je souffle.

— Ça fait plaisir de te voir..., déclare-t-il en me souriant doucement.

— Je... Je croyais que tu ne refoutrais plus jamais les pieds sur l'île.

Ezyo Carlotta est le frère jumeau de Zoé. Là où Zoé était fêtarde, insouciante, parfois provocante, Ezyo était posé et taiseux. Son appareil photo ne le quittait jamais et il était toujours dissimulé derrière l'objectif. Déjà, à quinze ans, il avait le don pour obtenir des portraits volés d'anonymes dans la rue ou des jeux de lumière somptueux sur des paysages. Il a toujours eu un œil d'artiste. Zoé laissait les années de jeunesse glisser sur elle et décider de son avenir à sa place, son frère, lui, avait déjà un book complet en prévision de l'entrée dans l'école prestigieuse dont il rêvait.

Ils étaient différents, mais proches. Chacun pouvait compter sur l'autre. Zoé était la première admiratrice du travail de son frère, elle posait dès qu'il le lui demandait ; quant à Ez, il faisait tout son possible pour protéger sa sœur des douleurs de la vie, il la consolait de ses peines de cœur ou courait chercher un pansement en cas d'égratignure.

Et puis Ezyo a été mon premier amour, mon premier petit ami, le premier garçon que j'ai embrassé et avec qui j'ai couché. Il a été mon premier tout.

Perdue dans mes pensées, il me faut un instant pour me rendre compte que Ezyo a saisi ma main et m'entraîne vers la plage. Sans doute pour pouvoir discuter en tête à tête. Je lui fais signe de patienter et vais chiper une bouteille de rhum ainsi que deux verres au comptoir.

— Tout va bien ? s'enquiert Sophie, qui lorgne mon compagnon d'un air méfiant. Tu es blanche comme un cul d'Anglais fraîchement débarqué sur l'île.

— Oui... Non... Enfin, je ne sais pas... Je peux te laisser gérer le bar pendant une petite demi-heure ? J'ai une urgence.

— Oui, t'inquiète. C'est qui, ce mec ?

— Un fantôme.

Ezyo sur mes talons, je vais m'asseoir à une table du restaurant à l'écart et pose les verres devant nous.

— Tu es toujours aussi belle, Léonie, dit-il d'une voix rauque, mais on t'a volé cette lueur d'insouciance que tu avais autrefois.

Je ne réponds pas – ma voix a été avalée par les fantômes du passé. Je retrouve mon amie à travers lui. La beauté turquoise de ses iris, cette chevelure abondante d'un brun soutenu, les traits arrondis de sa mâchoire, son nez droit et la forme particulièrement étirée de ses yeux.

Bouleversée, je me jette sur mon verre, que j'avale d'un trait.

— Quand as-tu débarqué ici, Ez ?

— Jeudi, il y aura presque trois jours que je suis là. J'ai envisagé d'être présent pour notre anniversaire et pour les commémorations, mais je n'ai pas trouvé la force d'arriver plus tôt. Après tout, Zoé n'est pas morte le jour du tsunami, mais dans les jours qui ont suivi.

Zoé n'est pas morte, elle a disparu, suis-je tentée de rectifier. Quoique je sache au fond de moi que c'est la même chose.

La douleur me vrille les tempes.

J'attrape discrètement mon téléphone, qui vibre dans ma poche.

1 h 12
Alors ma rebelle, as-tu décidé
dans quel lit tu veux dormir ce soir ?

Bien que les mots de Sergio s'impriment sur ma rétine, leur signification ne parvient pas à mon cerveau.

1 h 12
Non

1 h 12
Tout va bien ?

Je fourre le portable dans ma poche sans répondre et relève les yeux vers l'homme en face de moi.

— Ne le prends pas mal, mais pourquoi tu es là, Ez ? Tu nous avais dit que tu ne remettrais plus jamais les pieds ici.

Je ravale ma salive au souvenir de sa diatribe, de ses reproches – fondés et injustes à la fois – envers nous.

Lors de la catastrophe, Ezyo se trouvait à New York, où il était allé visiter des appartements, car il avait été admis dans une école d'art à la rentrée suivante. Même s'il était dégoûté de ne pas être présent pour fêter leurs vingt et un ans, à sa sœur et à lui, il était surexcité que ce rêve d'enfance se concrétise.

Quand il est rentré trois semaines plus tard, le revoir a presque fait renaître l'espoir en moi : il était si sûr que nous allions retrouver Zoé ! Même s'il a remué ciel et terre, sa détermination n'a hélas rien changé. Sa jumelle n'a jamais refait surface, et on ignore ce qu'ils sont devenus, elle et les deux amis qui l'accompagnaient. On sait juste qu'ils n'ont jamais atteint la ville.

Le jour où il l'a compris, la rage et la douleur qu'il ressentait lui ont fait cracher des horreurs.

La chaleur, pesante, ne me réchauffe pas. Elle m'étouffe, plutôt. Le froid m'enveloppe depuis des semaines. La mort rôde partout sur l'île, et elle s'amuse en particulier à me tourner autour. Mon cœur est gelé depuis que Lilian...

Lui aussi a disparu de ma vie.

On me l'a arraché.

De ce fait, la douleur est ancrée en moi. Elle fait partie de moi.

Je contemple l'eau du port, désormais si calme et si paisible. Les lieux sont envahis de bateaux militaires. Les voiliers et les hors-bords qui mouillaient ici il y a peu ont été détruits par la vague. Combien de temps faudra-t-il pour qu'ils reviennent ? Reviendront-ils ?

Dans mon dos, Lucas et Ezyo passent une nouvelle fois en revue les affichettes sur les panneaux de la jetée. Si le nombre de survivants est considéré comme définitif, les morts continuent d'affluer. Les autorités affichent les photos de corps d'individus dans l'espoir que l'un de leurs proches reconnaisse une tache de naissance, une cicatrice, un bijou... et les identifient, leur redonnent un nom.

Il y a des centaines et des centaines d'affichettes sur ces grands panneaux en zinc. Mon quotidien est à présent constitué d'horreurs que je ne vois même plus.

Pendant quelques jours, j'ai eu l'espoir insensé de retrouver mon amie. Ezyo était si soulagé que nous soyons à nouveau réunis, Lucas, lui et moi, qu'il croyait à ce miracle. Aujourd'hui, je ne crois plus à la possibilité qu'elle s'en soit sortie.

— Je n'ai rien vu, lâche Lucas en revenant vers moi.

Je lui jette un regard et me contente de fixer les eaux à nouveau.

Je ne parle plus beaucoup depuis la mort de Lilian. Parler, c'est risquer de voir cette lueur de peine et de pitié dans les yeux de mon meilleur ami. Parler, c'est vivre. Pour l'instant, je ne fais que survivre.

— Elle est morte, assène Ez.

Je me retourne vers lui. Sur ses joues coulent des larmes qu'il ne parvient plus à retenir.

— Tu l'as... Tu l'as trouvée ? demande Lucas d'une voix chevrotante.

Ezyo secoue la tête, agitant sa tignasse. Je ne peux m'empêcher de penser que Zoé l'aurait vanné sur son apparence négligée. Elle lui aurait pris un rendez-vous chez le coiffeur ou se serait elle-même emparé d'une paire de ciseaux – et d'un rasoir par la même occasion.

— On a cherché partout. Si elle était en vie, on l'aurait su. Je ne supporte plus l'immense charnier qu'est devenue cette île. Mes parents vont être transférés dans un hôpital à New York. Je m'en vais !

M. et Mme Carlotta étaient à une réception dans la partie nord de l'île lors du séisme. Le bâtiment s'est écroulé. Ils n'ont pas eu le temps d'avoir peur de la vague, ils ne l'ont sans doute même pas vue. Cependant, ils n'ont eu du secours que tardivement. Ils sont tous les deux dans le coma et on ignore s'ils se réveilleront un jour.

Je ravale ma salive. Je le comprends, mais perdre Ezyo, c'est perdre mon dernier lien avec Zoé.

— Si vous étiez restés tous ensemble, Zoé serait encore en vie, ajoute mon ami, nous foudroyant de ses yeux glacials, Lucas et moi. Elle a survécu à un tremblement de terre, à un raz-de-marée... tout ça pour s'évaporer dans les airs à cause d'une négligence. Vous l'avez abandonnée. Vous l'avez tuée.

— Ezyo...

— D'ailleurs, comment Lilian est-il mort ? Lui aussi avait survécu au tsunami, non ? J'ignore ce que vous avez...

Le sifflement strident qui résonne dans mes oreilles noie les mots affreux qui sortent de la bouche de mon amour d'enfance. Des mots affreux dans lesquels il y a une part de vrai.

— Ezyo ! hurle Lucas. Ça suffit ! Comme tu l'as dit, tu ignores tout !

De me voir ainsi figée, Ezyo est troublé, puis la colère reprend vite le dessus.

— J'aurais préféré que vous mouriez tous. Ça m'aurait évité de penser que ma sœur aurait dû être parmi vous. Vous êtes lâches et misérables. Je ne veux plus jamais vous voir et j'espère que vous crèverez sur cette île maudite.

Il nous tourne le dos, non sans avoir craché par terre.

Aucun de nous deux ne lui court après. Sa douleur, son mépris et sa haine sont trop intenses pour que l'on se risque à l'approcher.

— Léo ? Ça va ? s'inquiète Lucas.

Je ne réponds pas, me contentant de masser doucement ma côte droite, dont la douleur me cisaille toujours avec plus ou moins d'intensité malgré les soins que j'ai reçus.

Zoé n'est plus là. Zoé a disparu. Zoé ne reviendra pas.

On a perdu l'une des nôtres. J'ai perdu ma sœur.

Ma peine est abyssale, mais mes yeux sont secs.

— J'avais besoin d'un retour aux sources..., déclare Ezyo, songeur, lorsque je reviens à l'instant présent. De dire au revoir à ma sœur et de vous... Le chagrin et la culpabilité m'ont aveuglé, se sont transformés en rage, et j'ai négligé ce qui était important pour moi, pour ma sœur. Elle n'aurait jamais voulu que je tire un trait sur sa famille de cœur. Vous étiez comme des frères et sœurs, tous les quatre, et...

— Arrête ! Stop !

Je ferme les paupières.

Parler de mon amie ravive les blessures du passé. Mes oreilles sifflent. J'ai du mal à respirer.

Applique-toi à être spectatrice de ton état, Léo. Allez !

— Léo ?

Je rouvre les yeux immédiatement en entendant ce timbre, rugueux et doux à la fois. Je découvre la silhouette massive de mon Colombien, qui me considère avec inquiétude. Puis il jette un œil noir et meurtrier vers Ezyo, qui se ratatine sur son siège.

Lorsque Sergio me tend la main, je ne me fais pas prier et je quitte la table sans adresser un seul mot à mon amour d'enfance.

Il a eu cinq ans pour venir me parler, il peut bien patienter quelques heures de plus.

Chapitre 22

Sergio

Je sors d'une douche brûlante et revigorante. Débarrassé des taches d'hémoglobine qui maculaient ma peau et mes cheveux, je me sens un homme neuf. Avant ça, mon organisme a obtenu le sang qu'il réclamait, telle une dose de vitamines. Alors qu'il est 1 heure du mat, je suis donc en pleine forme, aussi frais qu'un adolescent venant d'avoir son premier orgasme.

À ce sujet, j'ai bien l'intention de remettre ça dès cette nuit.

J'attrape mon téléphone et envoie un message à Léo.

1 h 12
Alors ma rebelle, as-tu décidé dans quel lit tu veux dormir ce soir ?

Cette fille est devenue une drogue pour moi, mon corps et mon esprit sont obsédés par elle. J'ai envie de m'enfoncer entre ses cuisses, de la faire mienne, de lui montrer à quel point le sexe peut être libérateur, réparateur.

Sa réponse ne se fait pas attendre.

1 h 12
Non

Je reste figé quelques secondes en relisant ce message lapidaire qui ne lui ressemble pas.

1 h 12
Tout va bien ?

Une boule désagréable se loge dans mon ventre. Qu'est-ce qu'elle a ? Elle est débordée au bar ou il y a anguille sous roche ?

J'enfile un jean au moment où mon portable vibre. Je me jette dessus. Au lieu du prénom de Léo s'affiche un numéro que je ne connais pas, non masqué.

— Oui ?

— Sergio, c'est Sophie.

— Sophie ? Il y a un problème ?

— Je... Je ne sais pas trop, en fait..., bafouille-t-elle, de la musique retentissant en arrière-fond.

À force de la croiser, j'ai bien remarqué que la demoiselle était fofolle, certes, mais aussi assez impassible. Elle n'est pas du genre à se laisser submerger par l'anxiété, alors sa réaction est pour le moins stressante.

— Je t'écoute !

— C'est Léo.

— Je m'en doute, Sophie. Crache le morceau, bordel.

— Oh, Grincheux, tu vas redescendre d'une octave, OK ? Éric est introuvable. Quant à Lucas, ce crétin ne répond pas, alors j'ai pensé à toi. J'ai chopé ton numéro sur le portable de Léo pendant qu'elle avait le dos tourné. J'en ai un peu marre de ne pas réussir à contacter ma pote alors je me suis dit qu'avec ton numéro, j'avais de plus grandes chances de la joindre, vu que vous êtes souvent fourrés ensemble. J'te préviens, d'ailleurs : à vouloir t'accaparer ma copine, tu vas te retrouver avec ma jolie face de connasse accrochée à tes bas...

— Sophie, grogné-je.

— Ouais, désolée. Voilà, ce n'est peut-être rien, mais un mec a abordé Léo au bar.

Je me tends comme un arc, sentant la jalousie m'envahir.

— Je ne l'avais jamais vu. Je ne peux pas dire qu'il ait l'air menaçant, mais en le voyant Léo a carrément changé de couleur. Je lui ai demandé qui c'était et elle a répondu, je cite : « Un fantôme. »

— Où est-elle, maintenant ?

— À une table du resto, avec lui.

— OK, j'arrive.

J'attrape le premier tee-shirt que je trouve et je dévale l'escalier sans accorder un seul regard à quiconque. Je saute sur ma moto et fais rugir le moteur en accélérant le plus possible et en poussant mon engin.

C'est qui, ce mec ? Qu'est-ce qu'il lui veut ? Et en plus elle va dîner avec lui alors qu'elle me le refuse ?

La frustration se mêle à l'inquiétude.

Putain de bordel de merde ! Moi qui étais de bonne humeur !

Arrivé à la crique, je me gare dans un grand dérapage à côté de son tas de boue, descends de mon bolide en arrachant presque les clés et marche d'un pas vif vers le 2L.

Une dizaine de touristes profitent du clair de lune pour se détendre dans la piscine, quasiment vide à cette heure-ci. Sophie est occupée à l'îlot central à préparer des commandes. Dès qu'elle lève les yeux vers moi, elle tend le bras en direction de la terrasse du restaurant de l'hôtel Bakari.

Mes yeux glissent rapidement sur les nappes blanches qui sont recouvertes de serviettes rouges, jaunes, vertes et sur les groupes de convives, puis ils sont aimantés par la silhouette de ma rebelle.

Cette dernière est assise à une table près de la balustrade, face à un homme massif. Cheveux bruns, la peau claire et la trentaine grand maximum. Plutôt beau gosse, estimeraient certaines.

Il tient les doigts de ma rebelle, et ce simple fait me fait bouillir.

Plus je m'approche, plus mon inquiétude grandit. Léo est aussi pâle qu'une morte. Et elle retire subitement sa main des paumes du bellâtre en marmonnant quelques mots.

J'accélère le pas et je me plante devant eux.

— Léo ?

Elle redresse la tête vers moi. Ses yeux sont ternes, vides. Ils ne brillent d'aucune lueur ni d'aucune étincelle. Elle s'est refermée sur elle-même.

Quant à son compagnon mystère, il affiche un désarroi profond – dû à mon irruption ou à leur conversation ?

— On y va !

Ma belle ne bouge pas d'un poil. Je ne suis même pas certain qu'elle ait cligné des paupières. Je lui tends la main et elle la saisit immédiatement, me faisant tressaillir au contact de sa peau froide.

Aussitôt, je l'entraîne loin de cette table. Si je m'attarde, je risque d'exploser la gueule de ce connard ne serait-ce que pour s'être assis en face d'elle.

Nous traversons la terrasse du restaurant puis du 2L sans ralentir au bar, même quand Sophie écarquille les yeux à la vue de son amie. Léo se contente de regarder devant elle, l'esprit ailleurs. J'adresse un léger signe de tête à sa collègue, je bifurque vers le parking en tirant toujours ma belle dans mon dos et je la hisse sur ma moto avant de grimper moi-même. Elle ne se fait pas prier et enroule ses bras autour de ma taille.

Très bien, elle est assez lucide pour s'accrocher.

Sur le trajet, je savoure la chaleur de son corps qui épouse le mien.

Une fois que j'ai garé ma machine dans le garage de la villa, il faut plusieurs minutes à Léo pour retirer ses mains et descendre. Et même alors, elle se montre distante, repliée sur elle-même.

J'attrape à nouveau sa main et je l'entraîne dans le couloir, où nous croisons Marius. Il me jette un coup d'œil interrogateur quand il voit le zombie qui me suit.

— Peux-tu faire monter un plateau-repas dans ma chambre ? lui demandé-je comme si de rien n'était, avant d'emmener ma belle à l'étage.

Malgré l'heure avancée de la nuit, je sais qu'elle n'a rien mangé.

Je ne lui lâche la main qu'après avoir fermé la porte derrière nous.

— Déshabille-toi, je reviens.

Dans la salle de bains, j'ouvre à fond les robinets de la baignoire, je verse tous les produits que je trouve sur les étagères et je remue tout ça afin de faire mousser. Je ne suis pas du genre à me prélasser, mais cet environnement apaisant sera propice à ce que Léo se détende et me parle.

Je retourne dans la chambre et serre les dents quand je m'aperçois qu'elle n'a pas bougé et que son regard est perdu dans le vague.

Je l'emmène gentiment dans la salle de bains et j'entreprends de la déshabiller. Lorsque je m'accroupis devant elle pour lui retirer son short ainsi que sa culotte de coton noir, ma queue se tend. Mais le mutisme de ma belle me noue l'estomac.

Ensuite, je me déshabille rapidement moi aussi.

— Allez, viens, *piccola leonessa*.

Dans la baignoire, gigantesque, huit personnes tiendraient à l'aise chacune dans son coin, mais j'ai un autre plan. Je m'assieds contre la faïence et j'attire ma belle vers moi, mon torse contre son dos, mes cuisses entourant ses jambes et mon érection plaquée contre le haut de ses fesses.

Avec moult précautions, je lui savonne les épaules, les flancs, les bras... Je rince le tout, lui masse lentement le cuir chevelu. Alors que je pose la bouche avec tendresse sur sa nuque, je la sens tressaillir et ses mains s'arriment à mes cuisses.

— Ça y est, tu reviens dans le monde des vivants ? soufflé-je dans son cou.

Elle se laisse tomber contre moi comme si elle voulait que je l'absorbe dans mon corps, sa tête sur mon épaule. Ma joue rugueuse vient cajoler la sienne, tandis que ses muscles se relâchent. Au bout de quelques minutes supplémentaires, sa respiration redevient calme.

— C'est qui, ce mec ? murmuré-je alors.

— Une vieille connaissance.

— Mais encore ?

Elle tourne la tête vers moi, une supplique dans les yeux.

— Ne parlons pas, s'il te plaît.

Mon côté protecteur brûle de savoir qui est celui qui l'a troublée. Qui est-il pour elle ? A-t-il de l'importance ? Que ressent-elle pour lui ? Ai-je affaire à un rival ? Mais le désir qui flambe en moi est sourd à ces attentes. Les petits jeux auxquels nous nous sommes déjà livrés n'ont fait que l'attiser. J'ai besoin de ma belle.

Donc je musèle ma conscience qui me dit que Léo n'est pas en état et je dévore cette bouche qui m'appelle.

Vite, elle se relève pour se retourner et me chevaucher. Ma verge pulse contre son intimité, mais elle ne semble pas s'en effrayer. Elle enroule ses mains autour de ma nuque, tandis que les miennes remontent sur ses cuisses et ses hanches pour la plaquer un peu plus contre moi. Son souffle se mêle au mien et me réchauffe. Sa langue, taquine, joue avec la mienne.

Putain, c'est trop bon !

Son bassin ondulant contre moi, je glisse une main vers son intimité et j'attrape de l'autre le globe de sa fesse, que je pétris avec ardeur. Elle gémit dans ma bouche pendant que je cajole son petit bouton de chair.

Je ne peux retenir un grognement. Cette fille est littéralement un explosif pour mes sens. Une drogue douce ou même dure : plus je la goûte, plus j'en veux.

Je mets fin à notre baiser afin de la contempler pendant qu'elle se soumet à la délicieuse torture de mes caresses, les yeux fermés.

— Regarde-moi.

Elle rouvre ses paupières sur des iris gris-vert si lumineux que mes doutes sont levés : elle s'est aventurée hors de sa prison mentale et elle est bel et bien de retour dans la réalité. Elle me dévisage avec tant de désir que son excitation fait écho à la mienne comme une brûlure enivrante.

Tout en continuant de caresser son bourgeon en effectuant de petits cercles, j'introduis un index en elle. Elle est soyeuse, chaude et mouillée. Rien que ça, et je sens ma queue réclamer cette place.

Léo se fige et retient son souffle, les yeux écarquillés.

N'était-elle pas prête ? Je me suis peut-être laissé entraîner par mes propres envies ?

Sans ôter mon doigt, je cesse tout mouvement.

Elle cligne des paupières, mais ne dit rien et ne s'écarte pas.

Sondant son visage du regard, je recommence à effectuer des cercles sur son clitoris et vois à nouveau cette étincelle dans ses yeux. Lorsqu'elle s'est habituée à mon intrusion et qu'elle est détendue, je fais des va-et-vient en elle avec mon index.

Un gémissement monte dans sa gorge, se répercutant dans la totalité de mon être. Elle ferme de nouveau les yeux pour savourer ses sensations.

Je retire et j'enfonce mon doigt en appuyant contre la paroi, sur sa zone la plus érogène. J'ajoute mon majeur. Là encore, je cesse tout mouvement afin de lui permettre de s'habituer, mais elle roule des hanches, réclamant que j'impulse et même accélère le mouvement.

Bien, Léo. Tu vois le plaisir que je peux te procurer ?

— Putain, Sergio...

— Oui, bébé ?

Je l'admire pendant qu'elle halète de plus en plus vite. Alors que son orgasme la frappe de plein fouet, elle rejette la tête en arrière.

Belle à en crever, bordel.

Quelques instants plus tard, elle redescend lentement de son nuage de béatitude et pose son front contre le mien en rouvrant des yeux comblés. Le sourire qu'elle me lance est un baume qui me permet d'oublier ma frustration, mes questions et ma rancœur.

Je m'apaise complètement quand elle est là.

Incroyable.

Je n'ai toujours pas envie de réfléchir à l'effet qu'elle me fait.

Je balade mes mains sur sa peau douce, ses fesses bombées et ses cuisses musclées. Mes doigts dansent sur elle et dessinent de longs rubans de désir.

Puis je sens un relief rugueux. Sur l'intérieur de sa cuisse gauche, là où son tatouage suit habilement le contour de sa jambe. Je fronce les sourcils et j'évite du bout de l'index cette marque inattendue, levant les yeux vers ma belle. Je ne la forcerai pas à parler. Je veux qu'elle s'ouvre à moi et qu'elle m'accorde sa confiance.

— Je... Je ne t'ai pas parlé de cette cicatrice, c'est vrai, murmure-t-elle, son sourire envolé.

— Moi qui croyais connaître ton corps…

— Elle est planquée. Elle est d'ailleurs à l'origine de mon tatouage. Je l'ai fait quelques jours après la mort de Lilian.

— Pourquoi vouloir la masquer ? Elle est minime, pourtant. Comment peut-elle être si lourde à porter ?

— C'est la pire, souffle-t-elle. Quand j'ai été enlevée, j'ai repris connaissance dans une geôle. Il était devant moi et il n'a pas attendu plus longtemps pour…

Elle hoquette et marque une pause emplie de douleur.

— … pour me donner un aperçu du cauchemar que serait désormais mon existence. Cela ne lui a pas suffi : il fallait qu'il revendique que j'étais sa chose, donc il m'a gravé son sceau sur la peau. Il m'a marqué la cuisse au fer rouge comme du bétail…

Fou de rage, je m'efforce de tâter plus méthodiquement cette marque que l'on ne distingue plus à l'œil nu.

— Un W ? demandé-je alors que je perçois la lettre sous mon index.

Absorbée dans ses pensées, elle ne confirme ni n'infirme.

Un type avec des moyens et un prénom ou un nom de famille commençant par un W. Bien, j'avance.

— Dès que j'en ai eu l'occasion, je l'ai recouvert. Dans les vieux quartiers, il y avait un jeune artiste qui débutait. Je me suis précipitée dans son studio et je lui ai exprimé mes souhaits. Sais-tu ce que sont ces oiseaux ?

— Des colibris ?

Elle hoche la tête.

— Ces oiseaux sont fascinants. Malgré leur petite taille et leur allure fragile, ils sont capables des exploits les plus étonnants, tels que parcourir de grandes distances ou voler à reculons. Ils symbolisent la joie de vivre et la légèreté de l'être. C'est ainsi qu'était Lilian : libre, toujours heureux et plein de résilience.

— L'oiseau qui s'envole, c'est lui alors ? L'éternel optimiste et esprit libre. Il a essayé de sortir sa compagne de sa prison d'épines et de l'élever dans les airs pour la sauver, mais il est le seul à être parti… Je me trompe ?

— Non. Mon tatoueur était très doué, ajoute-t-elle, songeuse. Il a su me faire aimer une partie de mon corps que j'exécrais. Grâce à lui, je pense à l'homme que j'aimais quand je baisse les yeux. Et non à celui qui a détruit ma vie.

Elle grimace et masse sa cicatrice. Ses douleurs fantômes se réveillent et je sais pourquoi.

Je lui soulève le menton et prends son visage en coupe.

— Tu n'y es pour rien, Léo, ne culpabilise pas...

— S'il te plaît, me coupe-t-elle, j'ai entendu ça des centaines de fois et ça ne sert à rien.

— Alors que veux-tu que je fasse ?

Elle pose ses lèvres soyeuses sur les miennes dans un baiser tendre. Un baiser léger qui laisse transparaître beaucoup trop d'émotions, me mettant subitement mal à l'aise.

— Fais-moi oublier, Sergio.

J'intensifie ce baiser et le rends plus brutal, plus fort et moins enclin à me faire réfléchir. Elle veut oublier ? Quant à moi, je ne veux pas penser à tout ce qu'elle représente pour moi.

Les jambes de ma belle enroulées autour de ma taille, je me lève brusquement, envoyant valser l'eau en une vague qui inonde la salle de bains.

Il est temps que l'on poursuive cette soirée dans mes draps.

Chapitre 23

Léo

Mon corps toujours ancré au sien, Sergio se penche en avant, et nous atterrissons sur le matelas.

Les draps me collent à la peau, mais je m'en contrefous. Mes lèvres, scellées à celles de Sergio, se livrent à un ballet fougueux qui met le feu à mon intimité. Plaquée contre lui, j'ai l'impression de sentir chaque particule de nous se chercher et s'attirer, voulant de toute évidence entrer en osmose. Son érection incroyablement grosse et dure qui pousse contre mon bas-ventre devrait m'effrayer, mais elle m'émoustille encore plus.

Ce monstre d'arrogance et de contrôle s'avère un amant tendre, attentif. Je n'en demeure pas moins sa proie, totalement à sa merci et impatiente d'être dévorée. Oh, oui, j'accepte volontiers mon sort.

Il tire avec délicatesse, mais avec fermeté, sur mes mèches folles, me forçant à cambrer la nuque pour lui présenter ma gorge. Il sème des baisers tout du long, remonte lentement vers mon oreille, dont il lèche le lobe.

— Tu es une drogue, Léo, susurre-t-il avec ferveur.

Je gémis alors que ses lèvres repartent en exploration dans mon cou, traçant un sillon brûlant. Mes sens explosent.

— Ta peau…

Il fait courir sa langue sur ma clavicule. Sur le haut de ma poitrine.

— Ton goût…

Il descend en embrassant chaque centimètre carré de moi qui lui est offert. Il englobe mon sein gauche de sa large main en en faisant pointer le mamelon sous son pouce, tandis qu'il aspire le droit dans sa bouche.

— Ton corps...

Je bous littéralement sous les ondes puissantes que sa proximité et ses caresses provoquent en moi. Je me cambre, approchant mon sein de sa bouche pour en réclamer davantage. La moiteur inonde mon intimité, qui pulse douloureusement. Elle est bientôt soulagée par les doigts experts de mon Colombien, qui roulent sur mon clitoris.

— Putain de merde. Tu es si mouillée pour moi, ma belle...

Je ne peux que gémir davantage lorsqu'il reprend possession de ma bouche. Je plonge mes mains dans ses cheveux, accentuant mon étreinte.

Pourtant, il délaisse mon intimité, me faisant grogner de frustration. Je le sens tendre le bras pour attraper quelque chose et j'entends le bruit d'un étui qu'on déchire. Soudain, d'un côté, il agrippe ma cuisse. De l'autre, il plaque une main en soutien à côté de mon visage.

C'est quand je sens sa verge pousser contre mes grandes lèvres et commencer à me pénétrer que je me fige. Ma respiration se bloque. Mon cœur s'affole. Mon esprit se déconnecte de la réalité pour se tapir au fond de mon âme. Je pose mes mains sur le torse de mon assaillant pour le repousser. Je cherche des yeux de quoi me défendre. Je ne peux pas faire ça. Mon corps a beau être prêt, mon esprit est loin de l'être.

— Léo, regarde-moi.

La voix de Sergio parvient à se frayer un passage à travers mes murailles, jusqu'à ma forteresse intérieure, afin de me faire remonter à la surface. Même si je l'entends encore comme un écho distant, mes pupilles s'arriment à celles de mon Colombien. Elles sont si dilatées par la volupté qu'elles sont d'un noir infini. Par contraste, les éclats d'or étincellent encore plus, hypnotiques.

C'est à ce moment précis que je remarque qu'il a suspendu son geste.

— Reviens avec moi, *piccola leonessa*.

Le fait de voir qu'il attend mon « retour » et qu'il ne profite pas de la situation me rassure. Mon cœur ralentit sa course folle et mon esprit remonte à la surface tandis que le sifflement de mes oreilles s'estompe. J'ai l'intuition que, si j'éconduis Sergio, il me laissera faire.

— Voilà, bébé, c'est ça ! Allez, reviens vers moi...

Ces paroles attentionnées, articulées avec conviction, apaisent mon cœur. Mon Colombien pose ses lèvres sur les miennes, enflammant à nouveau mon désir.

Lentement, s'assurant chaque microseconde qu'il a mon consentement, il s'enfonce en moi, centimètre par centimètre.

Je retiens ma respiration et ferme les yeux en sentant son sexe m'emplir de plus en plus. Ça fait longtemps... très longtemps... trop longtemps que je n'ai pas accueilli un homme entre mes cuisses.

Une fois qu'il s'est enfoui jusqu'à la garde, il demeure statique, les muscles tremblants. La douceur de ses gestes, de son regard me donne le sentiment que je suis en sécurité. Il a, de toute évidence, le pouvoir d'éloigner les monstres de mon passé.

— Putain de merde, grogne-t-il, tu es si étroite, ma belle.

Il ne bouge toujours pas, m'accordant le temps nécessaire pour m'acclimater à lui. Je ressens des tiraillements dans mon intimité, étirée par le gabarit exceptionnel de son membre – de délicieux tiraillements.

Il se redresse légèrement et sonde mon visage.

— Ça va ?

Je lis dans son regard une telle tendresse, une telle sollicitude et un tel désir que je ne parviens pas à dire quoi que ce soit. Sous les yeux et les mains de cet apollon, j'éprouve une sensation incroyable : j'ai l'impression d'être belle, sensuelle, un bijou à chérir.

Mon silence l'inquiète et je le vois froncer les sourcils.

— Léo, tu veux que je me retire ? Je...

— Non... Non, ça va. Je... C'est bon.

J'enroule mes mains derrière sa nuque pour l'attirer vers moi et l'embrasser. J'ai besoin de cette connexion entre nous.

Il se retire, avant de s'enfoncer de nouveau, tout aussi doucement.

— Putain, Léo, tu es un paradis. Mon sexe n'a jamais pénétré un fourreau aussi étroit et chaud que le tien. Tu es tellement humide pour moi !

Ses paroles libertines attisent la chaleur qui monte au creux de mes reins. Je me cambre autant que je peux quand il revient à la charge avec plus de vigueur, mon souffle haletant lui ayant signalé que j'étais réceptive. Mon corps retrouve ses automatismes : mes hanches se soulèvent pour lui donner un meilleur accès, mes jambes s'agrippent à son fessier et je l'incite d'une pression des chevilles à me pénétrer plus loin, plus fort.

Je me cramponne à son dos et griffe ses omoplates sous ses coups de boutoir. Son pubis frotte contre mon clitoris, tandis que ses bourses claquent contre mes fesses, de plus en plus vite. Ses mèches brunes et encore humides remuent en rythme, lui conférant un côté sauvage encore plus sexy.

— Tu es à moi, Léo, et je vais te montrer combien je peux te combler. Je vais te montrer ce qu'est le plaisir.

Ces paroles déclenchent en moi une nuée enflammée qui gronde et se répercute sur chaque parcelle de ma peau. Le claquement de nos corps qui se trouvent et se retrouvent est une mélodie aussi enivrante que les gémissements que je ne parviens pas à retenir.

Bon sang, c'est trop bon !

Je plonge dans son cou, couvert d'une pellicule de sueur, pour l'embrasser. Mes baisers le font frissonner et il se met à suçoter mon oreille avec ardeur, créant une nouvelle onde d'excitation qui fuse droit vers mon bas-ventre. La vague qui y prend naissance s'annonce dévastatrice.

— Mon... putain... de... paradis, articule-t-il, concluant chaque mot par un coup de boutoir.

Soudain, mes parois intimes se contractent et je sens avec une acuité décuplée le contact de son corps en moi et contre moi. Je décolle, mon souffle se bloque dans ma trachée. Un gémissement fiévreux ressemblant à un grognement sort de mes lèvres. Le plaisir qui me submerge est si intense qu'un éclair blanc illumine ma vue pendant de longues secondes. Je dois me retenir aux épaules de mon amant, tandis qu'il se fige à son tour après un ultime assaut, un râle rauque et terriblement sexy faisant gronder sa poitrine.

Je m'écroule sur le matelas, imitée par Sergio, qui m'enveloppe de sa chaleur. Je ne bouge pas d'un pouce, sous le choc de la vague qui vient de me terrasser. Je souris comme une conne venant de vivre son premier orgasme.

Sergio, toujours enfoui en moi, me fait tourner la tête vers lui.

Il me dévisage pendant quelques secondes, avant de sourire à son tour face à mon expression éblouie.

Chapitre 24

Sergio

Son visage post-baise est magnifique.

Ses pupilles pétillent d'une lueur émerveillée, ses joues ont la couleur rosée d'un bon vin, et ses cheveux ébouriffés, encore humides, lui chatouillent le front en un méli-mélo artistique.

Elle est rayonnante, et son sourire me transperce le cœur au point que j'en ai le souffle coupé.

Je n'avais pas prévu que ça irait si loin, je croyais qu'elle n'était pas prête à me prendre en elle, alors que, pour ma part, la sentir nue contre moi, la goûter et toucher son corps vibrant de désir a allumé la mèche qui crépitait en moi depuis des semaines. La combustion était inévitable.

Bordel ! Sa façon de bouger, de m'embrasser, ses ongles s'enfonçant dans mes épaules et, bon Dieu, cette chatte étroite... Cette femme est un cocktail aphrodisiaque dangereusement addictif – impossible de s'en lasser !

Je caresse ses lèvres charnues et soyeuses du bout du pouce.

— Ça va ?

Même si son expression est éloquente, j'ai besoin de l'entendre le dire.

Elle hoche la tête.

— Tu avais raison...

— Très souvent, ma belle. En l'occurrence, puis-je savoir à quel sujet ?

— Tu m'as montré que le sexe est divin, répond-elle après avoir ri à ma repartie.

Je reste silencieux, le cœur gagné par une douce sensation.

Bien que mon sexe tressaute, je me retire délicatement – il faut du repos à ma rebelle après cette journée harassante et riche en émotions : elle a dû gérer un lendemain de cuite, elle a été agressée par cinq camés, elle a fait une virée en mer, elle a assuré son service au bar, elle a fait une rencontre impromptue qui l'a bouleversée et je viens de la pilonner comme si c'était la fin du monde.

Depuis quand je m'inquiète de ménager un de mes plans cul, moi ?

Elle se blottit dans mon cou, inspire mon odeur et ferme les yeux.

Je ne bouge pas. Les câlins ne sont pas mon truc, normalement, mais la sentir contre moi m'est naturel – et indispensable.

Mon plan était de la baiser pour assouvir mon envie d'elle et de passer à autre chose, alors pourquoi est-ce que je ne la dégage pas de mon lit ? Pourquoi est-ce que je m'imagine déjà la réveiller d'une caresse demain matin ? Pourquoi est-ce que je songe déjà à un deuxième round, bordel ?

Et pourquoi est-ce que je me pose autant de questions ? Qu'est-ce qui m'arrive ?

Son souffle se fait plus profond et lourd, et je devine qu'elle a sombré dans les limbes du sommeil.

Après m'être libéré de son étreinte avec mille précautions, je la recouvre d'un drap et me dirige vers la méridienne, sur laquelle un plateau a été déposé comme par magie pendant que nous étions dans la salle de bains. Sous la cloche, je trouve un steak et des légumes verts destinés à rassasier ma belle. Je m'affale dans le fauteuil et lorgne sur la bouffe. Mon estomac est serré par la confusion.

Je n'ai pas envie de me contenter de l'échantillon de cette nuit. J'ai trop bataillé pour avoir accès à l'entrejambe de ma rebelle, je veux profiter encore un peu de ce corps délicieux. J'ai juste besoin d'un unique et dernier round. Une fois de plus. Une dernière baise et elle sort de ma vie.

C'est simplement ça. Une fois que je serai repu d'elle, je me détournerai sans un regard en arrière.

Comme toutes les autres nanas que j'ai baisées, Léo n'est qu'une passade. Une jolie et passionnante passade qui aura égayé mon séjour ici...

C'est ce que je veux : que du cul, pas de sentiments.

Chapitre 25

Léo

Un bourdonnement me sort de mon sommeil.

J'entrouvre les yeux, et une lumière faible me parvient.

Allongée sur le ventre, sur un matelas trop confortable et surtout beaucoup trop grand pour être celui de mon lit, j'émerge doucement de mes songes.

Le bourdonnement s'interrompt tandis que je m'étire tel un chat après sa sieste. Un poids lourd et chaud pèse contre mon flanc gauche – le bras de mon Colombien, qui dort profondément, est posé sur mon dos, sa main sur mes fesses.

Je tourne la tête dans sa direction et contemple son corps puissant et musclé. Ses cheveux noirs et épais lui tombent négligemment et adorablement sur le front. Les traits de son visage sont détendus, ce qui me fait fondre. Son souffle qui me chatouille l'épaule provoque une envolée de papillons dans mon ventre.

Malgré son côté abrupt, il a su me caresser avec douceur et m'emmener vers l'extase que je ne pensais plus jamais pouvoir ressentir. Ses lèvres, à quelques centimètres des miennes, m'attirent comme un fruit sucré sur un étal. Je pourrais promener mes lèvres sur son torse et descendre… vers la partie de son anatomie la plus sensible.

Oh, punaise ! Maintenant que j'ai écarté les cuisses, toutes les idées salaces que j'ai réfrénées depuis Lilian jaillissent du tiroir. Si ça continue, je vais me transformer en Sophie. Me voilà bien !

Sur la table de chevet, mon portable vibre avec insistance.

Je ne me souviens pas de l'avoir mis ici. J'imagine que je dois à Sergio cette attention – tout comme mes vêtements soigneusement pliés sur la commode.

Je m'extirpe non sans difficulté des bras de mon Colombien. Le temps que je parvienne à attraper mon téléphone, l'appel s'est interrompu, envoyant mon interlocuteur sur ma messagerie.

Merde ! Huit appels en absence et quatre messages de Lucas.

Je m'assieds sur le bord du lit et rappelle immédiatement mon meilleur ami. S'il insiste, c'est qu'il y a un problème – et un gros.

— Léo ?

— Lucas, je chuchote pour ne pas réveiller Sergio. Que se passe-t-il ?

— C'est à moi de te demander ça ! Tu es où ?

— Je vais bien, calme-toi. Je suis à la villa.

— J'ai un message vocal de Sophie me disant qu'un mec bizarre t'avait abordée. Je ne l'ai eu que ce matin, j'ai paniqué, surtout quand j'ai vu que tu n'étais pas à la maison.

— Sophie t'a appelé ?

— Oui, Sophie ! Putain, Léo. Tu craches le morceau ? On sait tous les deux qu'elle n'est pas une flipette. C'était qui, ce mec ?

Je sens la lassitude revenir.

— Ce... C'est Ez...

Pendant un instant suspendu, je n'entends que le souffle haché de mon ami.

— Ez ? Il est de retour ? Il t'a menacée ?

— Non, non, rassure-toi. On a juste discuté.

— Tu vas bien ?

— Je n'en ai aucune idée, Lucas. Me retrouver face à lui a été... Je...

Mes douleurs fantômes se manifestent. Toutes les personnes qui ont partagé ma vie sont mortes ou ont pâti de mes choix.

— Qu'est-ce qu'il voulait ? m'interroge mon frère de cœur.

— Je l'ignore. Je l'ai planté au 2L lorsque Sergio a débarqué.

Je fixe les grandes baies donnant sur la terrasse. Des rideaux légers adoucissent la lumière, mais je devine que le soleil est levé depuis quelques heures.

— Je ne peux pas gérer ça sans toi, Lucas. Je ne peux pas…

— Ne t'inquiète pas : tant qu'on ne saura pas ce qu'il veut, je ne te laisserai pas seule avec lui.

La prudence est de mise. Il se peut qu'Ezyo cherche encore un coupable à la disparition de Zoé.

— Retrouve-moi au bar à 11 heures, OK ? On déjeunera ensemble avant le service, ça te va ?

— D'accord.

— À tout à l'heure, bébé. Je t'aime.

— Je t'aime aussi.

Je raccroche et continue de masser ma cicatrice d'un geste machinal.

— C'est qui, Ez ? lance une voix rauque dans mon dos.

Mon Colombien a déjà prouvé à plusieurs reprises son don pour se faufiler dans mon dos en silence, alors me faire croire qu'il dort afin d'écouter ma conversation n'a rien de surprenant de sa part. À sa décharge, j'aurais pu m'isoler sur la terrasse ou dans la salle de bains.

— C'est le frère jumeau de Zoé, je réponds sans me retourner, le temps de reprendre mes esprits.

— Un ex à toi ?

— Oui, une très vieille histoire.

— Et il est dangereux ?

— Non.

— Pourtant, Lucas semble s'en méfier.

Je pousse un soupir en me massant les côtes.

— Ez a perdu beaucoup lors de cette vague. Ça l'a transformé.

— Il est donc dangereux.

Ça sonne comme une affirmation.

Je me laisse tomber en arrière et me retrouve contre le torse de Sergio. La tête posée sur sa main, il me scrute de ses yeux noirs, comme à son habitude.

— Non ! Enfin, je ne pense pas. La dernière fois qu'on s'est vus, c'était il y a cinq ans et il a été très violent dans ses paroles. Sa colère et sa haine à notre encontre étaient très vives. Mais l'homme qui m'a abordée hier soir était rongé par la douleur et les regrets.

— Pourquoi était-il en rogne contre vous ?

— Il nous tenait pour responsables de la disparition de Zoé. Et il n'avait pas tort…

— Arrête de culpabiliser, Léo. Tu ne peux pas sauver tout le monde.

Je reste silencieuse pendant quelques instants, troublée par son regard empreint de sollicitude. Puis je me redresse et le pousse d'une main.

— Peu importe, *signor* Fraticelli. C'est mon affaire et non un sujet qui relève de vos compétences.

Lorsque je m'assieds à califourchon sur ses cuisses, il lève un sourcil, les yeux brillants de désir.

— Et quel sujet relève de mes compétences, mademoiselle Dupuis ?

— Mademoiselle Bakari, je rectifie.

Les yeux de Sergio étincellent alors qu'il détaille ma silhouette nue. Ils descendent sur ma poitrine, tandis que ses mains remontent sur mes cuisses. Il caresse mes colibris et, une fois de plus, s'arrête sur ma cicatrice, retraçant les initiales de mon bourreau.

Je n'ai pas démenti quand il a cru avoir identifié un W, au lieu des lettres N et V entrelacées. Cet indice l'aurait encouragé à reprendre son interrogatoire.

Mes mains toujours à plat sur son torse sculpté, je chatouille de la langue chaque centimètre carré de sa peau. Retrace à mon tour les contours de son tatouage, imprimant la salamandre dans ma mémoire jusque dans ses moindres détails.

— Alors, Léo, quel sujet relève de mes compétences ?

Je plonge mon regard dans le sien et, d'une voix lascive, je lui lance :

— Me faire jouir.

Il me plaque contre lui. Son odeur m'enivre, mon pouls s'accélère.

— C'est un défi ?

J'approche mes lèvres des siennes et murmure :

— Je dispose d'à peine une heure avant mon rendez-vous avec Lucas.

— Dans ce cas, ne perdons pas de temps, *piccola leonessa.*

Il fond sur mes lèvres et me dévore avec ardeur. Sa fougue, s'ajoutant à l'urgence, finit de m'enflammer. Je n'ai pas envie de préliminaires, ce matin. Je ne veux pas réfléchir. Il pétrit mes fesses tandis que je me relève en prenant appui sur ses épaules sans mettre fin à notre baiser. Il en profite pour retirer le drap, et je me rassieds en m'empalant lentement sur son érection.

Il a réussi à faire exploser toutes mes barrières et à me donner du plaisir hier soir. Je brûle de ressentir les mêmes sensations. Je veux être submergée par le désir.

Excitée et affolée à la fois, je ressens intensément chaque étirement que son sexe volumineux impose à mon intimité. Une fois qu'il est enfoncé en moi jusqu'à la garde, elle s'adapte vite à cet inconfort voluptueux.

— Putain, grogne Sergio.

Il rive sur moi ses pupilles noires, à l'affût d'un signe de ma part, me laissant prendre les rênes. Et c'est ce que je fais. Je me soulève doucement, avant de me baisser à nouveau, faisant coulisser sa verge en moi. Mon amant resserre sa prise sur mes fesses et accompagne mes mouvements de bassin, profitant de notre proximité pour me lécher et me mordiller les mamelons.

Une chaleur grisante pointe bientôt dans mes reins.

J'accélère la cadence.

Alors qu'il accentue la pression sur mes fesses en les écartant légèrement, la chaleur se fait plus intense.

— Bordel, tu es si chaude, ma belle. Si douce. Si bonne. Et rien qu'à moi !

Je ferme les yeux. Ses mots fiévreux, mêlés au claquement de nos corps, me font décoller. Un orgasme fulgurant me terrasse et je me fige dans ses bras, tandis qu'il me rejoint presque aussitôt dans un grognement bestial.

Quand je rouvre les paupières, je tremble encore.

— Je pense que j'ai relevé le défi haut la main, fanfaronne mon Colombien.

— Et d'une, c'est moi qui ai mené la danse. Et de deux, moui, c'était pas mal.

— Pas mal ? Putain, cet orgasme était exceptionnel. Je suis un dieu du sexe et je viens encore une fois de te le prouver.

J'éclate de rire. Son arrogance n'aura pas mis longtemps à revenir.

Je l'embrasse tendrement, avant de me relever.

C'est à ce moment-là que je prends conscience de notre bêtise.

— Merde.

— Qu'est-ce qu'il y a, ma belle ?

— On n'a... On n'a pas mis de préservatif.

— Ah, oui, j'y ai pensé, réplique-t-il avec nonchalance. Mais c'était tellement excitant de t'observer prendre les rênes, je n'avais aucunement envie de t'interrompre ! Et puis, avoue que le peau à peau, c'est le must, non ?

Je le fixe, bouche bée. Ses paroles remontent jusqu'à mon cerveau, qui met des lustres à les analyser.

— Tu y as pensé ? Et tu as *décidé* de ne pas mettre de protection ?

— Ne crains rien, je me suis fait dépister très récemment et mes résultats étaient négatifs de chez négatifs. Quant à toi, je suppose que tu as subi une batterie de tests après... ce qui t'est arrivé il y a cinq ans, non ? On ne risque rien, *piccola leonessa*.

— Tu es au courant que les capotes ne servent pas seulement à éviter les IST ?

— Voyons, Léo, détends-toi. Louis va te filer une pilule du lendemain. Comme ça, ce sera réglé et on pourra même remettre ça ce soir. Zen, je contrôle la situation.

— C'est justement ça, le problème : *tu* contrôles, *tu* décides.

En désespoir de cause, je commence à rassembler fébrilement mes vêtements.

— Que fais-tu ? s'enquiert Sergio d'un ton rogue.

— Je me casse.

Alors que je boutonne mon short, il me saisit par le coude.

— Lâche-moi !

Il recule d'un pas.

— Du calme. Tu m'expliques ?

— Bon sang, tu réalises ce que tu fais ? rétorqué-je, furieuse.

Ses yeux se remplissent de colère. Il n'a pas l'habitude qu'on lui parle ainsi, ainsi que je l'ai remarqué moult fois depuis notre rencontre. Comment ai-je pu l'oublier ?

— Tu t'octroies des droits sur moi et sur mon corps, or je ne suis pas ta chose !

— Je fais en sorte que tu t'éclates.

— Non ! Tu fais en sorte que *tu* t'éclates. Tu agis sans penser une seule seconde à ce que je souhaite et ressens.

J'enfile mon débardeur et je passe devant lui pour sortir de cette chambre qui n'a plus rien d'un cocon de bien-être.

— Tu aurais préféré que je t'interrompe pour mettre une capote ? persifle-t-il. Je te rappelle qu'avec ce peau contre peau tu as pris ton pied comme une malade.

— Tu es taré, mon pauvre. Et tu ne vois même pas ce qui pose vraiment problème. Tu ne proposes pas ! Tu imposes ! Tu prends une décision pour moi sans me demander mon avis ! C'est quoi, la prochaine étape ? Faire de moi ton joujou ? Ou tu vas me museler ? Toi aussi, tu vas abuser de moi ?

Les mâchoires verrouillées, il martèle mot par mot :

— Ne. Me. Compare. Pas. À. Cette. Merde. Tu cherches juste une excuse pour t'enfuir, car tu es perturbée d'avoir couché avec moi. Tu t'étais mis en tête que le sexe était immonde or je viens de te prouver le contraire et ça te fait peur.

Je le dévisage une dernière fois, envahie par le dégoût. Il ne comprend rien. Pour qui se prend-il ?

— Je te l'ai dit : plus personne ne me forcera à faire ce que je ne veux pas. Je ne t'appartiens pas.

Je claque la porte et dévale en courant l'escalier. Je ne dois pas traîner dans les parages. Je commence à connaître

Sergio : une fois remis de sa stupéfaction, il risque de courir après moi, et ça partira en vrille.

La dernière fois, je me suis retrouvée séquestrée dans sa chambre.

J'ai besoin d'une pause.

J'ai besoin de recul.

Bordel, j'ai besoin de Lucas, là...

Chapitre 26

Sergio

Je sangle mon Beretta à ma ceinture et j'enfile mon tee-shirt.

Malgré une douche brûlante, mes muscles sont toujours aussi tendus. En plus, ma putain d'épaule me fait souffrir. Mes douleurs fantômes se sont réveillées et me lancent à chaque mouvement. Cela exacerbe mon irritation, déjà extrême.

D'une humeur de chien, je dévale l'escalier et pénètre dans la salle de contrôle. Jonas est en train de pianoter sur un ordinateur, sans doute opérant sa magie sur le dark web. Marius, lui, est installé à la table centrale devant un plan entouré de dizaines de papiers et de rapports raturés de son écriture.

À cette vue, je prends conscience que mon frangin s'occupe beaucoup plus des affaires professionnelles que moi, dernièrement. Bordel, il a raison : cette folle de Créole me détourne de ce que je suis venu faire sur cette maudite île.

Il relève les yeux vers moi, me sonde rapidement, un sourcil arqué, avant d'arborer un sourire moqueur.

— Laisse-moi deviner : Léo t'a encore fait passer une mauvaise nuit ?

Une mauvaise nuit ? Putain, non ! La nuit a été fabuleuse et le réveil sublime ! C'est ensuite que ça a sévèrement dérapé... Cette hystérique a foutrement dépassé les bornes en me comparant une fois de plus à son bourreau.

Elle mériterait que je lui attache les poignets et les chevilles aux montants du lit. Je la ferais jouir en la pénétrant si profondément qu'elle ne pourrait plus s'asseoir pendant plusieurs jours. Elle finirait par me supplier de lui pardonner.

En dépit de ma rancune, je sais que c'est une mauvaise idée. Ne serait-ce que parce que je risquerais de la blesser réellement.

En outre, j'ai eu ce que je voulais, après tout : je l'ai baisée – et à deux reprises. Et comme me l'a déjà fait remarquer mon p'tit frère, cette nana me fait perdre mon sang-froid. Je dois me reprendre. Je dois l'oublier. Voilà pourquoi je me suis forcé à ne pas lui courir après pour lui faire passer l'envie de me parler comme elle l'a fait. Finalement, c'est une bonne chose qu'elle ait fichu le camp.

Je n'ai pas besoin de m'encombrer d'une casse-couilles.

Je me suis vidé les bourses et j'ai pris mon pied.

Ce n'était qu'une fille de plus, point barre.

Une fille dont tu as voulu connaître le corps au point de coucher avec elle sans capote, crétin. Tu fais ça avec toutes les nanas ?

Je fais taire mes réflexions et crache à mon frère, les dents serrées :

— Fous-moi la paix. Tu en es où ?

Marius fronce les sourcils, puis lève les yeux au ciel, blasé.

— OK ! Comme tu veux, Grincheux, capitule-t-il, avant de me montrer une carte d'Afrique de l'Est. La marchandise de la commande principale de Vanoski a été bouclée et chargée hier soir à Santa Marta. Elle sera débarquée à Mombasa et acheminée par la route à Kampala par Vivien et son équipe. La remise se fera là-bas, sur un site dont Vanoski nous communiquera les coordonnées GPS lorsque nous serons en approche. Son équipe se chargera de transporter le chargement jusqu'à leur base, dont nous ignorons encore dans quelle région, voire dans quel pays, elle se situe – Jonas planche sur la question.

— Tu as sécurisé le trajet ? Prévu des routes secondaires ?

— Oui, regarde par toi-même. Je m'apprêtais à faire le point avec Vivien.

J'examine les rapports en suivant les cartes et les différents tracés établis par mon frère. Il a effectivement tout prévu. Je ne trouve même pas un truc à ajouter ou à modifier. Il a mis sur le coup celui de nos lieutenants le plus expert de la région de l'Est africain et fait rassembler une équipe renforcée.

Bref, tout est fait pour que la livraison de la marchandise se fasse sans heurts. Du moins de la marchandise principale.

Le truc, c'est que, malgré nos recherches, nous ne savons toujours pas quels sont les plans de Vanoski et surtout s'il représente une menace pour nous.

— Tu veux toujours qu'on lui livre la marchandise d'ici nous-mêmes ? me demande Marius.

— Oui. Tu connais le dicton, frangin : « Garde tes amis près de toi et tes ennemis plus près encore. » On doit veiller à entretenir un rapport cordial avec lui, comme on le faisait avec Jaden.

— Tout en évitant de lâcher trop d'informations sur nous.

— Je veux qu'on double nos effectifs lors de notre prochaine rencontre avec Vanoski.

— À ce propos, ça te va si on fixe la date à jeudi ? Maintenant qu'on a reçu sa commande, j'ai hâte de la lui filer et de me tirer d'ici.

Je me tourne vers lui, surpris.

— Tu veux expédier ce contrat ?

— Ça fait déjà plusieurs semaines qu'on est dessus. Au-delà de ça, j'ai hâte d'en être débarrassé. Je préfère le dicton : « Garde tes amis près de toi et tes ennemis à plus de mille kilomètres. »

— Tu es conscient qu'une fois la livraison effectuée, on n'aura plus rien à faire sur l'île ?

En dépit de mes résolutions récentes, j'ai du mal à m'imaginer quitter Léo tout de suite. Et j'aurais cru qu'il en serait de même pour Marius avec Sophie.

Il hausse les épaules avec désinvolture comme s'il ne voyait pas le problème.

— Je rêve du moment où Rosa arrêtera de nous soûler avec cette histoire de terres. C'était censé n'être qu'une couverture, or elle continue de me bombarder de messages.

Tout ça, ce sera fini dès que notre jet sera dans les airs direction la maison, avec nous dedans !

Marius allume une cigarette et exhale la fumée au-dessus de la table. Puis il me fait un clin d'œil.

— On a assez parlé de trucs chiants pour ce matin, non ? Tu comptes t'occuper de notre invité avant le déjeuner ?

Je lui adresse un sourire carnassier.

Oh oui, je vais m'occuper de lui. J'ai besoin d'un exutoire et Roland va être un encas parfait.

Chapitre 27

Léo

— Et Ez ne t'a pas dit ce qu'il voulait précisément ?

Je secoue la tête en réponse à la question de Lucas, attablé face à moi au restaurant de l'hôtel Bakari. Il a les traits crispés, et il est évidemment bouleversé par la nouvelle du retour d'Ezyo. Sans compter qu'il m'a vue arriver au bar complètement chamboulée. Je ne lui ai pas révélé que c'était à cause de Sergio, car la priorité était ailleurs. En attendant, mon cerveau se repasse en boucle ma conversation de ce matin avec mon Colombien. Peut-être qu'il a raison : j'aurais dû penser moi aussi au préservatif et j'ai peut-être surréagi…

Non, il se plante. Ce n'est pas le fait de m'être enfin lâchée au lit avec un homme qui m'a perturbée. Encore une fois, il a décidé pour nous deux, sans prendre en compte mon avis !

Préoccupée, je fais tourner mon rougail du bout de ma fourchette dans mon assiette.

— Bon sang, bébé, je ne supporte pas de te voir ruminer comme ça, déclare Lucas. Je m'en veux de t'avoir abandonnée pour une partie de jambes en l'air.

Aïe, non ! Voilà qu'il culpabilise, maintenant !

— J'ai couché avec Sergio.

Mon meilleur ami a la mâchoire qui se décroche. Il reste figé, son verre d'eau dans la main.

Je finis par perdre patience.

— Ferme la bouche, répliqué-je. On dirait que tu fais une fellation !

— Bordel, marmonne-t-il. Je… Je… Tu peux répéter ?

— J'ai. Couché. Avec. Sergio.

Lucas repose son verre et se laisse aller contre le dossier de sa chaise.

— Oh, bah merde. Même maintenant que tu le redis, j'ai l'impression que ce n'est pas réel. Il y a un bug, je te jure. Mon cerveau entend des mots que tu serais incapable de prononcer. Mon plan cul de la nuit dernière a dû glisser en douce un truc chelou dans mon café.

Excédée, je lui jette à la figure mon morceau de pain, qu'il réceptionne avec l'agilité qui le caractérise et qu'il enfourne dans sa bouche.

— Arrête de raconter des conneries, Lulu.

— C'est l'hôpital qui se fout de la charité ! Tu as couché avec un mec. J'hésite entre halluciner et crier de joie, car ta pachole vient enfin d'être câlinée comme il se doit.

— Ma « pachole » ? répété-je, surprise.

— Fais pas cette tête ! Sophie sort ce mot tous les quarts d'heure.

— C'est moins perturbant dans la bouche de Sophie que dans la tienne.

Il s'accoude à la table et se penche vers moi.

— OK, donc tu t'es fait labourer la chatte hier soir ? Moi qui avais dit à ton Colombien qu'il ne parviendrait jamais à ses fins, je me suis bien planté.

Je grimace, appréciant très moyennement l'open-bar de la vulgarité que mes confidences ont ouvert.

— T'es lourd, Lucas.

Il me fait un grand sourire, avant de répéter :

— Putain, Léonie. C'est comme m'annoncer que Sophie entre dans les ordres. C'est un fait tellement improbable qu'on ne peut pas l'imaginer ni le croire. En revanche, au vu de ton air blasé, j'en déduis que ce n'était pas top. Ça t'a rappelé trop de... Enfin, ça a fait remonter tes cauchemars ? s'enquiert-il, plus sérieux soudain.

— Non, au contraire. C'était parfait. *Il* a été parfait.

— Décidément, je dois être en train de rêver. Il y a quelques jours, tu me disais que tu trouvais Sergio menaçant et là, il est devenu « parfait » ?

Je lève les yeux au ciel et lui flanque un coup de pied sous la table.

— Lucas, écoute-moi, s'il te plaît ! J'ai besoin de toi !

Face à mon expression implorante, mon ami perd enfin son sourire goguenard.

— Pardon… Qu'est-ce qu'il y a ? Je t'écoute !

Sans m'étendre sur les moments intimes qui ont précédé, je lui relate ma conversation avec Sergio au sujet de cette histoire de contraceptif. Je vois son regard se durcir au fur et à mesure qu'il prend la mesure de la situation.

— Putain, quel abruti, commente-t-il d'un ton courroucé.

Sa colère est pour moi rassurante et, bizarrement, elle fait retomber la mienne.

— Après toutes ces années, tu t'étais enfin laissée aller dans les bras d'un mec, et il a fallu qu'il gâche tout ! fulmine-t-il. Si tu te renfermes de nouveau dans ta coquille à cause de lui, je pète un plomb. Tu veux que j'aille lui défoncer la gueule ?

— Cette proposition est très tentante, mais pas la peine d'aller jusque-là, Lulu. Tu sais quoi ? Je vais plutôt le laisser mariner dans son jus pendant quelques jours. C'est dommage, surtout en ce moment, ça m'aurait bien aidée de dormir avec lui…

— Oui, je sais. D'ailleurs, pour ce qui est de mercredi, je peux t'accorder ta journée si tu le souhaites et je peux même la prendre avec toi…

— Non, je préfère rester occupée. La dernière chose que je souhaite, c'est d'être seule avec mes…

— Salut, tous les deux.

Lucas se lève sur-le-champ sans lâcher du regard l'homme qui se trouve derrière moi. L'émotion que je lis dans les yeux de mon frère me percute comme un boomerang, occultant les mots blessants de Sergio.

— Ez…, chuchote-t-il.

— Salut, Lucas. Je… Je…

Mon ami ne laisse pas à Ezyo le temps de finir sa phrase. Il le prend dans ses bras et le serre de toutes ses forces.

— Ça fait du bien de te revoir, mec.

Ezyo ferme les paupières, soulagé, et toute crainte le concernant me quitte soudain. On ne peut pas feindre un tel émoi. Il est véritablement rongé par les remords et la douleur de la perte. Il est là pour nous, il ne représente pas une menace.

Lucas lui fait signe de prendre place à notre table.

— Tu es d'accord ? me demande Ezyo.

Je comprends qu'il soit incertain après ma désertion d'hier soir et j'apprécie qu'il me pose la question.

En réalité, même si de le voir, de retrouver Zoé à travers lui, me trouble toujours autant, aujourd'hui j'affronte les fantômes du passé au côté de Lucas.

Je hoche la tête et il s'assied en face de moi, pendant que mon meilleur ami déplace sa chaise à ma droite et glisse une main sur le dossier de la mienne. Sa présence m'est indispensable. Nous formons un front uni face aux énigmes et aux intrus.

— Je sais que ma venue est difficile pour vous, se lance Ezyo. Enfin, je l'ai réalisé pleinement hier soir en voyant ta réaction, Léo. D'ailleurs, je tiens à m'excuser, je ne souhaitais pas..., s'interrompt-il, avant de pousser un profond soupir. Je vous dois des excuses pour tout ce que je vous ai dit la dernière fois. Je n'aurais jamais dû vous faire des reproches et je n'aurais jamais dû vous abandonner.

— Tu avais toutes les raisons du monde de vouloir fuir cette île, marmonné-je. Elle t'a tout pris.

— Je vous ai tourné le dos sans me soucier de ce qu'il pouvait vous arriver, de comment vous alliez vous en sortir...

— Stop, lâche Lucas. On ne t'en a jamais tenu rigueur. Chacun a fait comme il pouvait pour survivre et se reconstruire. Nous n'avons aucun droit de te juger.

— J'ai cru que je pouvais laisser mon passé derrière moi, oublier la douleur. Mais cinq ans se sont écoulés, et rien n'a disparu. Au contraire, mes cauchemars se sont amplifiés... Il fallait que je revienne et que je les affronte.

Je suis impressionnée par le courage qu'il lui a fallu et je vois soudain combien nous sommes semblables : lui aussi tente de vivre, comme il peut.

— Je suis arrivé il y a quelques jours, je n'ai pas pu me résoudre à assister aux commémorations. C'était trop... Mais il faut que je dise adieu à Zoé. Et pour ça, j'ai besoin de vous. J'ai besoin de savoir que ma sœur a bien existé et que les gens qu'elle a aimés et qui ont partagé sa vie ne l'ont pas oubliée...

— On n'a jamais oublié Zoé. Ni Lilian, lui assure Lucas.

Les yeux brillants d'Ezyo me tordent les boyaux, et le sourire douloureux qu'il m'adresse finit de m'achever.

— Je suis désolé. Zoé n'aurait jamais voulu que je vous abandonne et encore moins que je vous traite comme je l'ai fait. Les paroles que j'ai prononcées étaient...

— Arrête, je lui enjoins en lui prenant les mains. Lucas te l'a dit : on ne t'en veut pas, Ezyo. Te revoir est génial, car tu ramènes avec toi autant de souvenirs positifs que négatifs. Toi ici, nous pouvons enfin pleurer ensemble que Zoé ne soit plus là, mais surtout nous réjouir ensemble de l'avoir connue et aimée.

Ezyo m'adresse un sourire empreint de larmes. Un sourire presque serein, néanmoins.

— À mon tour de m'excuser, ajouté-je : je suis sincèrement navrée si je t'ai blessé hier en partant ainsi en courant. Je n'étais pas préparée à l'afflux de souvenirs que te voir a provoqué chez moi, c'est tout.

— Je comprends. Et je suis heureux de savoir que tu as rencontré un gars qui prend soin de toi et vole à ton secours, tu le mérites. Ton mec m'a littéralement fait flipper, commente-t-il, mi-sérieux mi-taquin.

Je grimace, tandis que Lucas éclate de rire.

— Ce n'est pas mon mec ! grogné-je.

La confusion traverse les iris bleus de mon ami.

— Pourtant, j'ai eu la nette impression qu'il cherchait à marquer son territoire.

Je lâche un soupir en marmonnant :

— C'est bien le problème.

Une main se pose sur mon épaule, rassurante, et j'éprouve un élan de gratitude envers Lucas, celui qui m'apporte son éternel soutien.

— Bon, Ezyo, et si tu nous racontais à quoi ressemble la vie d'un New-Yorkais ? lance mon ami d'un ton plus joyeux.

Chapitre 28

Sergio

Trois jours. Trois jours depuis que cette tête de mule m'a tapé un scandale. Trois jours que je n'ai pas eu de ses nouvelles. Trois jours que je me répète que je m'en contrefous. Pourtant, ça fait trois jours que je suis d'une humeur de chien. Et que je ne pense qu'à elle.

Je ne lui ai pas écrit une seule fois et elle doit me détester pour ça. J'imagine qu'elle doit croire que, maintenant que je me suis enfoncé entre ses cuisses, je ne veux plus d'elle.

Ça devrait être le cas, bordel de merde !

Je ne suis pas passé non plus au 2L, même si j'ai fait le trajet une centaine de fois en pensée.

Pour me retenir de le faire en vrai, je me suis défoulé sur Roland. Chic type, il a tenu plus longtemps que je l'aurais parié. Cependant, son cadavre et ceux de ses quatre potes servent désormais de bouffe aux poissons.

Je tâche de rester concentré sur mes activités professionnelles, mais depuis ce matin ça me demande un temps de dingue de réussir à lire un simple rapport. Je n'ai plus de défouloir pour me sortir ma Créole de la tête et je brûle de savoir comment elle va. Cette casse-cou est capable d'être retournée sur les parcelles.

— Tu en es où ? me demande Marius en revenant dans la salle de contrôle.

— Je viens de clôturer le dossier. J'ai proposé à Vanoski de lui livrer la marchandise demain, afin qu'on soit débarrassés de lui une fois pour toutes.

— Tu sors ? m'interroge Marius lorsque je me lève.

— Oui, grogné-je.
— Tu veux de la compagnie ?
— Pas la tienne, Marius.
— Non, je n'ai pas de subliiimes yeux gris-vert, moi.
— Ferme-la.

Je traverse le hall et dévale le perron avant de sauter dans mon 4 × 4.

J'ai besoin de la voir. Ce n'est sans doute pas raisonnable, d'autant plus que l'on dégagera d'ici dans quelques jours, mais quand il s'agit de cette femme, je n'écoute plus ma raison.

Mon instinct me pousse vers elle alors que ça va à l'encontre de tout ce que je suis, de tout ce que je souhaite, de tout ce que je prône. Elle n'a même pas elle-même cherché à me contacter, putain ! Pourquoi n'implore-t-elle pas mon pardon pour m'avoir fait une crise ? Sans compter qu'avec le pied qu'elle a pris grâce à moi, elle devrait être accro à mon corps et aux sensations que j'ai ranimées en elle. Pourquoi ai-je l'impression désagréable que les rôles sont inversés ?

Après réflexion, la seule explication plausible, c'est qu'elle est retournée sur ces maudites parcelles, en dépit de ses blessures. J'en ai l'estomac noué depuis que cela m'est venu à l'esprit.

C'est cette probabilité qui me fait mettre de côté mon orgueil et aller me renseigner.

Lorsque j'arrive à la crique, il n'y a pas grand monde : la soirée débute à peine. Lucas est concentré sur une pile de papiers. Sophie est occupée à laver des verres. La personne qui m'intéresse, elle, est au comptoir, en pleine discussion avec le bellâtre de l'autre jour. Il lui sourit trop largement à mon goût.

De toute évidence, Léo s'est remise de sa stupeur et le frère de Zoé ne représente pas une menace, je suppose. Ils ont dû mettre les choses à plat. Pourtant, je ne suis pas rassuré de la voir en sa compagnie.

Il est possible aussi que je sois... jaloux : mon indomptable converse avec un bouffon qui n'est autre qu'un de ses ex.

Moi qui escomptais qu'elle serait déprimée ou éteinte après notre prise de bec, je me suis royalement planté. De toute évidence, je ne lui manque pas autant qu'elle me manque, ou elle n'est pas obsédée par moi comme je le suis par elle.

— Salut, beau gosse. Tu m'offres un verre ?

Des yeux chocolat, une peau caramel colorée par le soleil des Antilles, une silhouette en sablier et une poitrine légèrement plus proéminente que celle de Léo, la brunette à ma droite me dévisage avec gourmandise.

Même si je n'ai pas retenu son prénom – cette nana devait servir à en oublier une autre –, je la reconnais immédiatement. Après tout, je ne me suis tapé que deux filles sur cette putain d'île.

Sa main posée sur ma cuisse et ses yeux qui pétillent sont des signaux très clairs qu'elle ne m'a pas oublié du tout.

Et merde !

— Qu'est-ce que tu veux ? grogné-je, pas d'humeur, alors qu'au même moment la femme de mes pensées se matérialise devant nous derrière le comptoir.

— Bonsoir, que voulez-vous boire ? nous salue-t-elle.

Contrairement à ce que j'avais cru constater, elle ne va pas bien. Son regard est terne et elle semble fatiguée. J'ai l'impression que la fille devant moi est l'inconnue distante qui me toisait derrière son bar lors de ma première soirée ici. Son sourire est tout juste poli, son visage est dur et fermé. Conclusion : elle n'est pas ravie de me voir.

— Allons droit au but, intervient la brunette, manquant terriblement d'à-propos. Je souhaiterais te détendre, beau gosse. Après tes prouesses de la semaine dernière, j'aimerais beaucoup remettre le couvert.

Léo se raidit et répète d'un ton glacial :

— Je vous écoute. Que voulez-vous boire ?

— Un punch pour moi, répond cette fois mon plan cul d'un soir. Et pour mon homme, ce sera...

Cette fois, je perçois chez ma belle un froncement de sourcil et une étincelle orageuse. Son indifférence envers moi n'est qu'un mensonge. Elle est jalouse !

Un soulagement intense me submerge, bientôt remplacé par une envie de revanche qui m'incite à me prendre au jeu lancé par la brunette.

Je me tourne vers ma voisine et lui adresse un sourire charmeur.

— Un rhum.

Léo m'a ignoré pendant trois jours, à son tour de poireauter.

— Si tu es aussi entreprenante qu'il y a quelques jours, ma belle, je ne peux pas refuser une telle proposition, je susurre à la brunette en faisant courir mon doigt sur ses lèvres.

— En dépit de ton silence, je t'ai donc laissé un souvenir inoubliable ? minaude-t-elle.

Deux verres sont déposés devant moi, et je tends un billet à Léo sans même lui accorder un regard. Dans mon champ de vision périphérique, je vois qu'elle repart aussitôt de notre bout de comptoir. J'en profite pour glisser à l'oreille de ma voisine :

— La seule chose dont je me souvienne, c'est que je t'ai baisée comme la chienne que tu es.

J'intercepte sa main avant qu'elle me gifle. Ses yeux me lancent des éclairs et son visage est déformé par l'indignation.

— Dégage ! aboie alors une voix grave.

Lucas a pris la place de Léo au service. D'un coup d'œil, je remarque que ma belle n'est plus dans les parages.

Je lâche la main de la brunette, qui crache :

— Je t'en prie, Lucas, éclate-lui la gueule, à ce connard.

Elle saute de son siège, avant d'aller retrouver deux autres greluches à une table un peu plus loin.

Malgré la fureur dans les yeux du propriétaire des lieux, je ne quitte pas mon siège, me contentant d'attraper mon verre.

Il plaque les paumes sur le comptoir, de part et d'autre de moi.

— Tu mériterais effectivement que je t'explose le nez et te fasse bouffer tes intestins, souffle-t-il.

— Oh, rien que ça ?

Alors que je grimace, écœuré par le rhum pourri que Léo m'a servi, il serre les dents et se penche en avant.

— À quoi tu joues ? Je te l'ai dit : si tu la fais souffrir, tu me trouveras sur ton chemin...

Je ne peux m'empêcher de ricaner. Ce crétin ignore tout de moi et ce que je suis capable de faire. J'aurais peut-être dû l'inviter au démembrement de Roland.

— Dégage, Sergio. Tu couches avec qui tu veux où tu veux, sauf ici. En particulier aujourd'hui. Léo morfle assez comme ça.

Il fait mine de s'éloigner, mais je le retiens par le bras. Son regard glacial suit mon geste.

— Comment ça ? Qu'est-ce qu'elle a ?

— Il y a que tu n'as pas choisi la bonne journée pour faire ton show, Fraticelli.

— Besoin d'un coup de main, Lucas ? rugit une nouvelle voix sur ma droite.

C'est le bellâtre qui discutait avec ma petite Créole tout à l'heure, le frère de Zoé. Il a bouffé du lion depuis l'autre jour : envolée, la mine constipée et toute flippée, ce soir il est tous pectoraux dehors. Pas de quoi me faire peur pour autant...

— C'est quoi le problème encore ?

Je ferme les yeux, frustré. Voilà que Sophie s'en mêle.

— Reste en dehors de ça, Sophie, rétorque Lucas.

— Oh, non ! J'en ai marre de vos magouilles et de vos silences. Je ne sais pas exactement ce qu'il se passe entre Léo et cette copie d'Henry Cavill, ni entre elle et toi, Sergio, mais pour information elle vient encore de quitter son poste, l'air effondrée.

— Elle est simplement partie chercher des citrons dans la réserve du restaurant, déclare Lucas.

— Ben voyons, réplique Sophie. Je l'ai croisée sur le parking alors que je revenais justement avec les citrons, et elle m'a dit qu'elle prenait sa soirée avant de filer avec ta bagnole !

— Merde ! s'écrie Ezyo. Tu crois qu'elle peut...

— Non. Elle n'est pas suicidaire, l'interrompt Lucas, dégainant son téléphone.

Suicidaire ? C'est quoi cette connerie, bordel ?

— Il se passe quoi, purée ? braille Sophie, au bord de la crise de nerfs.

— Il se passe qu'il faut que j'aille à la recherche de Léo et que je te confie les rênes du bar.

Les yeux suppliants ou l'intonation de son patron font mouche chez la jeune femme.

— Je dois m'inquiéter ?

Lucas l'embrasse sur le front.

— Non, je gère.

Il se met à courir vers le parking, suivi d'Ezyo – et de moi.

— Tu sais où elle peut être ? Chez vous ? s'enquiert le bellâtre.

— Non. Elle avait peur de ruminer seule à l'intérieur. C'est pour ça qu'elle voulait bosser : pour ne pas penser.

— Pour ne pas penser à quoi ? grogné-je.

Tous les deux se retournent vers moi, surpris. Focalisés sur leur mission, aucun des deux n'avait fait attention à moi.

— Dégage, Sergio, m'ordonne Lucas une fois de plus.

Je serre les poings, sentant la rage m'envahir. Je déteste que l'on me dise quoi faire et je déteste être dans le flou.

— Tu es garé où ? demande-t-il à l'adresse de son acolyte.

— Nulle part. Je te rappelle qu'elle et moi on t'a déposé au boulot ce matin avant d'aller en ville et on est revenus au bar il y a moins d'une heure.

Putain, ce bouffon et elle ont passé la journée ensemble ? Qu'est-ce qu'ils ont branlé, tous les deux ?

— Merde. Fait chier. J'aurais dû prendre ma bagnole pour venir au bar ce matin, plutôt que de vouloir m'assurer qu'elle était en état pour une virée en ville sans moi.

Je pianote sur mon téléphone rapidement et j'affiche sur mon écran le plan des environs, sur lequel clignote un point rouge. Il s'enfonce dans les terres et monte vers les collines à l'opposé de la villa.

— Je sais où est Léo !
Lucas se précipite vers moi et je lui tends mon portable.
— Elle va chez Nakio ? je m'enquiers.
— Non... Ce n'est pas lui qu'elle va retrouver.

Chapitre 29

Léo

Lorsque je coupe le moteur, le soleil décline sur la baie que j'aperçois au-delà de la falaise, à plusieurs mètres derrière les arbres. Je m'octroie quelques minutes avant de sortir de la voiture.

La journée est compliquée. Ce n'est pas une surprise : chaque année, mes souvenirs m'envahissent. En outre, ça fait trois jours que mes démons me tirent du sommeil en pleine nuit. J'en suis d'autant plus contrariée que je réveille Lucas et Ezyo, qui squatte notre canapé.

Comme il repart dès la semaine prochaine, on a décidé d'en profiter au maximum et on lui a offert l'hospitalité. On avait besoin de se retrouver tous les trois.

Sa présence m'a fait du bien. Cela m'a permis de me changer les esprits, d'éviter de trop penser à Sergio.

Ezyo nous a d'abord relaté les épreuves auxquelles il a été confronté dans les mois qui ont suivi la catastrophe : le décès de son père des suites de ses blessures quelques semaines plus tard, son installation aux États-Unis, le coma de huit mois de sa mère, dont elle s'est réveillée avec d'énormes séquelles... J'ai été profondément touchée d'apprendre que cette femme, que j'admirais et appréciais, a été internée dans une maison spécialisée. Elle ne parle plus, ne communique plus et ne réagit plus vraiment.

En dépit de tout ça, mon ami a accompli ses rêves. Le jeune homme à la fois posé et passionné que je connaissais est toujours là, quand on cherche bien. Il s'est plongé à corps perdu dans ses études en école d'art. Et lorsqu'il a obtenu son diplôme, il s'est installé définitivement à Manhattan, où il a été remarqué par une galerie. Ses photographies sont exposées régulièrement et il est de plus en plus connu. Ses ventes lui assurent des revenus décents pour un New-Yorkais et lui permettent de payer les soins de sa mère.

Retrouver Ezyo nous a fait renouer avec le passé d'avant la vague et remonter des souvenirs. Des souvenirs joyeux : les soirées dans les différents bars de la ville, les excursions du dimanche sur les plages de l'île, les fous rires provoqués par les pitreries de Zoé... On a aussi trouvé une complicité dans la perte et la douleur que l'on a en commun.

Son retour m'a rouvert les portes sur les liens forts que je partageais avec Zoé. Elle était ma sœur de cœur. Ma complicité actuelle avec Lucas égale presque la complicité que nous avions toutes les deux. Elle était ma confidente, mon soutien et la première personne avec qui je pouvais passer des heures à discuter de tout et de rien. Nous aimions les mêmes choses : nourriture, coiffures, sorties, humour, films... Il n'y avait qu'une seule chose pour laquelle nous étions différentes. Elle aimait les hommes et collectionnait les histoires. Elle tombait amoureuse en un claquement de doigts et collectionnait les peines de cœur, au grand dam de son frère, alors que, après Ezyo, je suis tombée irrémédiablement amoureuse de Lilian.

Putain, qu'elle me manque !

Aujourd'hui, son fantôme est plus que jamais présent. Ce n'est pas le seul à me suivre.

Je descends de voiture et, tel une zombie, je me dirige vers le fond. Je me suis sentie oppressée toute la nuit et toute la journée, alors même que je me baladais tranquillement en ville avec Ezyo et cette pile électrique d'Andy. Il y a un nœud coulant autour de mon cœur. Je n'arrive pas à me défaire de ma culpabilité, et mes douleurs fantômes s'ajoutent à mon chagrin.

Le seul moment où mon cœur s'est allégé, c'est quand j'ai aperçu mon Colombien au 2L. Ma colère envers lui est toujours vive et en même temps il m'a manqué !

Contre tout bon sens, j'ai cru qu'il venait me présenter ses excuses.

Hélas, il était là pour une autre. Je n'aurais pas dû en être surprise. Après tout, il a eu ce qu'il voulait : il m'a baisée. D'après les dires de celle qui se collait à lui comme une sangsue, il est donc passé à la suivante. Sans attendre. La blessure de trahison que j'ai ressentie en le voyant la toucher comme il me touchait il y a quelques jours a été la goutte de trop.

Espérons que les morts seront plus cléments que les vivants.

Environ mille deux cents personnes sont enterrées dans ce cimetière.

Le site bosselé de tas de terre a été remplacé par une pelouse parfaitement tondue hérissée de sobres croix blanches. Une chapelle très simple a été construite près des tombes où reposent les corps de ceux et celles que l'on n'a jamais pu identifier.

Je marche vers les sépultures qui sont les plus proches de la falaise, celles qui ont une vue plongeante et sublime sur les eaux turquoise de la mer des Caraïbes et qui profitent chaque matin et chaque soir des magnifiques couleurs qu'offrent dans le ciel les caprices du soleil.

Je me poste devant une croix où le nom en lettres d'or Noa Dupuis me brûle la rétine. Lilian et Lucas ont creusé cette tombe pour lui alors que j'en étais incapable.

— Salut, petit frère.

Je tourne les yeux vers le potelet à droite, et le nœud autour de mon cœur se serre un peu plus.

Lilian Bakari.

Je m'assieds sur l'herbe entre les deux. Un froid sournois s'installe dans mes veines.

Je ne suis pas venue les voir depuis plusieurs mois. Même si leurs dépouilles se trouvent six pieds sous moi, ce qui les caractérisait et faisait d'eux des êtres singuliers s'est envolé. Évoquer les souvenirs des moments que nous avons partagés me ramène à leurs côtés bien plus que me recueillir sur leur tombe.

Aujourd'hui, cependant, j'ai besoin d'être au plus près d'eux : les souvenirs joyeux ne peuvent rien contre les images du prix payé par Lilian pour me sauver la vie il y a cinq ans jour pour jour.

Le ciel rougit tandis que le soleil disparaît à l'horizon, derrière les flots lointains.

— Salut, mon amour, soufflé-je.

Je ne retiens plus mes larmes, qui coulent sur mes joues.

— Tu me manques tellement, Lilian.

Je m'allonge près de sa tombe, scrutant le ciel qui va bientôt laisser apparaître les milliers d'étoiles que nous aimions contempler, enlacés tous les deux.

— J'ai l'impression de t'avoir trompé, même si je suis certaine que tu ne m'en tiendras pas rigueur. Tu aurais été le premier à me dire d'avancer. Or j'ai été stupide, Lil : j'ai bien peur d'avoir développé des sentiments pour Sergio. Je me suis fait avoir.

La brise me caresse la figure et je ferme les yeux. Mes larmes continuent de couler sur mes joues. Je ne fais rien pour les endiguer.

— Léo ?

Je rouvre les paupières, avant de me retourner vers mon meilleur ami, campé au milieu de l'allée. Non loin, Ezyo a une main posée sur la croix au nom de Zoé, les traits chavirés. La tombe de ma copine est vide, mais il nous a paru normal de lui donner une sépulture.

— Lucas, que fais-tu ici ? je hoquette.

Il s'assied à mes côtés en plaçant sa main sur ma joue pour essuyer les traces de ma détresse. Il m'embrasse sur le front, avant de plonger son regard dans le mien.

— Voyons, bébé, je ne veux être nulle part ailleurs qu'avec toi, surtout aujourd'hui.

Je me laisse glisser contre son torse. Son odeur m'enveloppe et sa chaleur me déleste d'une partie de ma peine.

— Merci, soufflé-je.

Il s'allonge sur l'herbe, m'entraînant contre lui, et je me loge contre son flanc.

— Comment as-tu fait pour me retrouver si vite ?

— Grâce à ton mec, lâche Ezyo en s'asseyant devant nous.

Comme je fronce les sourcils, il désigne du menton le parking dans mon dos.

Je tourne rapidement la tête dans cette direction.

Devant le SUV imposant garé non loin de ma voiture, Sergio est adossé à la portière.

Il était en bonne compagnie quand je l'ai quitté, alors qu'est-ce qu'il fiche ici ?

— Je te l'ai dit, il est très attaché à toi, commente Lucas.

— Il est passé à une autre.

— Oh, non !

— Lucas a raison, intervient Ezyo, qui agite une bouteille de rhum sous son nez, avant d'en boire une gorgée. Ce type était sincèrement inquiet pour toi et puis, c'est lui qui t'a trouvée.

— Comment ça ?

— Son petit numéro au bar était fait pour te rendre jalouse, bébé, dit Lucas, j'en suis persuadé. Quand il a compris que je me faisais du souci à ton sujet, il a réagi au quart de tour : il t'a géolocalisée.

— Encore ?

Lucas hoche la tête.

— Sincère ou pas, grogné-je, sa conversation avec cette fille était très explicite : il a baisé avec elle. Et je ne suis pas un chien qu'on siffle.

Chapitre 30

Sergio

Je suis un imbécile.

Aujourd'hui, nous sommes le 28 avril, putain. J'ai lu dans le rapport la date de la mort de Lilian. Il y a cinq ans, Léo voyait mourir sous ses yeux l'homme qu'elle aimait. Comment ai-je pu être aussi aveugle ? J'aurais dû me rendre compte que son masque froid et frigide n'avait aucun rapport avec moi.

Quand Lucas m'a révélé le pourquoi du comment, ma rancune a changé d'adversaire, pour se retourner contre moi.

Je déteste qu'elle souffre, et savoir que j'ai aggravé la situation m'est insupportable.

Je les observe discuter tous les trois à la belle étoile.

Lucas m'a ordonné, en arrivant au cimetière, de le laisser gérer et de dégager mon cul de connard. Je n'ai pas obtempéré, bien entendu, mais je n'ai pas protesté non plus. Qu'il m'en veuille et qu'il soit protecteur avec Léo me rassure. Il est plus un frère qu'un ami.

Le serpent de la jalousie est sournoisement lové sous ma peau, cependant : c'est vers moi qu'elle aurait dû se tourner.

Je reste à l'écart, incapable de partir. Je ne pourrai pas m'éloigner tant que je n'aurai pas la certitude qu'elle va bien.

Alors que la bouteille de rhum circule de main en main, j'envoie un message à Jonas pour qu'il fasse des recherches sur le frère de Zoé. Je veux pouvoir évaluer moi-même s'il représente un danger pour ma belle.

Au fur et à mesure des heures, le son de leurs voix diminue. Seuls les oiseaux se font entendre, avant de s'endormir à leur tour.

Alors que le vent et les insectes finissent par être mes uniques compagnons, je m'approche à pas légers des trois silhouettes endormies. Dans les bras solides de Lucas, Léo a retrouvé la sérénité.

Je m'agenouille pour me pencher sur elle. Son souffle régulier m'indique qu'elle dort profondément. Je lui effleure la joue, glisse une mèche rebelle derrière son oreille.

Qu'est-ce que tu as fait de moi, Léonie Dupuis ?

Mon portable vibre dans ma poche. C'est sûrement un message de Jonas.

De peur de craquer et de prendre ma lionne dans mes bras, je regagne ma voiture sans me retourner.

Après avoir épluché le rapport, je suis à moitié déçu : il n'y a rien d'alarmant sur le parcours d'Ezyo. Son enfance sur l'île ne montre aucun dérapage. Sa famille a beau avoir été décimée lors de la vague, ce crétin a l'air de s'être plutôt bien débrouillé. Je ne suis pas connaisseur, pourtant ses photographies m'interpellent. Il est doué dans la capture d'émotions prises sur le vif. Des émotions pures et authentiques. Des instants réels de joie, de bonheur, de tristesse, de douleur. Un vieux monsieur assis sur un banc, le regard éteint alors que la place à sa droite reste vide. Une enfant qui court vers sa mère dans un parc en riant aux éclats, les yeux pleins d'insouciance et d'amour. Le regard tendre d'un jeune homme vers une jeune fille qui, elle, ne lui prête pas attention alors qu'elle sourit à ses amies à ses côtés.

Jonas a déniché son adresse postale, ses comptes bancaires et même le nom de ses amis les plus proches. C'est un type lambda. Pas de femme dans sa vie, à part quelques plans cul. Du genre généreux, il investit même dans une œuvre caritative destinée à venir en aide aux sinistrés du tsunami. Il a quitté l'île physiquement, mais son âme y est toujours ancrée.

La portière côté passager s'ouvre subitement alors que je suis en pleine lecture d'une interview de lui dans un magazine spécialisé. Léo se hisse sur le siège et referme derrière elle.

Sa présence envahit l'espace immédiatement et une odeur d'hibiscus me chatouille les narines, éveillant mon désir.

Bien qu'elle soit venue me retrouver, ma rebelle garde le silence et fixe l'étrange paysage qui s'étend devant nous. Dans l'obscurité, les croix blanches semblent flotter sur la plaine comme des fantômes. À en juger par les lueurs qui se profilent à l'horizon, l'aube ne va pas tarder à poindre.

Je pose mon téléphone dans le réceptacle entre les deux sièges, patient, me délectant de notre proximité. Si elle est là, c'est qu'elle veut me parler.

— Que fais-tu ici, Sergio ?

Sa voix douce pénètre en moi, faisant vibrer mon anatomie.

— Je t'attendais, je suppose.

— Pourquoi ? Hier soir, tu avais l'air en bonne compagnie, alors pourquoi ne pas être resté avec elle ?

— *Piccola leonessa*, cette fille n'est rien pour moi et...

— Ce n'est pas ce que j'ai entendu.

— J'ai couché avec elle la semaine dernière, car la femme que je voulais m'ignorait. J'étais frustré de ne pas t'avoir, toi.

Un éclair de soulagement traverse son regard, mais elle fronce les sourcils.

— Tu baises donc ailleurs à la première occasion, voilà qui me rassure, persifle-t-elle.

— Oui, enfin non ! je grince. Putain, tu me rends dingue, Léo ! Pourquoi est-ce que tu m'obsèdes alors que je t'ai goûtée ? Pourquoi m'as-tu manqué durant ces trois jours ? Je n'en sais foutre rien et ça me fait chier, OK ?

Je me passe une main sur la figure, éreinté par ma nuit blanche et frustré de sentir cette distance avec ma petite lionne. J'ai une folle envie de me ruer sur elle et de me plonger en elle pour arrêter de réfléchir et me faire pardonner pour mes conneries.

Me faire pardonner ? C'est nouveau, ça aussi.

— Je ne suis pas le genre d'homme à m'attacher, Léo. Je suis le connard qui se satisfait de relations sexuelles sans lendemain et se fout de blesser les femmes qu'il baise. Les seules personnes dont je me préoccupe, ce sont celles qui composent ma famille. Mais tu réveilles tous mes instincts protecteurs.

— Tes instincts protecteurs ? Ce sont eux qui t'incitent à essayer de contrôler ma vie et mes choix ? C'est ainsi que tu « protèges » les membres de ta famille : tu les prives de leur libre arbitre ?

Je la foudroie du regard. Je n'aime pas que l'on remette en cause mes décisions.

— Je suis prévoyant et proactif dans tout ce que j'entreprends. C'est ce qui fait que mes affaires sont aussi florissantes.

— Je ne suis pas une de tes affaires, Sergio. Je suis une personne !

— Et moi je suis comme je suis. Qu'est-ce que tu veux que je te dise de plus, hein ? Tu veux quoi de moi, Léo ?

— Je... Je...

Elle se laisse aller contre le siège et ferme les yeux.

Sans que je m'en rende compte, je tends la main vers sa joue, que je caresse tendrement. Puis je saisis son menton, la forçant à tourner son regard vers moi.

— Dis-moi..., je murmure.

Ses lèvres m'attirent et j'ai du mal à résister à leur attrait, d'autant que j'ai surpris dans ses iris cendrés une lueur de désir.

— *Piccola leonessa*, tu es si belle...

Je m'approche d'elle, mais elle met le holà.

— Non, je... Je ne peux pas, Sergio. J'ai besoin que tu comprennes une fois pour toutes.

— Que je comprenne quoi ? Tu as autant envie de moi que moi de toi !

— Non... Oui... Non, ce n'est pas le sujet. Je ne veux pas qu'on prenne des décisions pour moi, qu'on me manipule. Plus jamais ça.

Je reste figé et silencieux. Malgré l'attirance qu'elle éprouve pour moi, elle m'en veut pour ce que j'ai voulu lui imposer, et j'ignore comment la faire passer à autre chose.

Pourquoi ne peut-elle pas profiter de l'instant présent ?

Le ciel s'est éclairci et j'aperçois au loin la silhouette d'un vivant qui se dirige vers nous d'un pas rageur.

Fait chier.

— Accepterais-tu de prendre le petit-déj' avec moi pour qu'on discute de tout ça ?

Elle me dévisage quelques instants, toujours perdue.

— Allez, j'ai avoué avoir des sentiments pour toi. Moi, le gros con prétentieux !

Elle finit par sourire et me souffle :

— OK.

Le soulagement m'envahit. Petit à petit, la distance entre nous se réduit. Je compte la combler tout à fait et ramener ma lionne dans mon lit. Mais pour ça, il faut que je me débarrasse de son pote Hercule.

— Je te propose qu'on y aille dans deux minutes.

Sans laisser à Léo le temps de réagir ou de répliquer, je sors en claquant la portière, avant de contourner le SUV.

— Tu peux pas lui foutre la paix ? crache Lucas en bombant le torse.

— De toute évidence, non.

— Je t'avais demandé de dégager. T'étais obligé de venir la récupérer dans mes bras ?

— Oh, ferme-la ! C'est elle qui est venue me retrouver dans la voiture.

Il en a la mâchoire qui se décroche.

— Merde ! Elle a dû faire un cauchemar.

— Je vais la ramener à la villa.

— Hors de question, me coupe-t-il. J'en ai ras le bol de ton arrogance.

Et moi j'en ai ras le bol que l'on me dise ce que je dois faire ou ne pas faire. Ils me font royalement chier et, là, ma priorité, c'est Léo, alors qu'il aille se faire foutre.

Une portière qui claque dans mon dos me détourne de l'envie de lui ficher mon poing dans la gueule. Léo me dépasse, blême et le regard fuyant.

— Lucas...

— Bébé ! Ça ne va pas ?

Il se précipite vers elle et la serre dans ses bras.

— Si, si, ne t'inquiète pas. J'aimerais rentrer à la maison, s'il te plaît.

Il hoche le menton et siffle un grand coup vers le cimetière. Ezyo, qui semble-t-il dormait encore, se relève tel un ressort et tourne la tête dans notre direction.

— Allez, on y va.

Lucas entraîne Léo vers le pick-up, mais je les stoppe en attrapant délicatement le bras de ma petite lionne.

— Hé ! Et notre petit-déj' ?

Ses iris cendrés reflètent tant d'émotions que j'ai du mal à les discerner. Elle a l'air à la fois paniquée et blessée.

— Désolée, Sergio. Je... Je suis fatiguée. Je préfère rentrer.

Ezyo grimpe au volant, tandis que ma belle se réfugie dans son tas de ferraille, aux côtés de Lucas.

Il leur faut peu de temps pour quitter le parking. Ma rage et mon impuissance se mêlent et donnent un cocktail détonant.

— Fait chier, bordel ! je fulmine en éclatant mon poing sur le capot de ma voiture.

Alors que je reprends place au volant, mon portable vibre.

Marius m'a appelé deux fois et adressé plusieurs textos.

6 h 20
Vanoski a accepté le rendez-vous.
11 heures au chantier naval,
comme la dernière fois.

6 h 30
J'ai déjà envoyé nos gars sur place.

Manquait plus que ça.

Pour gérer Vanoski, il va me falloir retrouver mes esprits. Je ne peux pas me permettre la moindre erreur en sa présence.

Chapitre 31

Léo

Je suis plus douée pour mentir que je le pensais.

J'ai fait croire à Lucas que j'avais surtout besoin de repos et qu'il pouvait aller faire ses derniers achats avant de partir en expédition sur les parcelles. Ezyo, lui, s'est endormi sur le canapé comme une loque. Passer devant lui en catimini sans le réveiller a été plutôt simple. J'ai laissé un message sur la table de la cuisine indiquant que je passais voir Nakio. Espérons qu'ainsi mon meilleur ami ne s'inquiétera pas pour moi quand il repassera chercher Ezyo, qui souhaitait faire une garde avec lui. Et puis aux parcelles, ils seront à l'abri.

Je ne pouvais pas mettre Lucas en danger sur des idées ou des soupçons infondés. J'ai perdu Lilian à cause de mon imprudence autrefois. Je ne perdrai pas mon frère de cœur.

C'est pas possible, je ne me suis pas plantée à ce point-là...

J'ai mis un moment avant de comprendre que c'est le téléphone de Sergio qui sonnait. Et j'ignore encore pourquoi je l'ai pris quand il a vibré ensuite. Toujours est-il que j'ai pu lire le texto adressé par Marius lorsqu'il est brièvement apparu en notification sur l'écran.

6 h 20
Vanoski a accepté le rendez-vous. 11 heures au chantier naval, comme la dernière fois.

Depuis, ces mots se répètent en boucle dans ma tête : « Vanoski », « rendez-vous », « comme la dernière fois ».

Putain de merde.

Je frappe le volant de rage en garant mon véhicule sur le bas-côté d'une route secondaire située à une dizaine de minutes à pied du site.

Les paroles de Lucas résonnent elles aussi dans mon esprit.

« Et il a un nouvel associé. »

Non, c'est impossible.

La peur ancrée au fond de moi depuis cinq ans gagne en puissance. Tous les scénarios les plus abominables deviennent possibles.

Les frères Fraticelli sont-ils des trafiquants d'êtres humains ?

Est-ce que je suis tombée sous le charme d'un monstre ?

Vanoski est-il au courant que je suis en vie ?

A-t-il envoyé Sergio me duper ? Me manipuler ?

Non. Non. Non. Non.

Il y a sans doute une explication à ce message. Non, je ne risque rien. Non, Sergio n'est pas un monstre. Non, je n'ai pas couché avec un monstre.

Pour mettre un terme au déferlement de suppositions, pas d'autre solution : il faut que j'assiste à ce rendez-vous.

Je connais bien le chantier naval. Il y a cinq ans, l'aide humanitaire était débarquée et les camps de gestion étaient rassemblés ici. Je sais comment y accéder sans passer par la grande porte et, surtout, en restant discrète.

Je claque la portière et j'attrape mon arc et mes flèches dans la benne arrière – je n'approcherai pas sans arme de Vanoski à moins de cinq cents kilomètres. Même si c'est sans doute futile, c'est un réconfort pour moi.

Rassemblant toute la force et tout le courage dont je suis capable, je m'enfonce dans la végétation et me fraie un chemin à travers les hauts palmiers, les fougères, les grévilleas et les bougainvillées pendant une quinzaine de minutes. Puis je cherche et trouve la planque idéale : nichée au milieu de fougères sauvages et disposant d'un large angle de vue sur le site en contrebas. De là, je peux aisément observer la plupart des conteneurs et la place centrale, sur laquelle sont déjà garées trois camionnettes.

Éberluée, je vois des hommes en costume – tous armés sans exception ! – qui font une inspection des lieux. Ils semblent se répartir à des endroits stratégiques. Certains, munis de longs fusils d'assaut à visée, montent même sur le toit des conteneurs pour s'y allonger.

Il est presque 11 heures. J'éteins mon téléphone. Ce n'est pas le moment de me faire repérer à cause d'un texto ou géolocaliser par un gros parano.

Mon cœur se serre lorsque j'aperçois le SUV noir qui arrive alors : c'est celui dans lequel je discutais avec Sergio il y a quelques heures à peine. Suivi de son frère, mon amant en sort en boutonnant sa veste, le regard ténébreux, la mâchoire verrouillée. Même à des dizaines de mètres de distance, je suis sensible à l'aura de puissance qu'il dégage. Et malgré mes doutes sur son identité, j'éprouve une troublante sensation de chaleur dans le bas-ventre.

Immédiatement, un des types vient lui faire son rapport. Puis Sergio échange avec Marius pendant quelques minutes. Je n'entends pas un mot de ce qu'ils se disent, mais je sens la tension grimper d'un cran lorsque deux berlines gris métallisé font leur entrée.

Huit hommes émergent des deux véhicules et l'un d'eux vient ouvrir la portière côté passager à l'arrière comme le ferait un valet pour son monarque ou son empereur.

Je reconnais aussitôt le monarque en question. Bien que ses yeux soient masqués derrière des lunettes de soleil aviateur, leur éclat sadique me hante toutes les nuits dans mes cauchemars. Mon estomac se retourne et la bile me monte dans la gorge.

La rage, la haine, la douleur, le tourment et surtout la terreur me saisissent.

Mon corps réagit d'instinct : j'attrape mon arc, que j'arme d'une flèche. Je suis bien trop loin pour espérer atteindre ce monstre, mais le léger réconfort que j'éprouve au contact du bois et de la corde sous mes doigts m'est indispensable.

Concentrée essentiellement sur l'expression et les mouvements de mon tortionnaire, je suis sortie de ma transe quand je le vois tendre la main… à Sergio. Mon cœur se glace et explose en mille morceaux.

Je croyais que la peur était la pire des émotions que l'on pouvait ressentir. Je me suis trompée : la trahison est plus violente. Plus dévastatrice.

Sous les allures de chevalier sombre de mon Colombien se dissimule en fait un démon.

Il y a quoi, dans ses camionnettes ? Des filles prêtes à être vendues comme esclaves ?

Ses sbires s'apprêtent à ouvrir les portes du premier véhicule quand un bruit attire mon attention. Un bruit non loin de moi. Un bruit de pas.

Je rentre la tête dans les épaules et m'aplatis à fond sous les feuilles des fougères.

Un homme surgit sur ma droite, descend en courant sur le plateau un peu plus bas et s'allonge à une dizaine de mètres devant moi. Vêtu de vêtements sombres, il est équipé d'un fusil à lunette. Il est tellement pressé ou concentré sur sa mission qu'il ne s'assure même pas qu'il est seul dans le coin et ne me remarque pas.

Je suis stupéfiée par la vitesse à laquelle il manœuvre. L'œil dans la visée de son fusil, comme un sniper dans un film, il place son arme en direction du groupe.

— Je suis en position. J'ai l'aîné en visuel. J'attends confirmation.

Je jette un œil en contrebas, où les portes du dernier fourgon se referment, sans que j'aie eu le moindre aperçu de son contenu.

La signification des paroles de mon voisin fait alors son chemin jusqu'à mon cerveau : Vanoski va exécuter Sergio. Et ensuite, ce sera sûrement au tour de Marius. Les marchandises apportées par les Colombiens, quelle qu'en soit la nature, ont été vérifiées par Nikolas : ce dernier n'a plus de raisons de les garder en vie.

Je devrais m'en contrefoutre. Je devrais me dire que la mort d'ordures comme eux, qui vendent et violent des femmes, est un mal pour un bien. Je devrais me tenir à l'écart.

Oui, je devrais faire cela, si ce n'est que mon corps, mon esprit et mon instinct suivent les demandes de mon cœur. Des vies sont en danger. Les vies de personnes que je connais sont en danger.

Je me redresse, bande mon arc et décoche ma flèche. Elle se plante droit dans le cou du sniper, ne lui laissant aucune chance.

Tout de suite, la terreur me submerge. Non pas en prenant conscience que je viens de tuer quelqu'un, mais en entendant la détonation. J'ai tardé de quelques microsecondes.

En contrebas, ça court dans tous les sens. Plusieurs silhouettes sont au sol. Le bouclier humain autour des frères Fraticelli et de Vanoski est trop compact pour que je sache si l'un d'eux a été touché.

Je panique.

Sergio a-t-il été blessé ?

Non, non, non, non... Tout sauf ça.

Malheureusement, encore une fois, j'en oublie les enseignements de Nakio, en particulier de prêter attention à mon environnement.

Je sens un mouvement près de ma nuque, avant de sombrer dans les ténèbres.

Chapitre 32

Sergio

La confusion qui règne est extrême et ma fureur l'est encore plus.

Ce n'est pas la première fois, loin de là, que des coups de feu sont tirés autour de moi. Ni que je suis pris pour cible. Ce n'est pas ça qui me fiche en rogne.

Non, c'est le fait que, cette fois, mon petit frère se retrouve au sol, blessé. Cette vue m'est plus insupportable que tout.

On. Ne. Touche. Pas. À. Ma. Famille.

— Trouvez-moi le tireur, que personne ne quitte les lieux ! hurlé-je, agenouillé près de lui. Et mettez-le en joue, ajouté-je en pointant Vanoski du doigt.

— Vous pensez que je suis responsable de ce traquenard, *signor* Fraticelli ? grince l'autre connard, aplati à terre.

— La ferme, Vanoski. S'il s'avère que vous êtes derrière ça, croyez bien que votre tête ne demeurera pas longtemps sur vos épaules.

J'appuie fermement pour comprimer la plaie de mon frangin. La balle l'a atteint au niveau de l'épaule gauche, très près du cou, et le sang coule à gros flots sur mes paumes. Il faut absolument qu'il voie Louis au plus vite.

Mes gars nous ont entourés, faisant barrière de leur corps, dans l'éventualité d'un autre tir.

— Bordel… de merde, ça fait un mal de chien ! geint Marius.

— Reste calme, grogné-je.

Voilà ce que je récolte quand je ne suis pas concentré à cent pour cent.

— Trouvez-moi le fils de pute qui a fait ça ! hurlé-je de nouveau, furieux contre moi-même.

— Ser... Sergio, je...

La main de Marius est accrochée fébrilement à mon biceps. La douleur et la peur que je lis dans ses yeux me terrifient.

— On l'a, lance Vanoski qui se relève, affichant une colère brute qui ne peut pas être feinte. Mes hommes l'ont attrapé. Ils seront là dans quelques instants.

Un mouvement en périphérie attire l'attention de tout le monde. Je bondis sur mes pieds, confiant Marius aux soins de Calden et de Jonas, sors mon Beretta et l'arme illico, marchant vers l'attroupement.

— Voyez-vous cela, marmonne Vanoski, surpris, qui m'a devancé.

Deux de ses lieutenants portent entre eux une femme inconsciente, la tête penchée en avant et un rideau de cheveux bruns tressés devant la figure.

Je sais qui c'est, bien sûr. Je connais par cœur ce corps svelte et voluptueux, cette peau caramel, et j'éprouve cette sensation particulière qui m'assaille quand elle est dans les parages.

— Elle était perchée là-haut à trois cents mètres, patron. Avec ça, explique l'un des hommes en montrant un fusil.

Que fait-elle ici... avec un fusil ?

Vanoski s'approche de Léo et lui agrippe une poignée de cheveux pour lui redresser la tête. Ensuite, il claque des doigts vers l'un de ses hommes, et on lui tend une flasque, qu'il agite sous le nez de ma petite lionne. L'effet est immédiat : les paupières de Léo papillonnent, avant de dévoiler la couleur de ses iris.

— Salut, chérie.

Face au sourire narquois de mon partenaire, les yeux cendrés de ma belle s'emplissent de terreur. Elle se recule brusquement, cherchant en vain à s'échapper.

— Voilà une réelle surprise. Je vous assure, *signor Fraticelli*, que cette demoiselle ne fait pas partie de mes effectifs.

Même si je vois Vanoski se retourner vers moi tandis qu'il termine sa phrase, mon attention est sur Léo. Lorsqu'elle croise mon regard, je crois déceler chez elle une lueur de soulagement. Sans doute ai-je rêvé, toutefois, car tout de suite après, tandis que mon partenaire lui arrache presque le cuir chevelu, ses traits gracieux se tordent de haine et elle me toise avec mépris, flamboyant de rage.

J'ai suffisamment de bouteille pour reconnaître le désir de sang.

Elle a voulu me tuer.

Je me suis fait avoir.

Je me suis fait ensorceler par un petit cul qui m'a foutu la cervelle à l'envers.

Et mon frère est dans un état critique à cause de cette garce.

Je me précipite sur elle, virant Vanoski sans ménagement, et l'agrippe par le cou. Je referme sur sa trachée mes mains couvertes du sang de Marius. Sa poitrine se soulève avec frénésie, ses poumons cherchant de l'air. Ses pupilles, rivés sur moi, se dilatent et ses paupières papillonnent. Elle est au bord de l'asphyxie.

— Jamais tu n'aurais dû faire une telle chose, j'assène froidement.

Je relâche ma poigne légèrement et force Léo à regarder à plusieurs mètres, vers Marius qui a les yeux dans le vague.

— En touchant à l'un des miens, tu as signé ton arrêt de mort.

Je l'étrangle à nouveau et monte le bras, la contraignant à se mettre sur la pointe des pieds. Elle se retient autant qu'elle peut à mes poignets, ses yeux brillants de larmes et exprimant une supplique qui ne m'émeut pas. Elle pourrait m'offrir de littéralement me lécher le cul que cela n'infléchirait pas ma décision. De toute manière, la pression que je mets sur sa gorge l'empêchera de dire un seul mot. Et puis je me fous de ses explications : la soif de sang qu'elle a exprimée me suffit.

— Tu as joué avec le mauvais pion, princesse… et tu as perdu.

Même à l'égard de Carlos, qui pourtant a tué Mama et m'a envoyé dans le coma, je ne me souviens pas d'avoir ressenti cette haine. J'ai été pris pour un idiot, je n'ai pas su détecter la fourbe manipulatrice cachée derrière cette jolie apparence. Je me sens trahi.

Sombre crétin.

Léo suffoque. Elle blêmit et perd connaissance petit à petit, jusqu'à ce que ses mains glissent de mes poignets pour retomber mollement sur ses flancs.

— Monsieur, me lance Jonas dans mon dos, votre frère ! Il faut partir sur-le-champ.

Pour que Jonas se permette de me dicter ma conduite, c'est que l'urgence est vitale.

Je jette un coup d'œil à mon frangin : il a sombré dans l'inconscience.

Merde.

Aussitôt, je lâche Léo, dont le corps s'effondre par terre tel un poids mort.

— Allez-y, *signor* Fraticelli, je m'occupe de la demoiselle.

— Je ne veux pas voir une trace sur son visage, rétorqué-je, l'esprit déjà ailleurs. Je compte bien m'occuper d'elle moi-même. C'est clair ?

Je fonce installer Marius dans le SUV, avant de filer pied au plancher.

Mon frère a besoin de toute mon attention.

À en juger par la méfiance dans le regard de mes hommes, je sais à quoi je ressemble : un ouragan près de tout détruire sur son passage.

Chapitre 33

Léo

Je reprends connaissance en sentant la brûlure de ma gorge meurtrie.

Je tousse, habitée par la désagréable impression que ma trachée a été comprimée dans un étau.

La luminosité est plus basse et la température moins accablante que sur le bitume du chantier naval. Combien de temps s'est-il écoulé ? Où suis-je ?

Sergio m'a étranglée ! je me souviens subitement.

Il était enragé et j'ai eu un aperçu du monstre qui se tapit sous cette apparence séduisante de ténébreux apollon. Il ne m'a laissé aucune chance de lui relater les faits. Il me croit coupable alors que ce n'est pas moi qui ai voulu le tuer. Est-il encore en vie, d'ailleurs, ou ceux qui ont cherché à le tuer ont-ils fini le boulot ? Quant à moi, il aurait été préférable que je meure entre ses mains…

Ma vue, qui a mis quelques minutes à s'acclimater, a retrouvé un semblant de netteté, et, moi qui croyais avoir découvert un univers d'anges et de jolis nuages, j'ai débarqué en enfer, où je suis accueillie par le diable en personne. Appuyé contre des barreaux en métal rouillé, Vanoski me contemple avec amusement et lubricité de ses yeux d'un bleu glacial.

Je suis dans une cellule au sol en terre battue, suspendue par les poignets, qui sont tirés au-dessus de ma tête au moyen d'une lourde chaîne. Je me redresse tant bien que mal afin de soulager la torsion musculaire dans mes bras et j'en profite pour reculer de plusieurs pas. Aussi loin que mes chaînes me le permettent.

Mon Dieu. Par pitié, faites que ce ne soit qu'un cauchemar !

— Je dois avouer que pour une surprise, c'est une surprise, chérie.

On dirait un roi qui vient de gagner la guerre. Ou un ado devant son premier porno.

— Je te croyais morte depuis presque cinq ans, or je te retrouve plus belle et plus bandante que jamais. Je suis curieux de savoir comment tu t'en es sortie.

Il s'avance à pas de loup tout près de moi. Puis, sans me toucher, il se contente de propager son souffle sur mes joues et son haleine sur mes lèvres.

— Voici ce qu'on va faire : tu réponds à mes questions et je ne te touche pas. Mais si tu te mures dans le silence ou que tu joues à l'idiote, je trouverai des manières de te faire parler. Et je laisserai libre cours à mon imagination.

Je ravale ma salive.

— Tu as compris, chérie ?

— Oui.

— Bien, commençons par le début. Comment as-tu survécu à ta chute ?

— J'ai été repêchée par un villageois, je mens, soucieuse de ne pas impliquer Lucas.

— Et ton mec ? A-t-il survécu aussi ?

Le souvenir de Lilian surgissant des ombres dans cette cage pour me hisser dans ses bras me comprime le cœur.

— Non. Il est mort cette nuit-là.

Sans même sembler prendre acte de cette information, il promène un doigt sur ma joue. Le contact de sa peau contre la mienne me soulève l'estomac et je dois me retenir de hurler.

— Entre amis de longue date, on se dit tout, non ? Pour être honnête avec toi, j'ai regretté de t'avoir jetée par-dessus la falaise. J'ai cherché à te remplacer, mais elles n'étaient que de pâles répliques. Si j'avais su que tu étais en vie, et toujours sur l'île qui plus est, je t'aurais reprise et je n'aurais pas été si… frustré.

Il approche son visage de mon oreille, dont il mordille le lobe, pose sa main sur ma hanche et remonte sur mes fesses, qu'il malaxe durement.

Je gémis sans pouvoir m'en empêcher.

— Oh, tes petits cris m'ont manqué, chérie. Regarde l'effet que tu me fais.

Il me plaque contre lui et je réprime un cri d'horreur. La bosse que je sens au niveau de son entrejambe ne laisse pas de doute sur le sort qui m'attend. Ma frayeur me fait monter les larmes aux yeux, mais je les contiens du mieux que je peux : je sais que si elles coulent, ça va décupler l'excitation de mon tortionnaire.

— Revenons à nos moutons, cependant, soupire-t-il, reculant de quelques pas – je respire à nouveau. Depuis que l'on s'est connus tous les deux, je me suis perfectionné, chérie, je suis devenu un homme respecté et connu dans mon milieu. Mes affaires sont florissantes, mais je suis toujours en quête de perfection et le conquérant que je suis s'ennuie un peu. Dernièrement, j'ai donc décidé de me diversifier et d'explorer de nouveaux territoires, déclare-t-il d'un air pompeux, avant de s'approcher de moi à nouveau et de faire courir sa langue sur ma joue. Hmmh, le goût de la peur est délicieux et le tien est encore plus délectable. Tu bouleverses en bien mes plans, ma belle. Bon sang, il faut que je me reprenne et que je me concentre. Pourquoi est-ce que je te raconte ça ? Parce que, chérie, tu es tombée à pic pour servir ma cause. Alors voilà : je veux savoir d'où tu connais les frères Fraticelli et ce qu'ils représentent pour toi.

Si je n'avais pas déjà eu affaire à l'individu devant moi, j'aurais tenté de négocier ma liberté en échange d'informations. Aujourd'hui, je sais que c'est vain : c'est un démon, il ne me laissera pas m'en tirer, qu'importe ce que je lui donnerai.

Si je ne peux pas me sauver, moi, je peux éviter aux gens à qui je tiens de souffrir. Ce sera une maigre compensation. À la façon dont il parle de Sergio et de Marius, je comprends qu'ils sont encore en vie. Or mon cœur refuse de croire que Sergio est un monstre. Je garde en tête le souvenir de l'amant tendre et attentif qu'il s'est révélé être.

— C'est qui ? je réponds.

Nikolas ricane et marmonne :

— Je te l'ai dit, chérie, j'espérais vivement que tu fermes la bouche ou que tes réponses ne me conviennent pas. Tu es impatiente de commencer à jouer, de toute évidence.

— Non… Non, c'est vrai. Je ne connais pas ce nom.

— Dans ce cas, je vais reformuler : d'où connais-tu les hommes avec qui j'étais ce matin ?

— C'est la première fois que je les voyais.

Il hausse un sourcil, puis disparaît dans mon dos. Je l'entends manipuler un objet.

Ma frayeur grimpe d'un cran.

— Je ne te crois pas, chérie.

— C'est pourtant la vérité.

— Dans ce cas, que faisais-tu au chantier naval ? Pourquoi as-tu tué un de mes hommes ? Au vu de l'attitude de l'aîné des frères face à toi, je doute que tu étais sous ses ordres.

— J'avais pas l'intention de tuer qui que ce soit, je bredouille. Je voulais juste perturber la transaction. J'avais entendu dire que tu étais de retour et que tu avais trouvé un partenaire. Un autre… joueur de ta trempe sur l'île serait terrifiant.

Le ricanement sournois qui retentit me terrifie d'autant plus que je ne vois pas Vanoski. C'est comme sentir le danger, savoir qu'il va vous tomber dessus, mais être dans l'incapacité d'anticiper.

— Et qui t'a lâché ces informations ?

Merde. Merde. Merde.

Je ne peux pas mentionner Lucas – et encore moins le texto entre Marius et Sergio.

— Un… Un type des vieux quartiers. Un dealer. Les rumeurs se propagent vite…

— Tiens donc, tu côtoies des dealers ?

Rien qu'au ton de sa voix, je sais qu'il ne me croit pas.

— Je suis persuadé que tu connais Fraticelli, cependant. Rafraîchis-moi la mémoire : ce dernier ne voulait pas voir de trace sur ton visage, mais il n'a pas parlé du reste de ton corps, si ?

Un sifflement lugubre retentit derrière moi, ravivant d'effroyables souvenirs, puis le coup claque sur mon dos.

Cette fois, je ne peux retenir un hurlement.

Ce coup de fouet est suivi par des dizaines d'autres, tous plus brutaux les uns que les autres.

Mes larmes ruissellent sur mes joues et mes jambes se dérobent sous moi. Je tangue au rythme de la volée.

— J'ai besoin de connaître leur lieu de résidence et j'imagine, que, curieusement, tu pourrais le savoir. C'est un jeu amusant que de te l'extirper.

Je tâche de me réfugier dans ma bulle protectrice. Mon esprit érige une multitude de murailles. Hélas, la douleur est épouvantable et je sens ma chair se déchirer. La couleur écarlate que prend le sol ne me laisse pas de doute quant à l'état de mon dos.

Ma peau, qui avait mis cinq ans à cicatriser, est de nouveau meurtrie. La douleur s'intensifie, me faisant basculer dans l'inconscience que j'appelle de tous mes vœux.

Mon bourreau, sentant que je lui échappe, s'interrompt et lâche du lest sur mes chaînes. Je m'effondre, emportée par mon propre poids.

— Putain, tu m'avais manqué. J'ai besoin que tu me soulages, chérie, car je suis incapable de me concentrer sur mon rendez-vous. On reprendra nos discussions plus tard.

Il s'agenouille devant moi qui suis prostrée au sol, au bord de l'évanouissement. Il glisse sa main sous mon menton, me pince le nez et je cherche instinctivement à reprendre de l'air. À peine ai-je entrouvert les lèvres qu'il s'enfonce dans ma bouche.

Il se déverse en quelques secondes au fond de ma gorge, faisant remonter la bile de mon estomac. Je vomis son sperme immonde, ainsi que le peu de nourriture que j'avais avalé hier soir.

— Tu m'avais trop excité pour que je puisse tenir bien longtemps, chérie. Et nous allons pouvoir nous amuser ensemble les jours, les semaines et les mois à venir. Cette fois, je ne ferai pas la connerie de te jeter.

J'entends la porte métallique se refermer, m'emprisonnant dans cette geôle telle une chienne dans un chenil.

Chapitre 34

Sergio

— Tu veux bien répéter ça ? murmure Marius, allongé dans son lit à la villa.

Incapable de demeurer en place, je tourne en rond comme un fauve en manque de nourriture.

Il a fallu quatre heures.

Quatre putain d'heures avant que Louis m'assure que mon petit frère était sorti d'affaire.

Il s'en est fallu de peu. La balle a traversé la clavicule et touché une partie du cou. Un centimètre de plus et mon frère avait la carotide transpercée de part en part.

Alors même que le doc lui a injecté de la morphine, j'ai dû batailler pour qu'il reste au lit et se repose. En contrepartie, j'ai accepté de lui faire le résumé de ce qu'il a loupé pendant son sommeil forcé.

— Léo est une impostrice. Pour je ne sais quelle raison, elle me déteste. Ou alors est à la solde d'un de nos concurrents. Et en voulant me régler mon compte, elle a failli te buter.

Marius cligne des yeux.

— Tu peux arrêter de bouger et m'écouter deux secondes, pauvre con ?

Je me fige. Marius a l'habitude de me charrier sans ménagement, mais là, il pousse un peu le bouchon. C'est des analgésiques ou des amphétamines qu'on lui a filés ?

— Sergio, on parle de Léo, là.

— Oui, je sais. Elle nous a tous dupés.

— Ferme-la et réfléchis ! Tu es tellement énervé que tu ne cherches même pas à retirer tes putains d'œillères. Cette fille est incapable de faire du mal à qui que ce soit.

— Elle t'a tiré dessus.

— Sergio, les seules armes que Léo a manipulées devant nous, ce sont un arc et des flèches. Pourquoi risquer sa peau en chassant le puma avec une arme rudimentaire si elle disposait d'un fusil de pointe ?

Il a raison. Ce n'est pas logique. Manifestement, la panique de voir mon petit frère à terre et la sidération de découvrir Léo m'ont empêché d'analyser la situation.

— Tu penses à quoi ? marmonné-je, déboussolé.

— Je pense à la même chose que ce que ton esprit borné est en train de comprendre : ce n'est pas elle qui a tiré.

— J'ai vu le regard haineux qu'elle a porté sur moi. Crois-moi, elle avait envie de me tuer.

— Sergio, jusqu'à ce matin elle croyait que nous étions sur l'île pour trouver des terres agricoles or elle nous a vus toi l'arme à la main et moi en sang, en compagnie de tout un tas de gugusses pas nets. À commencer par Vanoski, dont la réputation n'est sans doute plus à faire. Moi aussi, je t'aurais regardé de travers !

Putain de merde. Pourquoi je n'y ai pas songé ?

Je me passe une main sur la figure, frustré et fatigué.

— C'est pas possible, putain.

— Sergio, on a eu tous les deux les mêmes impressions au sujet de Léo et de Vanoski. Le danger n'émane pas d'elle.

Le raisonnement de mon frère est aussi effrayant que rassurant.

— Merde, merde et merde. Putain, je l'ai abandonnée entre ses pattes, Marius. Je… Je… Je dois aller la chercher.

— Sergio, ressaisis-toi. Je sais que tu kiffes cette fille, mais tu ne dois pas te laisser dominer par tes émotions. C'est toi-même qui m'as appris ça. Tu fais pitié, là. On dirait un gosse qui joue à la marelle sans connaître les règles.

Bon sang, il a raison. Encore une fois.

— Récapitulons, déclare-t-il : on ignore comment Léo s'est retrouvée au chantier naval. Et si Vanoski était au courant ou non. Elle s'est peut-être elle-même rapprochée des lieux et est tombée dans un piège à son tour. Vanoski a pu juste profiter de sa présence inopinée. Elle a peut-être eu des doutes sur toi, sur nos activités ou sur ta fidélité, peu importe, et t'a suivi.

— C'est possible. Sa volte-face de ce matin était étrange. Et alors, où est-ce que ça nous mène ?

— Donc Léo n'était qu'un pion. Vanoski a voulu nous doubler ou nous tuer et ça a foiré.

— Et il s'est servi de ce qui lui tombait sous la main pour ajuster son plan, grogné-je. Il a Léo. S'il la touche ou la torture, elle pourrait bien balancer des infos sur nous et notre lieu de résidence.

— Que sait-elle de plus sur nous ? demande Marius.

— Que mon domaine est en Colombie et l'existence de Rosa.

Je vois le regard de Marius changer. Aux yeux du monde - mes partenaires et mes ennemis –, nous ne sommes que deux frères. Si Vanoski venait à découvrir un fait comme celui-ci, Rosa pourrait être en danger et recherchée pour nous atteindre.

— Il faut qu'on le neutralise, grogne mon frère.

J'acquiesce.

— On ne peut pas se contenter de le liquider. On doit d'abord s'assurer de ce qui a fuité et de ce qu'il sait.

— Si Vanoski ignore ce que Léo représente pour toi, il ne l'utilisera peut-être pas contre nous. En revanche, on peut arriver à le duper et à le prendre à son propre jeu.

— On va lui faire croire qu'il a notre confiance.

Mon esprit retrouve peu à peu ses automatismes. Je ne peux pas écarter la possibilité que Léo se soit foutu de ma gueule, mais l'idée de Marius me semble plus réaliste.

Ou elle me convient mieux.

— Je vais le flinguer. On ne touche pas à ma famille, bordel.

— Tu parles de qui ? De moi ou de Léo ? s'enquiert-il avec un sourire moqueur.

— Ferme-la, rétorqué-je.

— Il nous faut un plan, reprend-il.

— J'ai une idée, frangin. Pour commencer, sache qu'aujourd'hui tu es mort de tes blessures.

— C'est pas passé loin…

Je lui souris affectueusement, tourmenté par mes douleurs fantômes.

— Je suis soulagé que tu sois en vie. J'ai eu peur pour toi. J'aurais dû être plus prévoyant et…

— Sergio, on fait un métier dangereux et il est inévitable qu'un jour on tombe sur plus fort que nous, mais je refuse que ce soit Vanoski. Je préférerais nettement être envoyé en enfer par une belle femme en plein org… Tu vas où ? ajoute-t-il tandis que je sors de la chambre.

— Mettre mon plan au point. Et cette fois, je ne négligerai aucun détail.

Chapitre 35

Léo

Je suis incapable de dire si j'ai perdu connaissance ou non. Je sais juste que mon corps n'est qu'une masse douloureuse et drainée de toute énergie.

J'entends le pas lourd de deux hommes qui approchent. Vanoski n'est pas parmi eux. J'ai beau ne pas l'avoir « fréquenté » depuis cinq ans, il y a des choses que mon esprit n'oublie pas : le bruit de ses talons qui claquent sur le sol, par exemple.

Brusquement, on m'agrippe par les bras et on me traîne hors de ma cellule.

— Cette salope est bandante, commente l'un de mes geôliers. Tu crois que le patron nous laissera la tester ?

— Y a pas de raison qu'il le fasse pas, ricane le second.

Ce soir et pour les trois jours à venir, Lucas est de garde sur les parcelles et Ezyo a accepté de l'accompagner. Par ailleurs, au vu du nombre de fois ces derniers temps où j'ai quitté mon poste sans explications, je doute que Sophie soit réellement surprise de ne pas me voir prendre mon service au 2L. Et si, cette fois encore, elle appelle Sergio, il n'en aura rien à foutre. Conclusion : personne ne s'inquiétera de mon absence avant plusieurs jours.

Cette fois, personne ne viendra me sauver et je ne survivrai pas longtemps.

On m'emmène en direction de voix que j'ai du mal à identifier. Elles se taisent subitement au moment où mes geôliers et moi franchissons le seuil. Puis je suis jetée au sol sur une surface beaucoup plus moelleuse que la terre battue de ma cellule : un tapis.

— J'avais demandé qu'on ne la touche pas.

La dernière fois que j'ai vu le propriétaire de cette voix grave, j'ai eu un aperçu du monstre qu'il est en réalité. Pourtant, mon cœur se gonfle d'espoir.

Non pas que je pense que Sergio soit ici pour me libérer, ce serait extrêmement naïf de ma part, dans la mesure où il est allié avec le diable. Mais j'espère que, au contraire de ce dernier, pour qui je suis une marchandise avec laquelle jouer, le Colombien me fera la faveur de me tuer rapidement. Il a assez de rage en lui pour que ça arrive.

— Je me permets de vous rappeler, *signor* Fraticelli, que vous aviez évoqué uniquement son visage. J'ai scrupuleusement respecté votre consigne, mais il était crucial d'interroger au plus vite cette furie, n'est-ce pas ? Qui sait si elle n'a pas des complices ?

— Et qu'a donné l'interrogatoire ?

— Elle est restée incroyablement silencieuse malgré mes mains d'expert, prétend Vanoski. Je l'ai laissée mijoter et comprendre que ce n'était qu'un avant-goût, que vous alliez sans aucun doute vous occuper de son cas.

Sergio ne fait aucune réponse, mais j'imagine qu'il doit imaginer tout un tas de jeux de torture pour me faire parler à son tour.

En dépit de ma vision floue, je distingue le sol en carrelage blanc et les silhouettes d'une dizaine d'hommes assis sur des canapés et répartis dans ce qui ressemble à un salon luxueux.

Le bruit de talons qui claquent sur le sol retentit sur ma droite, puis on me tire les cheveux brutalement et on me bascule la tête en arrière.

— À genoux ! aboie Vanoski en créole. Si tu fais ce que je te dis et me dis ce que je veux entendre, je ne te touche pas. Tu te souviens de ce qui se passe lorsque tu désobéis ?

Je hoche le menton et m'assieds sur mes mollets en me redressant autant que je le peux.

Il me lâche enfin et se place à mes côtés sur une chaise.

Je suis bien dans un salon. Face à moi, sur le grand canapé, se trouve Sergio. Il porte un verre à ses lèvres tout en me fusillant du regard. Un regard terrifiant, menaçant et lourd qui me tétanise. Je ne lui ai jamais vu une telle expression.

C'est à ce moment-là que l'espoir me quitte. Je comprends que je ne suis rien à ses yeux. Même si je lui criais que je ne suis pas celle qui a tiré, il ne me croirait sans doute pas.

Sombre connard. Ça te fait bander de me voir courber l'échine, hein ?

Je détourne les yeux immédiatement, reconnaissant le type à la balafre – Jonas, il me semble –, assis sur un fauteuil, et Prof debout derrière son patron. Aucun d'eux ne me regarde avec pitié ou peine, mais d'une expression dure, dangereuse et polaire.

Bande de gros porcs.

Je ne regarde pas derrière moi, de peur de me prendre un coup. J'imagine que les hommes de Vanoski sont eux aussi présents dans le salon, en bons chiens de garde prêts à défendre leur patron. Et moi, je suis l'os qu'ils vont se disputer ou ronger ensemble.

— Si vous permettez, je vais jouer les interprètes, *signor*. Elle ne parle pas un mot d'anglais.

— Comment le savez-vous ? demande Sergio. Vous m'avez dit ne pas la connaître.

— Nos chemins se sont croisés il y a quelques années.

Je me retiens de regarder Sergio.

Quelle ironie... Alors que j'avais réussi à obtenir qu'il cesse de me poser des questions sur mon tortionnaire, je le lui apporte sur un plateau par mon imprudence.

— Bien que mes méthodes vous aient déplu, j'ai obtenu des réponses.

— Comme quoi ? grogne Sergio.

Le ton implacable qu'il emploie me fait frémir. Ce n'est pas celui de l'homme avec qui j'ai fait l'amour, c'est celui d'un inconnu.

— Elle a appris notre partenariat d'une rumeur qui circulerait en ville. Un dealer. Elle aurait voulu mettre fin à tout cela en vous mettant une balle dans la tête.

— Elle a tué mon frère en voulant m'abattre, moi ? Et pourquoi ne s'en est-elle pas plutôt pris à vous ? Ce n'est pas logique, Vanoski. Je veux en savoir plus !

Mon cœur se glace et mon souffle se coupe. Je relève la tête vivement vers Sergio et je me plonge dans ses yeux noirs qui me détaillent avec haine et dégoût.

Marius. Mort. Non !

Même si j'ai appris depuis qu'il trempait dans un trafic affreux, le type avec qui je plaisantais il y a quelques jours encore était sympa et jovial.

Vanoski m'agrippe les cheveux une fois de plus et son autre main vient saisir mon menton.

— Voici comment ça va se passer, chérie : je ne veux pas t'entendre dire un mot en anglais, exprime-toi seulement en créole sinon tu connais les répercussions. Je te repose la question : que sais-tu sur mes invités ?

Je hausse les épaules, et son regard s'assombrit tandis qu'il crache :

— Te fous pas de ma gueule plus longtemps, Léo. La mort du plus jeune te touche.

— La mort d'un homme ne me laisse jamais insensible, que je le connaisse ou pas, Nikolas.

Il m'adresse un sourire pervers.

— Cela me plaît beaucoup d'entendre mon prénom dans ta bouche.

Lorsqu'il me relâche, je chancelle, avant de vite me redresser sur mes genoux, les mains à plat sur mes cuisses. Adopter une attitude soumise est la seule parade à ma portée pour atténuer les coups.

— Que dit-elle ? demande Sergio.

— J'essaie d'avoir des détails sur son plan et si elle a un commanditaire.

Alors que Vanoski se retourne vers moi, je croise le regard de Sergio, qui fait soudain un bref signe du menton vers sa gauche.

— Je veux savoir tout ce que tu sais sur eux, répète Vanoski en créole.

Je suis des yeux la direction indiquée par mon Colombien et tombe sur Prof, qui se tient légèrement en retrait, le téléphone à l'oreille et remuant les lèvres. De toute évidence, il est en pleine communication, mais sa discrétion est impressionnante : on n'entend pas un mot de ce qu'il dit. Perplexe, je prête à nouveau attention à Sergio. Le regard toujours braqué sur moi, il sirote une gorgée de rhum. Lorsqu'il baisse son verre, je remarque qu'il tend très fugacement l'index et se tapote l'oreille.

Malgré ma torpeur, mes neurones se mettent en branle.

Se pourrait-il que...

Une main s'abat violemment sur ma joue, me faisant valser à deux mètres de ma position initiale.

Je vois trente-six chandelles, et le goût du sang se répand dans ma bouche.

On me tire par les cheveux une fois de plus pour me redresser.

— Je t'ai posé une question ! hurle mon bourreau.

— Vanoski, intervient Sergio. J'aimerais qu'elle reste consciente pour donner des réponses, sinon ma présence ici va vite être inutile.

Je sens le duel de regards. La tension dans le corps de Vanoski est palpable à ma droite, mais mon Colombien est tout autant sur les nerfs.

— Je te le redis, je ne connais rien d'eux, je réponds en créole. C'est toi qui m'as appris leurs noms. J'ai croisé un trafiquant d'êtres humains dans mon existence et cela m'a suffi. Pourquoi j'en fréquenterais un autre ?

— Eux, trafiquants de putes ? Non, ce sont l'un des plus gros trafiquants d'armes de la planète, chérie.

Je sens le poids du monde me tomber sur le cœur et les épaules. Sergio n'est pas un petit malfaiteur, c'est un criminel d'envergure. Il est loin d'être le distillateur qu'il a prétendu être.

— Quoi ? Non, ce n'est pas possible, il...

— Tu viens de dévoiler ton jeu, exulte Vanoski : tu les connais bel et bien et tu as certainement des choses à dire à leur sujet, même si tu ignorais cette information. J'ai une autre question, cela dit : à quoi et à qui devait servir cet arc que mes gars ont trouvé sur toi ?

Son regard railleur posé sur moi me rappelle toutes les horreurs qu'il m'a fait subir. La haine pure circule dans mes veines.

— Mon plan était de te tirer une flèche dans les couilles, Vanoski, avant de t'en ficher une dans la gorge. Ça aurait fait un enfoiré de trafiquant en moins sur cette terre.

— Dans ce cas, pourquoi tu n'as pas laissé mon gars aller jusqu'au bout de sa mission ? Cela aurait fait coup double !

Je me retourne vers Sergio et réponds, les yeux rivés sur lui :

— Un homme que tu cherches à éliminer peut devenir mon allié. T'as jamais entendu le dicton « l'ennemi de mon ennemi est mon ami » ? Mon erreur a été de ne pas tuer ton sniper assez vite pour l'empêcher de tirer.

Le regard de Sergio s'éclaire d'une lueur de compréhension, me confirmant que Calden lui a transmis mon message.

Un profond soulagement m'envahit. Bien que la situation soit désespérée pour moi, j'aurai au moins réussi à donner l'alerte à mon Colombien.

— Ton erreur a surtout été de te faire prendre, chérie. Mais même si tu as perturbé mes plans, ce n'est pas forcément un mal. Je pensais tuer l'aîné pour faire pression sur le cadet – il avait l'air plus faible, plus susceptible de craquer – afin d'obtenir des informations et m'emparer de leur domaine – tu sais que c'est une vraie légende, cet endroit ? –, mais grâce à toi l'aîné est affaibli par la mort de son cadet et puis surtout je suis sûr que tu constitues un levier.

— Alors tu devrais me remercier…

— Oh, ça, oui ! J'ai bien l'intention de profiter de chaque seconde pour perfectionner mon œuvre d'art.

Sergio écarquille les yeux, allant de moi à Vanoski.

Ça y est, il a commencé à assembler les morceaux du puzzle.

Chapitre 36

Sergio

— « J'ai bien l'intention de profiter de chaque seconde pour perfectionner mon œuvre d'art », murmure Calden dans mon oreillette.

Les derniers mots de Vanoski agissent comme un révélateur acide, éclairant dans mon esprit d'autres mots, ceux-là de ma belle : « Celui qui m'a infligé ça me disait toujours qu'il faisait de moi une œuvre d'art. »

Au vu de la manière dont ils échangeaient, j'ai compris rapidement que ces deux-là se connaissaient bien plus que ce que Vanoski a voulu me faire croire. Mais je pensais qu'ils s'étaient juste croisés, par exemple dans un centre de réfugiés à l'époque de la catastrophe.

Dès le début de notre entrevue, Vanoski m'a pris pour un con : alors que je lui avais enjoint de ne pas toucher ma rebelle, elle tient à peine debout. Après ça, il s'est débrouillé pour mener l'interrogatoire et éviter que je m'adresse à elle directement. J'avais déjà envie de lui coller une balle. Le pire, c'est quand il a levé la main sur elle devant moi : Jonas a dû me freiner discrètement avant que je me grille.

Il m'a été difficile aussi de demeurer impassible face à la douleur de Léo quand elle a appris la prétendue mort de Marius. Me sentant mal de lui faire subir ça, je l'ai mise dans la confidence de ma petite combine avec Calden.

À la base, j'avais mis mon oreillette, qui fait la taille d'un grain de riz, pour rester en contact avec Marius – mon frère refusant de faire gentiment la sieste, il assure la coordination entre nos équipes, tout ça de son lit –, mais ce bijou de mon invention s'est avéré inestimable pour comprendre ce que dit réellement Vanoski et percer à jour ses manigances.

Mon lieutenant me traduit les propos de mon « associé » depuis de longues minutes en faisant semblant de téléphoner. Vanoski est tellement captivé par Léo qu'il ne s'en étonne pas. Quant à ses sbires, ils paraissent plus doués pour soulever de la fonte que pour prêter attention à ce qui se déroule autour d'eux – jamais je ne les aurais embauchés dans mon équipe.

Maintenant que Vanoski a admis être le commanditaire du tir, je devrais le buter pour avoir osé s'en prendre à mon frère et à moi, si ce n'est que je suis stupéfié par ce que j'ai découvert au passage : ma petite lionne a tué un homme pour empêcher le tir, et ce n'est pas tout...

À présent, j'ai un tableau plus précis des projets que ce connard avait en tête, mais mon esprit bloque sur les mots « œuvre d'art », qui résonnent encore et encore dans mon crâne.

Les pièces du puzzle se mettent en place : la familiarité avec laquelle il s'adresse à elle, le surnom « chérie » qu'il ne cesse de répéter, le fait qu'il la croyait morte, le dos de Léo couvert de longues traces sanglantes semblables à celles de ses cicatrices et le regard obsessionnel qu'il porte sur elle...

Non. Non. Non.

Il serait son bourreau ? Je me suis forcément planté dans mes interprétations. Je ne peux pas avoir abandonné ma rebelle aux mains de son tortionnaire alors même qu'elle venait de me sauver la vie.

Je me passe une main sur la figure pour rompre le contact visuel avec elle. J'ai besoin d'une seconde de répit et de réflexion.

— « Tu portes toujours ma marque, dis-moi ? continue à jacasser Vanoski à travers la voix de Calden. Je serais triste que tu m'aies oublié. »

Je serre les poings de rage.

— « Crois-moi, j'ai prié tous les jours pour que ça arrive. »

— « Pourtant, tu es à mes côtés ce soir. De retour auprès de moi, Léo, et en meilleure santé. Il va falloir que je remédie à cela au plus vite. Ton sang m'a toujours fait bander, chérie. »

Marius finit par comprendre.

— Putain de merde, s'exclame-t-il dans mon oreillette. C'est l'infirmier !

Imaginer ce connard de Vanoski brutaliser ma petite lionne me retourne de l'intérieur. Et savoir que je l'ai laissée seule avec lui aujourd'hui me consume.

— « Je ne vais pas me contenter de cette bouche, Léo… »

Je me redresse sur le sofa, reposant brutalement mon verre sur la table.

Interrompu dans son délire, Vanoski se retourne vers moi en fronçant les sourcils.

— Qu'y a-t-il ? Vous souhaitez prendre la relève ?

— Moi, je vais me contenter de te regarder mourir, Nikolas, susurre ma belle, en anglais cette fois-ci. Et j'espère qu'avant il t'en fera baver.

Compte sur moi, ma petite lionne.

Sans crier gare, cependant, Vanoski lui plaque la tête au sol et pose violemment un pied sur son dos. Léo hurle de douleur et s'étale sur le tapis.

— Je t'avais donné des instructions, crache-t-il en anglais aussi.

Je sors mon Beretta et, avant qu'ils aient compris ce qu'il se passe, j'abats les trois types dans son dos. Jonas fait sauter la cervelle de deux autres, Calden se charge des derniers, puis tous les deux se postent aux entrées de la pièce, prêts à riposter tandis que mes autres recrues se positionnent aux fenêtres ou mettent en joue Vanoski tout comme moi.

La fusillade a sûrement alerté le reste des troupes de Vanoski, et nous allons donc nous retrouver en infériorité numérique. Pendant un temps, du moins.

— Les renforts arrivent dans deux minutes, m'informe Marius.

Une seconde équipe, menée par Jason, a pris place non loin de la propriété en attendant le signal de mon frère.

— Je t'avais également donné des instructions, grogné-je à l'attention de Vanoski. Retire tes sales pattes d'elle sur-le-champ.

Il obtempère, aucunement effrayé par le canon de mon flingue pointé sur lui, et recule de plusieurs pas.

— Viens ici, *piccola leonessa*.

Les yeux bleus de ce taré s'illuminent d'une lueur victorieuse, et les commissures de ses lèvres s'incurvent légèrement.

Sur le tapis, ma rebelle remue et fait entendre des gémissements.

— Essayer de me duper était une très mauvaise idée, Vanoski.

— Qu'est-ce qui vous prend, *signor* Fraticelli ? Je ne comprends pas.

— Te fatigue pas, connard : j'ai suivi toute ta conversation avec la demoiselle.

Il laisse enfin tomber le masque et, m'adressant un sourire provocateur, il fait un geste de la tête vers Léo, qui se redresse sur ses genoux avec une lenteur qui me frustre.

— Mon instinct ne m'a pas trompé : tu connais mon jouet fétiche.

J'attrape ma belle par le bras et je l'aide à se relever sans douceur, urgence oblige.

— Tu es au courant qu'elle et moi avons un passé en commun, alors ? continue Vanoski, qui sourit plus largement.

Il est le seul fumier encore en vie dans ce salon, pourtant il n'a pas l'air de s'émouvoir de se tenir au milieu des cadavres de ses hommes. Je n'aime pas sa décontraction, ça pue. L'envie de lui coller une balle dans la tête me démange vivement. Cependant, je compte bien exaucer le vœu de Léo et le dépecer en faisant durer le plaisir. Or je ne peux pas l'assommer pour l'embarquer, pas encore tout du moins. J'ai déjà Léo en poids mort, je ne peux pas m'encombrer d'un poids supplémentaire. Et Jonas et Calden doivent nous couvrir le temps que l'équipe arrive et qu'elle nettoie et sécurise les lieux. En outre, si l'équipe extérieure ne parvient pas à son but, ce fumier est ma seule porte de sortie. Tant que je n'ai pas le feu vert de Marius, je ne peux pas le faire taire.

Il se détourne de moi comme si je n'étais qu'un clown, comme si je ne représentais pas une menace.

Joue autant que tu veux, connard, tu riras moins quand je te brûlerai à petit feu.

— Chérie, peux-tu raconter à notre ami comment je t'ai séduite et emmenée dans mon royaume ?

Léo se fige et murmure faiblement. Quant à moi, je fouille dans ma mémoire, avec la sensation que je loupe un fait essentiel.

— Sédatif, murmure Léo plus fort.

Au même moment, je ressens une violente piqûre dans le cou.

J'ai juste le temps de tâter la fléchette fichée dans ma chair que ma vue se brouille, mon arme m'échappe des mains et mes jambes se dérobent sous moi. J'ignore quel produit il a utilisé, mais il est foutrement efficace.

J'entends des masses lourdes s'effondrer autour de moi, me faisant comprendre que mes hommes ont également été touchés. Des coups de feu retentissent, des nouvelles voix. Je tombe à genoux.

— Non, non, non, gémit Léo en se cramponnant à ma veste.

Putain de merde, je me suis fait avoir comme un bleu. Et je vais l'abandonner une fois de plus...

— Sergio ! hurle Marius dans mon oreillette. Qu'est-ce qui se passe ?

Je m'effondre à mon tour sur le tapis, tête la première.

Au-dessus de moi, j'aperçois la silhouette de Vanoski s'agenouiller.

— Une dernière chose : sache que je l'ai baisée dans toutes les positions et de toutes les façons imaginables. Et que grâce à toi, Fraticelli, je vais recommencer.

Chapitre 37

Léo

Trois minutes.

J'ai eu le droit à trois minutes de répit. Trois minutes où j'ai ressenti soulagement et espoir. J'allais m'en sortir.

Finalement, Sergio ne comptait pas m'abandonner. Il s'est retourné contre Vanoski.

J'aurais dû savoir que c'était vain. Vanoski a toujours eu un coup d'avance sur tout le monde.

J'arrache la fléchette plantée dans la nuque de Sergio. En quelques secondes, j'ai vu cet homme immense, robuste, rassurant s'écrouler et se statufier.

Ses beaux yeux noirs luttent pour rester ouverts, mais c'est inutile. Il ne peut plus rien faire.

La peur me submerge : je ne veux pas qu'il meure. Bien que ce soit un criminel et qu'il m'ait menti – excessivement menti –, l'idée qu'il connaisse le même sort que Lilian m'horrifie plus que tout ce que pourrait me faire subir Vanoski.

Ce dernier m'agrippe par les cheveux et me hisse brutalement sur mes pieds. Je hurle de douleur. Nous passons à côté des corps de Prof, du Balafré et d'autres hommes de Sergio. Les premiers se sont pris une fléchette, certains une balle lorsque les troupes de Vanoski sont entrées en force dans la pièce.

— Descendez-les dans les geôles et fouillez-les. Retirez-leur leur arme et leurs transmetteurs. Au vu de leur corpulence, ils reprendront connaissance dans moins de quinze minutes, alors ne perdez pas de temps.

Je trébuche maladroitement aux côtés de mon tortionnaire tandis qu'il m'entraîne dans un dédale de couloirs, franchit une porte et me fait pénétrer dans une salle à la chaleur suffocante. Il me balance en avant et je m'affale par terre. Mes genoux cognent sur le carrelage blanc immaculé. Le choc fait écho dans toute ma colonne vertébrale. Les vapeurs de produits chimiques et de détergents me piquent les narines.

La pièce, éclairée par des néons dispensant une lumière aveuglante, est meublée d'un four – pour incinérer les déchets ? – ainsi que de tables longues couvertes de barils, de flacons en verre, d'entonnoirs... Je suis, de toute évidence, dans un laboratoire clandestin de cocaïne – ou une autre drogue que je refuse de connaître.

Qu'est-ce que je fous là ? Va-t-il me droguer ?

Je tente de ralentir ma respiration pour calmer mon cœur, qui est entré en tachycardie, et mon esprit, qui bouillonne de pensées dans tous les sens.

Quelles que soient les intentions de ce monstre, je ne peux pas le laisser faire sans combattre. Oui, mais je risquerais de me prendre un retour de bâton. Cela dit, s'il me frappe, s'il perd le contrôle, la douleur me fera sombrer dans l'inconscient – n'est-ce pas le mieux que je puisse espérer actuellement ?

Il s'avance vers une table, à la recherche de je ne sais quoi. Aiguillonnée par l'adrénaline, je me relève d'un bond, j'attrape une chaise et je la projette de toutes mes forces contre la fenêtre la plus proche. La vitre ne se fend même pas.

— C'est du verre blindé, chérie. Dommage pour toi.

Tel un lapin pris en chasse, je me rue vers la porte et je tire sur la poignée.

Malheureusement, je n'ai même pas l'occasion de poser un pied dans le couloir : je bute contre une armoire à glace postée juste derrière la porte. Le type me fait faire demi-tour et me ceinture entre ses bras massifs.

Je donne coups de pied et coups de tête, mais j'ai l'impression d'être un chaton aux mains d'un géant : il n'est pas gêné le moins du monde par mes tentatives.

— Dépose-la ici, immobilise-la et fiche le camp, lui ordonne Vanoski en désignant une table en métal.

En quelques secondes, je suis sanglée là-dessus comme une folle dans un hospice.

— Bien ! Maintenant que nous sommes à nos aises, reprenons : qu'as-tu à me dire sur les Fraticelli... *piccola leonessa* ?

Entendre ce surnom dans sa bouche me dégoûte et me déboussole à la fois.

J'ai beau avoir appris que Sergio est un marchand d'armes, je nage dans le flou le plus complet à son sujet : qu'est-ce qui est vrai ou faux dans ce qu'il m'a raconté ? Qu'est-ce qui est anodin ou qu'est-ce qui est susceptible de lui causer du tort ? Il vaut mieux que je me taise sur tout, que ce soit notre rencontre, la villa ou les histoires sur sa famille, au risque d'aggraver encore plus sa situation voire de mettre en danger aussi sa sœur – qui, par ma faute, vient déjà de perdre un frère.

Voyant que je garde les lèvres scellées, Vanoski baisse les yeux sur mes colibris, faisant remonter sa main sur ma jambe, de ma cheville à ma cuisse, et s'arrête à la lisière de mon short.

— Joli tatouage, quoique je préfère celui que je t'avais fait. Voici comment je vois les choses : tu ne peux plus nier que tu le connais, mais je ne comprends pas pourquoi tu le protèges si farouchement. Ce mec est un taré, chérie. Il fournit des armes à des gens qui massacrent des enfants et il prend son pied en démembrant ceux qui l'emmerdent. Imagine, tu étais peut-être vouée à finir ainsi... Allez, dis-moi quels sont leurs lieux de résidence en Colombie.

— Va te faire foutre, Nikolas.

Il pose sa main sur ma gorge et se met à serrer, une lueur féroce dans ses billes bleues.

— Oh, ne me tente pas, Léo. Je bande déjà comme un malade et j'ai hâte de m'enfoncer dans ton p'tit cul.

Je prie pour qu'il continue à serrer, mais au moment où des taches sombres apparaissent devant mes pupilles, il relâche la pression. Je prends une grande bouffée d'air en toussant.

— Où l'as-tu rencontré ? répète-t-il.

— Je l'ai croisé en ville, je concède. Il achetait les mêmes produits que moi sur un stand, rien de plus.

Vanoski attrape ma main droite et tire violemment sur mon index. Un craquement retentit et une douleur cinglante irradie dans mon bras. J'en hurle comme une damnée.

— Putain ! Tes hurlements m'ont manqué et ce corps...

Il arrache mon tee-shirt et mon soutien-gorge, qu'il déchire en lambeaux. Je ne porte plus que mon short, mince bouclier de tissu contre son regard lubrique. Il me pince les mamelons, avant de glisser sa main sur mon ventre et ma cicatrice.

— C'est dommage, la peau s'est refermée... Tu te souviens quand j'y enfonçais mes doigts ? déclare-t-il, nostalgique.

Soudain, il s'illumine et se dirige vers une table, me tournant le dos, sur laquelle il trifouille différents objets et reste un bon moment près des fours.

Pendant ce temps, je tire sur mes sangles afin de me libérer, mais rien n'y fait.

Quand il finit par se retourner, je suis saisie d'effroi. Dans sa main droite, il tient une longue tige de métal dont l'extrémité, un sceau que je ne connais que trop, est chauffée à blanc.

— Non, non, non, j'implore en me débattant de plus belle.

— Oh, si, chérie ! Tu as effacé l'ancienne marque. Cette fois, je vais la placer à un endroit stratégique.

— Nikolas, je t'en prie... Pas ça.

— Oh, oui, supplie-moi, poupée. Tu m'excites...

Il abaisse la tige vers ma poitrine et aussitôt l'insoutenable brûlure me calcine la peau. Mon tortionnaire appuie fort sur ma poitrine comme s'il voulait me perforer de part en part.

Mon hurlement se répercute entre les murs de la salle, donnant l'impression que nous sommes dix à crier.

Quand il retire enfin la tige, la douleur demeure et je sombre dans les ténèbres.

— Fraticelli a dû reprendre connaissance, à présent. Je suis impatient de voir sa réaction quand il verra que ton corps, ton âme et ton cœur portent ma marque...

Chapitre 38

Sergio

Ma tête est prise dans un étau.

Punaise, ça fait un mal de chien.

Je remue, sentant un engourdissement dans tout mon corps.

— Monsieur… Monsieur… Sergio, vous m'entendez ?

La voix de Jonas me parvient dans un brouillard.

Je grogne en ouvrant les yeux. Mon lieutenant me regarde avec inquiétude à travers les barreaux d'acier qui nous séparent l'un de l'autre.

— De retour parmi les conscients ?

À ces mots, je me redresse d'un bond. Les derniers événements me reviennent en mémoire.

Mes hommes et moi avons été enfermés chacun dans une cellule en terre battue qui ne dispose que de lucarnes, à travers lesquelles j'aperçois une partie de la végétation, la lune et les étoiles. On est, de toute évidence, au sous-sol de la demeure de Vanoski, dans ce qui doit servir de cages aux femmes qu'il capture.

Quand je suis arrivé chez ce connard, la nuit tombait, ce qui signifie que je ne suis pas resté inconscient bien longtemps. Seuls Jonas et moi avons repris connaissance. Calden, Émile et Georges sont encore dans les vapes. Quant aux autres… je devine qu'ils ont hélas été abattus là-haut.

Je me lève et secoue les barreaux en fer forgé afin de tester leur solidité. Rien à faire : nous sommes piégés comme des rats.

Des néons éclairent un long couloir qui dessert une dizaine de cages en plus de la nôtre. Dans celle d'à côté, la flaque de sang sur le sol ainsi que d'autre flux tout aussi ragoutants indiquent qu'elle a été habitée il y a peu de temps.

— Sergio, tu m'entends ?

Il me faut quelques secondes pour comprendre d'où émane la voix de Marius. J'ai été délesté de mon téléphone et de mes armes, mais pas de mon oreillette ni de la caméra. C'est une autre de mes inventions mises au point dans mon labo : une caméra sous la forme d'une broche, aussi discrète qu'un bouchon de manchette, que j'avais accrochée à la pochette de ma veste.

— Marius, je suis là.

— Qu'est-ce qui s'est passé ?

— On a été endormis. Des fléchettes paralysantes.

— L'équipe de Jason ne répond pas.

Bordel. On avait beau avoir prévu une équipe de secours, on s'est fait baiser en beauté.

— Combien de temps on est restés inconscients ?

— J'ai perdu contact avec toi il y a treize minutes.

— As-tu vu ce qu'il a fait de Léo ?

— Non, juste qu'il l'emmenait.

Je frappe les barreaux du plat de la main. Je déteste me sentir impuissant et être pris pour un con.

Je me retourne vers Jonas. Calden, qui a repris connaissance, se masse les tempes. Les deux autres sont encore assoupis.

— As-tu vu quoi que ce soit qui puisse nous être utile ?

— Non, répond Jonas, je suis revenu à moi une ou deux minutes avant vous.

Je serre les poings de rage.

— L'hélico ne va pas tarder à décoller chargé d'une artillerie assez considérable pour faire exploser le domaine, reprend Marius. Trois fourgonnettes avec un contingent de quarante hommes sont en route et seront sur place dans quarante-cinq minutes.

— C'est trop long, Marius. Nous, on peut tenir, mais Léo est avec Vanoski. Elle a déjà passé presque huit heures avec lui et qui sait ce qu'il lui a fait subir... Je...

Mon épaule est en proie à des brûlures intenses, ma culpabilité me ronge.

Elle s'est retrouvée piégée par ma faute.

— Je fais au plus vite, Sergio. Et je vais vous sortir de là.

— Toi, tu ne dois pas bouger. Tu es blessé !

— Ce n'est pas cette petite égratignure qui va m'empêcher de te sauver le cul, frangin.

Nous sommes interrompus par un hurlement terrifiant. Le hurlement d'une femme. C'est un hurlement de douleur.

— Putain, Léo !

Je me rue sur la porte de la cellule et je crie pour déverser la rage qui brûle dans mes veines. La cage tremble sous mes assauts.

Espèce de taré de connard de merde. Je vais le buter.

Je m'acharne pendant je ne sais combien de temps, et, quand je recouvre mon calme, ma rebelle s'est tue.

Le grincement d'une porte retentit, j'entends les pas lourds d'un homme descendre des marches, puis la silhouette de Vanoski apparaît dans le couloir.

Je remarque vite fait son sourire satisfait, avant que mes yeux se posent sur le corps inerte de Léo dans ses bras.

Un aiguillon me transperce le cœur et une boule d'angoisse se forme dans mon ventre.

Est-elle... ?

Mon connard de client entre dans la cage voisine et dépose ma rebelle au sol sans égards. Il attrape la chaîne fixée au plafond, avant de l'enrouler autour de ses poignets, puis de tirer sur l'autre extrémité. Léo se retrouve suspendue, inconsciente. Son dos est strié de longues plaies ensanglantées.

Assailli par l'envie d'étrangler Vanoski, j'agrippe les barreaux de la cage pour me soutenir et les serre avec force.

— Je me suis dit que j'allais vous égayer la vue. De rien, Fraticelli, raille-t-il.

— Que lui as-tu fait ? grogné-je.

— Je lui ai rappelé qui était le maître.

Il fait pivoter ma petite Créole de sorte que son buste, nu, me fait face. Du sang coule d'une plaie infecte au-dessus de son sein gauche.

J'écarquille les yeux en reconnaissant un sceau.

Putain de merde, il l'a marquée.

— Qu'en penses-tu ? s'enquiert-il en appuyant sur la plaie. L'emplacement est idéal, non ?

En guise de réponse, je verrouille les mâchoires. Voyant cela, il ricane et plaque une main sur la poitrine de Léo, qu'il malaxe avec violence.

— Déjà, à l'époque, c'était un chat sauvage. Aujourd'hui, c'est une tigresse, commente-t-il d'un ton admiratif. Elle est prête à mourir pour protéger tes petits secrets.

Non, c'est une lionne. Ma *lionne.*

— Qu'est-ce que tu veux que ça me foute ?

— Eh bien, ta *piccola leonessa* est en fâcheuse posture...

— Va te faire foutre !

— C'est marrant, elle m'a dit la même chose. Et elle prétend t'avoir juste croisé. Je n'en crois pas un mot. Tu ne l'as pas lâchée des yeux depuis que je l'ai ramenée ici.

Je le fixe sans piper mot.

— L'hélico vient de décoller. J'arrive, frangin. Louis est avec moi, murmure Marius dans mon oreillette – il assiste à la scène en direct grâce à la broche.

— Je te propose un marché, Fraticelli.

— Tu as tué mon frère et tu m'as pris pour un con, Vanoski. Je ne suis pas disposé à faire un marché avec toi.

— Regarde où tu te trouves. Tu n'es pas en mesure de refuser quoi que ce soit. Je ne vais pas y aller par quatre chemins, car tu sais ce que je veux : m'emparer de ton business, et pour ça, accéder à ton domaine. Si tu ne me dis pas où il est, ce sont tes hommes ici présents et surtout ta *piccola leonessa* qui vont morfler.

— Tu peux courir pour que je te lâche des infos, mon pote.

Un éclair vicieux traverse ses pupilles. Il se retourne vers Léo et lui saisit une cheville, avant de remonter la main le long de ses jambes et de migrer plus haut. Je me tends, incapable de retenir mon grognement de rage et d'impuissance lorsque ses doigts disparaissent sous l'ourlet du short de ma belle. Il garde les yeux dardés sur moi.

— Je te prépare une belle surprise, Fraticelli, et je pense que tu vas vite changer d'avis.

Il retire la main, avant de se lécher les doigts goulûment.

Instinctivement, je frappe le métal de la cage, et le rire de Vanoski emplit l'air. Il tourne le dos et verrouille la cellule de ma belle. Lorsqu'il repart, la porte grince à nouveau derrière lui.

— Arrivée sur place dans moins de trente minutes, m'informe Marius. Tiens bon, frangin.

— Léo ?

Le corps inanimé de ma belle se balance dans le vide. Ses pieds touchent à peine le sol.

— *Piccola leonessa*, je t'en prie, reviens à toi… Allez, ma puce, regarde-moi.

Aucune réponse.

Son buste se soulève faiblement, me signalant qu'elle respire encore.

— *Piccola leonessa*, je suis là… avec toi.

Je ferme les yeux. La voir dans cet état sans que je puisse rien faire me bouleverse.

— Sergio…

Je rouvre les yeux immédiatement.

— Léo ? Je suis là, ma belle.

— Sauve-toi…, murmure-t-elle dans un souffle.

La boule au fond de mon ventre grossit.

— Je te promets que je vais te sortir de là, *piccola leonessa*.

Elle a de nouveau sombré.

— Vanoski est à moi, dis-je, autant pour mon frère que pour mes hommes dans mon dos. Je vais le massacrer. Dès que l'hélico sera là, il faudra agir vite. Je ne garantis pas qu'on sera tous en vie demain matin.

— Génial, commente Jonas, j'adore les fiestas improvisées.

Chapitre 39

Léo

Je reprends connaissance en sentant ma poitrine brûler littéralement. Le tiraillement de ma chair est affreux et la morsure insoutenable.

— *Piccola leonessa*, je suis là… avec toi.

Il est en vie.

Mon corps semble ne pas vouloir répondre. Je ne réussis ni à bouger les bras, ni même à soulever les paupières.

— Sergio…

— Léo ? Je suis là, ma belle.

Mon cerveau a beau avoir du mal à se mettre en branle lui aussi, une réflexion me vient soudain à l'esprit : il est en vie, mais pour combien de temps ? Vanoski est prêt à tout pour obtenir ce qu'il veut.

— Sauve-toi…

— Je te promets que je vais te sortir de là, *piccola leonessa*.

Non. Tu dois t'échapper. Il va te tuer. Je suis déjà perdue. Sauve ta peau dès que tu en as l'occasion.

Tant de paroles que je dois lui dire. Si seulement j'en avais le souffle.

Marius est mort et Sergio va connaître le même sort. La douleur m'enveloppe de nouveau et je me laisse dériver, je ne résiste pas.

Je suis traînée par des bras musclés, mes pieds frôlant le sol. J'entends des voix hurler des ordres autour de moi.

— Je vais vous buter, merdeux, fulmine un homme dans mon dos.

Sergio.

— Ferme-la, connard !

Un vent léger vient me caresser la peau et je comprends que l'on sort du manoir. L'herbe humide me chatouille les pieds, et la fraîcheur qu'elle me procure m'aide à reprendre contact avec la réalité. Mon dos et ma poitrine brûlent, mais mon esprit commence à retrouver un semblant de clarté.

Je suis soulevée et allongée à plat ventre sur une surface lisse, dure et froide. Je ne bouge pas d'un pouce et j'entrouvre les yeux doucement.

Il fait nuit, les lieux sont éclairés par les lumières blanches puissantes de spots extérieurs. Je devine la cime des palmiers, dont les palmes bruissent au gré du vent. La mer n'est pas loin, à en juger par l'odeur iodée ainsi que par le fracas des vagues contre les falaises.

Non... Il n'a pas pu me ramener là. C'est un cauchemar...

Je vais mourir... Je veux mourir...

L'agitation autour de moi est sans conteste impressionnante. En plus des grognements de Sergio et de quelques hommes, je perçois un tumulte de bruits de pas.

Je ne suis pas seule. Nous sommes nombreux. Très nombreux...

— À genoux, lance la voix de Vanoski, sur ma droite.

J'entends du grabuge puis un homme qui gémit de douleur.

On me tire la tête en arrière et on me place un truc sous le menton.

— Ça suffit ! Arrête ça immédiatement ou je lui tranche la gorge, menace Vanoski.

Pour prouver ses dires, il enfonce légèrement l'objet – une lame, je comprends –, et du sang perle sur ma peau.

— Bien. Maintenant, à genoux.

On me lâche et ma tête retombe durement sur la pierre.

Je sais où je suis, et mon cœur et mon âme ne le supportent pas.

Vanoski possède un jardin magnifique, planté de palmiers majestueux et d'orchidées toutes plus colorées et exubérantes les unes que les autres. On avait traversé ce somptueux décor en direction des falaises, Lilian et moi. Il avait couru comme un forcené en me portant dans ses bras.

Si je n'avais pas été un poids mort, peut-être qu'il s'en serait sorti.

J'avais les pieds brûlés et de multiples fractures. Malgré le courage et la ténacité de mon fiancé, nous étions pris au piège. Au bord de la paroi rocheuse, Vanoski nous attendait. Ses caméras de surveillance avaient trahi la présence de Lilian dès que ce dernier avait posé un pied sur la propriété, et il avait fait en sorte que ses hommes nous rabattent jusqu'ici. Il nous avait amenés exactement là où il le voulait.

Je me souviens de la lueur rageuse de ses pupilles face à ma tentative de fuite.

Il m'avait arrachée à Lilian et jetée sur cette table en pierre. En plein jour, la vue sur la baie doit être sublime. Mais actuellement, comme cette nuit-là, elle m'évoque la mort.

— Je te repose la question, Fraticelli : où est ton domaine ?

— Va te faire foutre, Vanoski.

— Décidément, c'est quelque chose que vous attendez tous, ricane mon tortionnaire.

Il revient d'un pas lourd vers moi et j'entends qu'il a posé son couteau sur la table. Puis il me relève la tête encore une fois en plongeant sa main dans mes mèches.

— Léo ? Allez, chérie ! Reviens parmi nous.

Je cligne des yeux lorsqu'il me pince le nez et me recouvre la bouche. Instinctivement, je m'agrippe à ses bras.

Dès qu'il me relâche, je tousse pour reprendre mon souffle, avant de gémir à nouveau, assaillie par la douleur aiguë dans mon doigt cassé. Lorsque ma tête retombe, je me retrouve nez à nez avec des billes bleues sournoises et un sourire sadique.

— Coucou, chérie. Bien dormi ?

Au lieu de répondre, je jette un œil autour de moi.

C'est ce que je craignais : il m'a allongée sur la table de pierre au-dessus des falaises, la même table où il m'a...

Mes yeux dévient sur ma droite et mon cœur manque de s'arrêter de battre.

Cinq types sont agenouillés sur l'herbe face à moi, les poignets ligotés : Sergio, la pommette fendue, Prof, le Balafré et les deux autres hommes de mon Colombien qui ont été assommés par les fléchettes. Chacun d'eux est sous la surveillance d'un gros bras de Vanoski, qui les tient par les épaules et applique une lame sur leur carotide.

Deux sbires de Nikolas sont assis par terre, un peu plus loin sur la gauche. L'un a la tronche de travers et un autre l'air sonné. Voilà ce qui a causé l'agitation il y a quelques minutes.

Malheureusement, mon Colombien n'a pas réussi à s'enfuir et il n'y parviendra pas.

— Laisse-moi te raconter une belle histoire, Fraticelli.

Vanoski m'agrippe par les cheveux. Je me retrouve le dos contre son torse, et ses doigts se referment sur ma gorge, commençant à m'étouffer de nouveau. Je tâche de lui faire lâcher prise, en vain. Il me force à faire face à Sergio, alors que cette vision est pour moi la pire de toutes.

— Il y a cinq ans, la catastrophe m'a permis de rencontrer une belle chatte sauvage. Au départ, je pensais la vendre – j'en aurais sûrement tiré un prix conséquent –, mais très vite, je me suis attachée à elle. J'adorais le feu qui envahissait encore ses pupilles par moments. Tu as vu ses yeux, Fraticelli ? Leur couleur est sublime, n'est-ce pas ? Mais un petit con s'est mis en tête de mettre fin à notre idylle et de me voler cette tigresse sous prétexte que c'était sa fiancée. Quand j'ai repéré ce connard sur mes caméras, on s'est arrangés pour qu'il se dirige vers cette crête, où je les attendais.

Je revois les images de cette nuit-là dans ma tête alors que Vanoski fait son récit.

— Et sais-tu ce que j'ai fait ? Tu veux lui dire, Léo ?

Mes larmes ruissellent sur mes joues tandis que je croise les yeux fous de Sergio.

— Non ? C'était pourtant une nuit magnifique. J'ai montré à ce mec, qui était agenouillé exactement au même endroit que toi actuellement, comment je baisais sa future épouse. Je l'ai prise ici, sur cette table. Et le plus jouissif, c'était de voir le sang qui s'écoulait de sa gorge alors qu'il me regardait jouir dans la chatte de sa copine.

Jusqu'à aujourd'hui, personne ne savait. La dernière chose que Lilian a vue avant de mourir, c'est l'horrible spectacle de mon viol, la femme qu'il aimait et qu'il avait voulu sauver être réduite à un objet de chair, être abîmée pour toujours.

Je ferme les yeux pour échapper à l'expression d'impuissance, de douleur et de pitié que je lis sur le visage de Sergio. Je l'ai vue dans les prunelles de l'homme que j'aimais il y a cinq ans et je ne veux plus revivre ça.

— C'était une sacrée mise en scène et j'ai bien envie de remettre ça. Donc, soit tu me dis ce que je veux entendre et j'abrège ses souffrances, soit tu vas avoir la joie de la voir littéralement se faire foutre.

Sergio lâche un grognement bestial, mais aucun mot ne sort de sa bouche.

— Non ? Et toi, Léo ? As-tu des choses à me dire ?

Je rouvre les yeux sur les étoiles au-dessus de ma tête. Leur lueur est sublime. Si seulement je pouvais mourir ce soir… Même si je parlais, Vanoski ne tiendrait pas parole. Je serai son jouet de torture jusqu'à la mort.

— Comme tu voudras.

Il me plaque en avant et mon crâne se heurte contre la pierre si brutalement que des taches noires obscurcissent ma vue. Mon arcade saigne, envahissant ma vision d'une couleur sanglante. Avec le genou, Vanoski m'écarte les jambes.

C'est là que mon esprit se rebelle.

— Non !

Je me débats de toutes mes forces, et le rire de Vanoski s'amplifie.

— Tu sais que j'adore quand tu remues ainsi, chérie.

Je cherche à agripper la main qui me maintient la nuque, mais il me saisit l'annulaire et le tord d'un coup, provoquant mon hurlement.

À moins d'un mètre de moi, j'aperçois la lame qu'il a posée sur la table. Je ne suis même pas sûre qu'il ait imaginé que j'aie l'audace de m'en servir. Étant donné l'état de mes doigts, je ne peux rien faire, hélas.

Il me redresse la tête, me forçant à tourner le visage vers ceux qui sont agenouillés face à moi.

— Non, non...

Mes larmes dévalent mes joues et je ne peux retenir mes sanglots.

— Léo, m'appelle Sergio.

Vanoski abaisse mon short.

Mon Dieu, non...

— *Piccola leonessa*, regarde-moi ! m'enjoint-il d'un ton tendre et ferme à la fois qui m'encourage à lui obéir.

La froideur et la rage qu'il arborait dans le salon il y a quelques heures se sont envolées. La douleur et l'impuissance d'il y a quelques instants aussi. À présent, j'y vois une infinie douceur.

— Tiens bon, ma belle. Crois-moi... Tout va bien se passer.

Je décèle sa détermination et elle me galvanise. Alors même que Vanoski a baissé la fermeture éclair de son pantalon et libéré sa verge, les recommandations de Nakio s'imposent dans mon esprit et je me détends.

Ma docilité apparente a déstabilisé Vanoski, qui a légèrement relâché sa prise sur ma nuque.

— Je vais prendre mon pied à te pilonner et à t'entendre hurler, chuchote-t-il à mon oreille.

Une rage brutale m'envahit, remplaçant la terreur. L'adrénaline se répand en moi telle une vague déferlante. Je me redresse comme un ressort, projette la tête en arrière et percute celle de Vanoski.

Le glapissement qu'il pousse et le craquement qui a précédé me confirment que je lui ai explosé le nez.

Pas le temps de me réjouir. Malgré les élancements dans ma main, je m'empare de la lame. Mon lancer est rapide et précis : elle tourne à toute vitesse, avant de se loger dans le torse du nervi qui tenait un couteau sous le cou de Sergio.

À partir de cet instant, c'est le chaos.

Mon Colombien arrache le couteau à son gardien, qui a relâché sa prise suite à mon attaque, et le lui enfonce dans la gorge. Des coups de feu retentissent autour de moi, les troupes de Vanoski se mettent en mouvement. On m'agrippe les cheveux et me tire de nouveau en arrière.

— Sale pute.

Le nez en sang, Vanoski me retourne face à lui et m'assène son poing dans les côtes.

Les détonations se multiplient et les hommes crient des ordres indistincts.

— VANOSKI !

Je profite du moment d'inattention de mon tortionnaire pour basculer en avant et lui flanquer un pied dans le genou avec toute la force dont je suis capable. Il revient malgré tout à la charge et m'assène son poing dans les côtes, encore et encore. Je chavire en arrière, mais il me retient par le cou et enroule sa main autour de ma gorge, m'empêchant de respirer.

— Tu veux mourir, chérie ? Tu n'avais qu'à demander !

Je discerne tout juste son mouvement du bras qu'une douleur lancinante me transperce l'abdomen. Le son d'un hurlement rageur me parvient aux oreilles, parmi l'avalanche de sensations impossibles à analyser qui fusent vers mon cerveau.

Enfin, Vanoski me lâche. Je ne le vois pas s'éloigner, mais sa présence s'évapore, ce qui me procure sur-le-champ un soulagement extrême.

Cependant, je baisse les yeux vers mon ventre et je comprends vaguement ce qu'il vient de faire. Le manche en métal d'un couteau est figé au-dessus de mon nombril. De la plaie coule déjà un filet de sang continu, dont la chaleur poisseuse me provoque d'étranges frissons.

Mes jambes flanchent et le monde se renverse autour de moi. Les sons se font plus sourds, comme étouffés.

J'atterris comme une plume sur l'herbe fraîche, enveloppée par une odeur douce et musquée. Des bras m'enserrent et une main me fait tourner le regard vers de magnifiques prunelles sombres, envahies de panique.

Chapitre 40

Sergio

— Arrivé sur zone. Je l'ai en ligne de mire, Sergio, mais il bouge trop.

Malgré le vent qui bourdonne sur cette crête, j'ai perçu le bruit caractéristique de l'hélico en approche.

Vanoski est tellement absorbé par sa mise en scène qu'il n'y a pas prêté attention. Et heureusement pour nous, ses hommes sont toujours aussi peu observateurs.

Cependant, jouer au sniper en vol est un exercice compliqué, même pour le tireur aguerri qu'est mon frère. Les bourrasques et les vibrations de l'engin peuvent vite faire manquer un tir et toucher la personne à côté de la cible, en l'occurrence Léo.

Putain, si elle ne s'était pas trouvée dans les parages, ça ferait longtemps que j'aurais lancé la contre-attaque et buté la moitié de ces crétins.

— Léo !

Mon appel est noyé par les sanglots, semblables à ceux d'un animal à l'agonie, qui sortent de sa gorge.

Vanoski s'agite derrière elle et je serre les poings en constatant qu'il fait glisser son short et sa culotte le long de ses jambes.

— *Piccola leonessa*, regarde-moi !

Cette fois-ci, elle relève vers moi ses beaux yeux cendrés, dilatés par la terreur.

Ma petite lionne, je vais te tirer d'affaire. Je te le jure.

Même les joues couvertes de larmes et striées de sang, elle est d'une beauté renversante. Je hais, cependant, la frayeur brute et la douleur atroce que ses traits expriment.

— Tiens bon, ma belle. Crois-moi… Tout va bien se passer.

C'en sera bientôt fini de ton calvaire, ma belle. Aie confiance.

Tant d'encouragements silencieux qui ont l'air de faire leur chemin : les muscles de son visage se détendent notablement et j'aperçois même dans ses yeux cette flamme qu'a évoquée ce connard de Vanoski. Son regard s'illumine d'une détermination exceptionnelle.

Pendant ce temps, son tortionnaire s'est penché sur elle pour lui marmonner sans doute des saloperies à l'oreille.

Sans signe avant-coureur, Léo bascule la tête en arrière, lui percutant le nez.

— Putain, lance Marius dans mon oreillette, aussi surpris que moi.

Avec stupeur, je vois ma rebelle mettre le grappin sur le couteau non loin d'elle et, au lieu de s'en servir pour se défendre, le lancer dans ma direction. La lame se fiche dans le buste du crétin au-dessus de moi, également pris au dépourvu. Je réagis immédiatement, lui arrachant l'arme des mains pour la lui planter sous le menton. Sous son regard déjà à moitié éteint, le sang gicle et m'asperge. J'essuie vite fait la lame et je coupe d'un mouvement net la lanière en plastique qui me cisaillait les poignets.

Une détonation retentit sur ma droite, et un nouveau jet écarlate m'éclabousse la figure. Jonas, dont Marius a tué le gardien, s'est emparé de l'arme de ce dernier et canarde nos adversaires, qui tombent comme des mouches.

Muni du flingue que je ramasse sur un des cadavres à mes pieds, j'abats un type qui pointait son arme sur Calden, occupé à pulvériser avec ses poings le profil d'un autre connard.

Enfin, nos renforts arrivent aux abords de la maison, et un échange de tirs se produit entre eux et les sbires de Vanoski planqués dans la demeure.

Pendant ce temps, Vanoski, qui a tiré Léo à plusieurs mètres en retrait, tient ma belle par les cheveux et lui assène un coup de poing dans les côtes. Elle se courbe sous la douleur, enveloppant son torse de ses bras pour se protéger.

— VANOSKI !

— Sergio, à plat ventre !

Malgré le cri de Jonas, j'ai négligé de regarder autour de moi, aveuglé par ma rage. Une balle me transperce l'épaule.

L'abruti qui a loupé de peu le coup du siècle se trouve sur ma gauche, à huit mètres. À genoux, il est en train d'armer de nouveau quand sa tête explose.

— Vas-y ! Je te couvre ! déclare mon petit frère dans mon oreillette – l'hélico est désormais en vol stationnaire à une vingtaine de mètres au-dessus de la falaise.

Je me retourne vers Léo en hochant la tête, et mon cœur se glace.

Vanoski agrippe ma belle par la gorge, un couteau dans la main.

— NON !

Je cours comme un dératé. Trop tard, le corps de Léo se tend et se cambre.

Vanoski m'adresse un sourire narquois, avant de détaler.

— Arrête-le ! j'ordonne à Marius.

Les yeux rivés sur Léo, j'entends une déflagration et vois que, dans mon champ de vision périphérique, ce connard chancelle et, emporté par son propre poids, bascule par-dessus la falaise.

— Merde, enrage Marius.

Fait chier, je le voulais vivant. Pas le temps de me lamenter, Léo s'écroule en arrière, les mains figées autour du manche planté dans son ventre. Me laissant glisser sur l'herbe, j'arrive juste à temps pour amortir sa chute. Agenouillé à ses côtés, je l'étends avec un maximum de précautions sur le duvet vert.

Ses iris gris-vert se plongent dans les miens. Bien que la douleur lui torde les traits, chez elle, la peur a disparu, alors que la terreur m'envahit tout entier.

Putain de merde.

Des pas précipités accourent vers nous et bientôt Calden, essoufflé et couvert de sang, se poste à mes côtés, arme en main.

— Nos hommes ont pénétré dans le bâtiment, patron. Ils rassemblent actuellement le personnel au grand complet. Les gardes, le cuistot – et il y a même un chirurgien.

Je ne lâche pas ma rebelle des yeux, incapable de prêter une grande attention au rapport de Calden.

— Léo ! Regarde-moi. Ça va aller, ma belle... Marius !

— On atterrit, frangin. Louis arrive.

— Reste avec moi, *piccola leonessa*. Je suis là...

Du pouce, je lui caresse la joue, qui épouse ma paume comme si elles étaient faites l'une pour l'autre. Ma lionne ouvre la bouche et son souffle se mue en gémissement.

— Chut, calme-toi. Ne fais pas un geste.

Ses mains entourant le manche tremblent dans des mouvements presque convulsifs.

— Sauve... toi.

Je tâche de lui transmettre dans mon regard toute ma tendresse et toute ma force.

— Je ne vais nulle part sans toi.

— Laisse-moi mourir...

— On va te soigner, je te le promets. Ce cauchemar est fini, ma belle.

Ses paupières se ferment et je lui tapote la joue.

— Léo ! Il faut que tu t'accroches.

Ses paupières papillonnent alors que deux silhouettes surgissent à mes côtés. Marius s'agenouille dans une glissade contrôlée, son fusil toujours en joue, cependant que la bataille s'éclaircit de minute en minute. Louis examine la plaie, prend le pouls de Léo et vérifie ses pupilles.

— Elle a besoin d'être opérée d'urgence.

Du coin de l'œil, je vois Marius retirer sa veste et recouvrir le bas du corps de Léo pour protéger sa pudeur.

Elle pose une main poisseuse sur la mienne, enroule ses doigts autour de mon poignet et m'adresse un doux sourire.

— Je te pardonne...

Ces mots sont un couteau planté en plein cœur.

— Sauve ta vie... La mienne s'arrête aujourd'hui... Je vais retrouver Lilian...

Je crispe les mâchoires.

— J'emmerde royalement Lilian. Tu vas rester avec moi. Tu m'entends ?

Elle ne me répond pas. Un sentiment d'impuissance m'envahit, exacerbant ma panique.

— Où est leur putain de doc ? hurlé-je à Calden.

— Il est dans la villa, dans l'aile sud.

Je soulève mon fardeau fragile dans mes bras. Les compresses de Louis ne retiendront pas longtemps le flux écarlate qui s'écoule de la blessure de Léo.

Calden prend la tête et je cours à sa suite. S'ils ont un doc, alors, avec de grandes chances, il y aura aussi le matériel nécessaire dont Louis aura besoin.

Les coups de feu se sont finalement stoppés.

L'hélico est posé au milieu du terrain et ses pales se sont figées. Le pilote est aux commandes.

Nous slalomons entre les cadavres, tandis que les gars de Vanoski qui se sont constitués prisonniers sont rassemblés au pied de la demeure. On me laissera le plaisir de les tuer.

Marius et Louis sur nos talons, nous grimpons les marches, traversons un dédale de couloirs, avant d'atterrir dans une salle blanche et aseptisée, meublée d'une table médicale et de tout un tas de chariots et d'instruments.

C'est du beau matériel. Pourquoi Vanoski s'est-il équipé ainsi ?

Un homme, la cinquantaine, est statufié au centre, l'air terrorisé. Trois des miens le tiennent en respect.

Je dépose ma rebelle sur la table, tandis que Doc fouille dans les tiroirs, en ressortant une seringue et un kit de perfusion. Puis il désigne le chirurgien.

— J'ai besoin de lui.

Marius lève son Beretta et le dirige droit vers la tempe de ce dernier.

— Voici le marché, couille molle : elle vit, tu vis. Elle meurt, tu meurs. Tu as compris ?

Le type hoche le menton vivement et se rue aux côtés de Louis.

Marius garde son arme bien visée sur lui. Pour une fois, je laisse entièrement les commandes à mon petit frère. Léo est dans les limbes et j'ai l'impression qu'elle a emporté avec elle une partie de mon âme.

Je me place à l'extrémité de la table, du côté de la tête de ma belle.

Moi aussi, je saigne, mais il n'y a qu'elle qui compte.

Je chancelle et Marius m'envoie du bout du pied un tabouret, qui roule jusqu'à ma cuisse. Je m'assieds et applique délicatement les mains autour du visage de cette femme qui m'est si précieuse, entourant ses joues. Je caresse avec douceur sa peau et essuie les traces de sang et de poussière sur sa figure.

Lorsque le chirurgien l'intube, j'observe le tuyau être introduit dans la gorge de ma rebelle en ressentant le poids toujours plus important de la culpabilité.

Mon petit frère vient poser une main sur mon épaule valide pour me témoigner son soutien silencieux. Que pourrait-il dire, de toute façon ? Si elle est dans cet état, c'est parce que j'ai merdé.

Je ne lève pas les yeux une seule fois sur l'intervention effectuée sur son corps inerte. Je me concentre sur le fait d'éponger son arcade, de lui masser le cuir chevelu, de démêler ses tresses et d'embrasser ses lèvres et son front, priant tous les dieux du monde pour que l'on ne me l'arrache pas.

Je n'ai jamais été croyant, mais ce sentiment d'impuissance qui m'envahit est une expérience inédite – une expérience que j'aurais préféré ne jamais connaître.

— Accroche-toi, *piccola leonessa*, lui soufflé-je à l'oreille. Tu dois encore me trouver un nouveau surnom et tu ne peux pas me laisser seul après tout ça. Je ne te le pardonnerais pas.

Plus personne ne t'approchera ni ne te touchera. Je t'en fais la promesse.

Remerciements

Il y a encore une fois beaucoup de monde à remercier, car un livre, c'est un peu comme un bon plat : il faut des ingrédients appétissants, une pincée de folie et surtout des personnes incroyables pour le rendre savoureux.

Tout d'abord, un immense merci à Bleuenn, sans qui Léo et Sergio n'auraient peut-être pas cette finesse qui les rend si vivants. Son sourire, ses conseils et son travail exceptionnel donnent à *Claire Obscure* une authenticité qui, sans elle, n'aurait sans doute pas la même saveur.

Un grand merci également à l'équipe de New Rules :

– Julie, qui a ouvert une porte magnifique à *Claire Obscure* et lui permet de rencontrer de nouveaux lecteurs ;

– Charlotte, pour son écoute, son soutien et sa capacité à me rassurer (parce que écrire un livre, c'est un peu comme sauter sans parachute… et elle est là pour m'en tendre un au dernier moment) ;

– Ambre, pour ses précieux conseils sur la visibilité de Léo et Sergio – parce qu'ils méritent bien un peu de lumière sur les réseaux, ces deux-là !

– Manon, Amandine et tous ceux que j'oublie ou que je ne connais pas personnellement, mais qui, dans l'ombre, ont rendu possible que ce roman soit aujourd'hui entre vos mains.

Un clin d'œil complice à mes proches (famille comme amis). À ceux qui me poussent sans relâche hors de ma zone de confort, malgré mes protestations. À ceux qui entendent parler de ce livre depuis une éternité et qui doivent sûrement se dire : « Enfin… » À ceux qui sont là dans les bons comme dans les mauvais moments, avec qui je partage des souvenirs inestimables et qui, sans le savoir, ont nourri mon inspiration. Ce livre porte une part de tout ce que vous m'avez offert, même sans en avoir conscience.

Une parenthèse spéciale pour ma petite cousine Charlotte, libraire passionnée, qui a su me rassurer et me conseiller sur les détails visuels, me traduire un vocabulaire jusque-là inconnu, et, surtout, m'affirmer avec assurance que tout allait bien se passer.

Et bien sûr, une mention spéciale pour Léa, ma conseillère en dark romance attitrée et ma Sophie personnelle.

Je tiens à remercier celui qui est mon soutien inébranlable, mon roc, ma moitié. Il ne partage peut-être pas ma passion pour les romans, mais il me soutient depuis le début de cette aventure. Les histoires d'amour ne sont pas toujours simples, cependant il m'est facile d'aimer un homme qui me complète parfaitement. Tu es autant mon meilleur ami que mon âme sœur, et pour te remercier comme il se doit, je ne peux que t'aimer encore plus (si tant est que ce soit possible).

J'ai donné naissance à *Claire Obscure*, et je suis ravie que ce tome 2 soit enfin entre vos mains, mais j'ai aussi le bonheur d'avoir dans ma vie deux autres merveilles : mes garçons. Comme tout parent, je navigue entre des moments de joie infinie et des défis quotidiens (notamment celui de trouver du temps pour écrire). Leur contribution à mes romans ? Me laisser une précieuse fenêtre de créativité… une fois qu'ils sont (enfin) couchés.

Pour finir, un immense merci à vous, chers lecteurs et lectrices ! C'est grâce à vous que les Fraticelli continuent à faire prospérer leur business, à sortir, à élargir leur cercle… et, surtout, à vivre leurs histoires d'amour. J'espère que vous avez pris autant de plaisir à lire cette suite que j'en ai eu à l'écrire, et que vous les accompagnerez encore longtemps dans leurs aventures.

Cet ouvrage a été composé
par Atlant'Communication
au Bernard (Vendée)

Impression réalisée par
NORMANDIE ROTO IMPRESSION S.A.S.
à Lonrai (Orne)
en octobre 2025

Pour plus d'information :

#lisez ! engagé
www.lisez.com

Imprimé sur du papier issu de forêts gérées durablement.

Imprimé en France
G10914 / Rang de tirage : 01
N° d'impression : 2504356

Dépôt légal : novembre 2025